Maria Heinri

Kein normaler Arbeitstag

Tödlicher Ehrgeiz

Thriller

MARIA HEINRICH

THRILLER

KEIN NORMALER ARBEITSTAG

TÖDLICHER EHRGEIZ

IMPRESSUM

1. Auflage 2022

Matthias Staribachergasse 8
2100 Leobendorf, Österreich
mheinrich282@gmail.com

Lektorat, Korrektorat: Buchfein

Cover: BookCoverZone.com

Foto: Martin Jordan

Buchsatz: Constanze Kramer, coverboutique.de

Herstellung und Verlag:
Amazon Media EU S.à r.l.,
5 Rue Plaetis, L-2338, Luxembourg

ISBN 978-3-9505311-0-7

ÜBER DIE AUTORIN

Maria Heinrich wächst in Wien auf und bleibt der Region und ihren Menschen immer eng verbunden.

Ihre Berufswahl führt sie in die Informatikbranche. Nach Jahren in der Softwareentwicklung arbeitet sie in einem internationalen Konzern als Projekt-Managerin und Business Consultant. Mit der ersten Führungsposition entdeckt sie ihre Begeisterung für das Management. Es folgen leitende Positionen im Vertrieb, in der Personalabteilung und im Projektgeschäft.

Besonderes Augenmerk legt Maria Heinrich auf das Coaching und die Weiterentwicklung von jungen Talenten.

»Die fesselndsten Geschichten schreibt das Leben.«

Das Lesen und Schreiben von Romanen sind ein willkommener Ausgleich zur hektischen Arbeitswelt. Manch ein berufliches Erlebnis ist die Quelle von Ideen für eine spannende Erzählung.

In ihren packenden Thrillern führt Maria Heinrich in die Welt von Intrigen und Verbrechen und fesselt durch die realitätsnahe Beschreibung und durch starke weibliche Hauptcharaktere.

KAPITEL 1

»Lass mich darüber nachdenken, bevor wir eine Entscheidung treffen. In einer halben Stunde sehen wir uns im Besprechungszimmer.« Ana schloss ihre Bürotür und legte den Laptop auf den Schreibtisch. Sie trat ans Fenster und seufzte zufrieden.

Sie liebte es, ihren Blick über die Dächer von Wien streifen zu lassen. Sie blickte über den Donaukanal hinweg in die Innenstadt. Unter ihrem Fenster sah sie die Anlegestelle der Katamarane, die zwischen Wien und Bratislava pendelten. Gerade kletterte eine Touristengruppe auf den Landesteg. An warmen Abenden nutzte Ana häufig die Nähe zur Innenstadt, um nach der Arbeit durch die alten Straßen zu bummeln oder um sich mit Bekannten auf einen Drink in einem Schanigarten niederzulassen.

Es war ein wolkenloser Oktobertag. Der Stephansdom war zum Greifen nahe und das orientalische Zickzackmuster seines Dachs glänzte in der Sonne.

Da unterbrach ein lautes Klopfen Anas Idylle. Sie drehte sich um und ging dem Besucher entgegen. Doch die Tür sprang bereits auf.

»Hallo Ana, ich möchte dich kurz sprechen.« Harald Strauss schloss die Tür. Er stellte sich so knapp vor sie hin, dass sie den Geruch seines Rasierwassers einatmen musste. »Weißt du jetzt, wann ich anfangen kann?«

»Grüß dich Harald, wie geht's?«, antwortete Ana und trat einen kleinen Schritt zurück.

»Danke, mir geht es gut. Also, wann fange ich an?«

Anas beschwingte Laune löste sich auf. Harald kam wie immer auf den Punkt.

»Harald, unser letztes Gespräch war doch erst vor fünf Tagen. Es arbeiten genug Leute im Projekt. Derzeit macht es keinen Sinn, das Team aufzustocken. Wenn sich eine offene Position ergibt, melde ich mich wie versprochen bei dir.«

Sie blickte ihm intensiv in die Augen. Er sollte endlich begreifen, dass sie seine ständige Fragerei satthatte, ohne dass sie es ihm ins Gesicht sagen musste. Seine Gesichtszüge waren angespannt und seine Wangen leicht gerötet. Harald hielt den Augenkontakt.

»Ana, ich verstehe das nicht. Es kann schon sein, dass du genug Personen im Projekt hast, aber es sind nicht die besten. Wie kannst du Manuela zur Projektleiterin machen, deine Assistentin als Teilprojektleiterin im Kundenkontakt einsetzen und mir sagen, dass ich keinen Platz habe?« Harald schüttelte den Kopf und fügte trotzig hinzu: »Das ist absolut widersinnig!«

Ana presste die Lippen zusammen. Sie kannte seinen Ärger und hatte sogar ein wenig Verständnis, aber diesen Tonfall durfte sie nicht tolerieren. »Nicht böse sein, aber meine Personalentscheidungen diskutiere ich nicht mit dir. Das Team habe ich nach durchdachten Kriterien zusammengestellt und es funktioniert hervorragend. Nochmals, sobald sich eine passende Einsatzmöglichkeit anbietet, gebe ich dir Bescheid. Ich muss jetzt wirklich los, sonst komme ich zu spät in den Workshop.«

»Aber ich …«

»Harald, bitte!«

Sie verzog ihren Mund zu einem Lächeln und schnappte ihren Laptop vom Schreibtisch. Ihren Computer fest an sich gedrückt, zog sie die Tür auf und sagte: »Bitte nach dir.«

Er verließ den Raum mit hochrotem Gesicht und einem gequält klingenden Gruß.

Geschafft. Jetzt war sie zu früh dran für das Meeting, aber das war besser als diese immer gleiche Diskussion. Harald besaß umfangreiches Wissen und technische Erfahrung, nur eckte er ständig bei den Kollegen an und brachte Unruhe in die Mannschaft. Das konnten sie bei der derzeitigen Hektik nicht gebrauchen.

In Gedanken verloren ging Ana in Richtung Besprechungsraum, sie kam jedoch nicht weit. Die Glastür der Aufzugsgruppe öffnete sich knapp vor ihr und Pat, CEO der Firma, stand vor ihr. Zu ihrem schwarzen Kostüm trug sie hochhackige Schuhe und sah wie einem Businessmagazin entsprungen aus.

»Grüß dich Ana, schön, dich zu treffen. Wie geht es dir mit unserem ›E.C.H.O.‹-Projekt? Seid ihr bald so weit? Du weißt, wie wichtig dieser Erfolg für uns alle ist.«

Ana lächelte sie an und nickte. »Grüß dich Pat, wir vergessen die Wichtigkeit von ›E.C.H.O.‹ sicher nicht.«

Sie atmete tief ein, wobei sie die Marke von Pats blumigem Parfum erkannte: Flora by Gucci. Sie bemühte sich, vollen Elan in ihre Stimme zu legen.

»Wir haben alle technischen Details geklärt und die Kundenpräsentation ist fast fertig. Heute treffe ich die Entscheidung für den Präsentationstermin.«

»Das klingt vielversprechend. Nimmt Doktor Berger an der Präsentation teil?«

»Doktor Berger?«, fragte Ana, die Wörter in die Länge ziehend. »Ja, Doktor Berger hat sich als Teilnehmer angekündigt.« Sie hoffte, dass Pat ihr Zögern überhört hatte. »Ich muss mich jetzt leider beeilen, wir starten gleich mit der Projektsitzung.«

»Schade, dass du in Eile bist. Aber schon in Ordnung, das Projekt geht vor. Du musst diese Woche einmal zu mir kommen, ich brauche überzeugende Highlights für die Presseerklärung. Wir hatten bereits bei der ›Down selection to one‹ Medienresonanz, aber jetzt kriegen wir die Unterschrift unter das technische Konzept des größten IT-Projekts Österreichs.«

»Mit der neuesten Technologie«, ergänzte Ana stolz.

»Genau. Das muss ein medienwirksamer Knüller werden. Überleg dir Höhepunkte für die PR-Abteilung.«

»Wie wäre es mit einem Interview der Projektleiterin?«

»Das klingt schon einmal reizvoll. Ruf meine Sekretärin an, sie weiß, dass du Priorität hast und kurzfristig einen Termin bei mir bekommst, und sie soll die Herren von der PR-Abteilung miteinladen.« Liebenswürdig säuselnd ergänzte sie: »Gib mir Bescheid, wenn du irgendetwas benötigst, damit ihr schneller werdet. Ich möchte ›E.C.H.O.‹ absoluten Vorrang einräumen!«

Die beiden nickten sich höflich zu und gingen in unterschiedliche Richtungen weiter.

Da vernahm Ana hinter sich Pats Stimme: »Ana, noch etwas. Unser CFO hat mir mitgeteilt, dass deine Quartalszahlen noch fehlen. Keine Sorge, ich habe ihn informiert, dass du für unser Projekt unter Zeitdruck stehst. Er gibt dir bis Ende der Woche Zeit. Ich wünsche dir einen erfolgreichen Tag.«

»Okay. Danke dir. Schönen Tag noch«, sagte Ana.

Tolle Erleichterung. Um diese Zahlen bis Freitag fertig zu haben, musste sie einen langen Abend einlegen.

Ana atmete durch und versuchte die Gespräche zu verdrängen. Der vorwurfsvolle Harald, der beleidigt war, weil sie ihn nicht für das prestigeträchtige Kundenprojekt ausgesucht hatte. Mittlerweile wurde er heftig in seinen Äußerungen. Wie konnte er sich erlauben, die beiden Damen in ihrem Team direkt anzugreifen? Hatte er ein Problem mit Frauen oder hielt er sich für so viel qualifizierter?

Tatsache war allerdings, dass ihre Mannschaft Überstunden anhäufte, eine Entlastung und neuer Schwung wären für alle wünschenswert. Würden die anderen Harald als Kollegen im Team akzeptieren? Oder würde er mit seiner fordernden Art die eingespielte Zusammenarbeit stören?

Und dann fiel ihr Pat ein, die immer so tat, als ob sie ihre beste Freundin wäre. Dabei spürte Ana ihre Unzufriedenheit darüber, dass sie die Gesamtverantwortung über das Projekt übertragen bekommen hatte. Der Beschluss war glücklicherweise nicht Pats alleinige Befugnis gewesen, der Vorstand hatte Ana als die geeignetste Person ausgewählt. Doch sie wusste, dass die CEO keinen Fehler dulden würde. Es durfte nichts schiefgehen.

Endlich beim Sitzungszimmer angekommen, öffnete Ana die Tür energiegeladen: »Wunderschönen Nachmittag, grüß euch!«

KAPITEL 2

Auf der einen Seite des Besprechungstisches saßen bereits die Softwareentwickler und schauten sie erwartungsvoll an. Auf der anderen tippte Manuela konzentriert in ihren Laptop. Wolfram und Anni standen an der Wand und plauderten entspannt. Er zeigte gerade Fotos am Handy, vermutlich hatte er wieder tolle Aufnahmen vom Paragleiten.

Auf dem Tisch stand ihr Naschkorb, der vor Süßigkeiten überquoll. Sie hatten ihn in den letzten Monaten großzügig mit Mannerschnitten, Punschkrapfen und Schwedenbomben gefüllt gehalten, um die intensiven Arbeitsbesprechungen zu versüßen.

Da stürmte Bert herein. »Sorry fürs Zuspätkommen, ich musste noch telefonieren.« Er ließ sich schwer auf einen der Stühle fallen und legte seinen Laptop auf den Konferenztisch. »Es gibt Neuigkeiten. Der Kunde will bei der Präsentation seinen Projektleiter für die Implementierung kennenlernen, bevor er unterschreibt. Den müssen wir zur Vorstellung mitbringen.«

»Das klingt aussichtsreich! Wenn der Kunde so konkret an Personen denkt, höre ich förmlich die Unterschrift kratzen und die Kassa klingeln », warf Wolfram breit grinsend ein. »Manuela, du kannst in die Startlöcher gehen und deinen Stylisten anrufen.«

»Ich habe im Gegensatz zu dir keinen Stylisten nötig, ich bin zu jeder Zeit schön«, konterte Manuela.

»Lasst uns loslegen, damit wir in die Zielgerade kommen«, feuerte Ana ihr Team an.

Als die Anwesenden Platz genommen hatten, ersuchte sie Anni wie üblich, die vereinbarte Agenda vorzutragen. Der Workshop begann.

Nach zwei Stunden unterbrach Ana die laufende Diskussion: »Hört mal, wir drehen uns die letzte Viertelstunde im Kreis. Ich schlage vor, wir stoppen für heute und machen morgen Vormittag fertig. Aus meiner Sicht können wir den Kundentermin für nächste Woche vereinbaren. Wir diskutieren Verschönerungen und kleine Verbesserungen. Aber ich sehe keine wichtigen offenen Punkte mehr. Was meint ihr?«

Alle um den Tisch nickten und Bert bestätigte: »Für mich passt es. Heute ist Mittwoch, das heißt, uns bleiben mindestens zwei Arbeitstage bis zur Präsentation. Das reicht, um alles auf Hochglanz zu polieren. Da kann uns nichts mehr passieren.«

»Sei sofort still, das bringt Unglück!«, rief Anni aus.

»Herrje, sei doch nicht so abergläubisch, alles gut«, beruhigte Bert sie.

»Manuela?«

Die designierte Projektleiterin wirkte hoch konzentriert. Bedächtig nickte sie und sagte: »Ja, nächste Woche ist genau richtig. Ich habe alles, was ich brauche. Lasst uns loslegen! Ich schlage vor, Anni vereinbart den Termin mit dem Kunden.«

»Wir wollten doch noch wegen ›Grafik-One‹ sprechen. Ich finde, wir sollten alle grafischen Schaubilder nochmals überarbeiten. Es gibt da ein neues Tool, mit dem können wir …« Wolfram konnte den Satz nicht beenden, da Bert ihm dazwischenfuhr.

»Hör doch mit deinen blöden Tools auf, die machen uns sinnlosen Aufwand. Die Grafiken sind völlig in Ordnung!«

Als auch noch ein Softwareentwickler seine Meinung äußerte, ging eine heftige Diskussion los.

Ana unterdrückte den Wunsch, die Grafiken verschönern zu lassen. Ihr war klar, dass sie einen Schlussstrich ziehen musste. Es machte keinen Sinn, immer weiterzuarbeiten, getrieben von der Sorge vor Kritik. »Okay. Die Grafiken bleiben, wie sie sind, das Tool schauen wir für Folgeprojekte an. Jeder macht bitte seine Korrekturen und wir treffen uns morgen zum Üben unserer Präsentation. Habt ihr sonst noch etwas für heute?«

Niemand meldete sich. »Ihr könnt stolz sein. Das ist hervorragende Arbeit. Uns trennt nur mehr ein überzeugender Auftritt vom Erfolg! Lasst es euch heute Abend gut gehen und legt eine Pause ein. Ich wünsche euch allen noch einen schönen Feierabend!«

Freude breitete sich auf den müden Gesichtern aus. Die Anstrengung der letzten Wochen hatte ihren Tribut gefordert. Aber die Vorfreude auf den positiven Abschluss brachte neue Energie in den Raum. Mit freundlichem Gemurmel erhoben sich die Anwesenden und langsam leerte sich das Zimmer. Nur Anni blieb sitzen und schaute Ana hoffnungsvoll an.

»Schenkst du mir bitte noch ein paar Minuten? Ich möchte meine offenen Punkte mit dir durchgehen, damit ich mir sicher bin, dass ich alles richtig mache.«

Ana lächelte die junge Kollegin warmherzig an. Sie schätzte den Ehrgeiz und die Ausdauer, die Anni bei allen Tätigkeiten zeigte. Sie kämpfte stets um die beste Lösung, nichts war ihr zu mühsam.

»Klar, Anni«, antwortete sie ihr, »das machen wir jetzt gleich.«

»Cool, danke!«, Anni freute sich sichtlich. Zögernd fügte sie mit ernster Miene hinzu: »Ich möchte mich schon seit Längerem dafür bedanken, dass ich in ›E.C.H.O.‹ mitarbeiten darf.«

»Du verdienst es. Dein Einsatz und deine Beiträge im Projekt sind großartig. Du weißt, dass du noch eine Menge lernen musst. Aber ich bin überzeugt, dass du das schaffst.«

»Du würdest mir sagen, wenn du mich austauschst?«

Ana starrte die Kollegin einen Augenblick sprachlos an. »Wieso fragst du das? Warum sollte ich so etwas tun?«

Statt eine Antwort zu geben, zuckte Anni mit den Schultern und begann mit ihren Fragen. Ausführlich besprachen die beiden alle Punkte, die sie während des Meetings auf einem Notizblock festgehalten hatte.

Eine halbe Stunde später war Ana zurück in ihrem Büro. Ursprünglich hatte sie sich für heute vorgenommen, früher heimzugehen, um Sport zu machen. Ihr Rad hatte sie seit Tagen nicht mehr hervorgeholt. Aber was konnte sie tun, der Job war wichtiger. Dieses Projekt musste ein Riesenerfolg werden, das hatten sich alle verdient. Wenn alles gelang, würde es sich für jeden von ihnen lohnen.

Bei ihr stand der fünfte Jahrestag in der Firma bevor. Sie hatte sich bereits einen Namen gemacht und die Verantwortung für das wichtigste Projekt übertragen bekommen. Mit einem Erfolg wäre ihr eine Beförderung sicher, eine Gehaltserhöhung und eine Vergrößerung des Verantwortungsbereiches. Das klang gut. Sie grinste vor sich hin. Mit einem kleinen Seufzer schnappte sie sich ihren Laptop und begann Informationen über ihr Budget zu sammeln.

Sie arbeitete konzentriert, bis auf ihrem Bildschirm eine Nachricht von Manuela eingeblendet wurde: »Wie wäre es, wenn wir gehen?«.

Ana pingte sofort retour: »Beste Idee überhaupt, wir treffen uns in zehn Minuten unten.«

Sie klappte ihren Laptop zu und packte ihn in die Tasche. Fast jeden Tag nahm sie ihre Arbeit mit nach Hause. Oft brütete sie noch stundenlang über Unterlagen.

Beim Verlassen des Raums warf sie einen Kontrollblick zurück, ob der Schreibtisch leer geräumt war.

Der Gang lag in Dunkelheit, weil das automatische Licht längst ausgegangen war. Sie nahm sich nicht die Zeit, es anzuschalten. Prächtig leuchtete die Altstadt vor den Fenstern. Die Toplage dieser Firma war einer der Gründe für ihre Jobzusage gewesen. Die funkelnde Aussicht verkürzte ihr die Wartezeit, bis der Aufzug kam. Gut gelaunt fuhr sie ins Erdgeschoß und betrat den Innenhof.

Es war ein Ritual von Manuela und ihr, sich vor dem Heimweg auf einen Kaffee und eine Zigarette zu treffen.

Manuela war ihre Mitarbeiterin und Stellvertreterin, aber sie wurde immer mehr zu einer guten Freundin. Sie konnten über Firmenangelegenheiten und private Themen offen miteinander sprechen. Die beiden hatten ein so vertrauensvolles Verhältnis, dass sie sich gegenseitig um Rat fragten und Kritik einbrachten.

Als Erste im Hof drückte sie zwei Becher Kaffee aus dem Automaten im Vorraum und stellte sich zu einem Stehtisch. Die Luft war herbstlich kalt, nur an der Hausmauer war es angenehm windstill. Die anderen Stehtische und die Gartenbank waren verwaist um diese Zeit. Die Platane hatte Blätter abgeworfen, die am Boden wirbelten.

Schon kam Manuela um die Ecke. Bevor sie zu ihr an den Tisch trat, lehnte sie zwei lange Stecken an die Wand. »Bin ich froh, wenn ich die Dinger endlich loswerde«, sagte sie. »Die sind so lang, dass ich damit nicht in den Lift passe. Deshalb musste ich das Stiegenhaus benutzen.«

»Und was willst du mit denen tun?«, erkundigte sich Ana.

»Das sind Bohnenstangen, siehst du das nicht? Ich beschäftige mich seit dem Sommer intensiv mit Eigenanbau und lege zusätzliche Beete an, damit ich im Frühling gleich einpflanzen kann. Mein lieber Ehemann war so freundlich, die Beete bereits einzufassen.«

»Lass deinen Mann schön von mir grüßen und er soll sich demnächst einmal anschauen lassen. Ich habe ihn schon ewig nicht mehr gesehen.«

»Danke, das richte ich aus. Max hat wieder einmal Stress und spart sich seit Wochen die tägliche Fahrtzeit durch Homeoffice. Er verschanzt sich hinter dem Computer und lässt sich kaum mehr hervorlocken. Ich bin froh, wenn wir mit ›E.C.H.O.‹ bald in eine ruhigere Projektphase kommen. Ich brauche endlich Zeit für den Haushalt, meinen Mann und mich. Als Allererstes rufe ich meine Masseurin an.«

»Klingt verlockend! Ich würde gern Sport betreiben oder ein Buch lesen, ohne schlechtes Gewissen zu bekommen«, stimmte ihr Ana zu.

»Genau. Und mit Max möchte ich fein essen gehen. Wir finden keine Ruhe, miteinander zu reden. Jeder hetzt seinen Aufgaben nach. Das tut unserer Beziehung auf Dauer bestimmt nicht gut.«

»Herausfordernde Wochen. Aber ich denke, dass wir gute Arbeit geleistet haben und der Kunde happy sein wird.« Ana hielt inne. »Aber ich fürchte, dass die nächste Projektphase unsere Überlastung auch nicht verbessert.«

Die beiden schwiegen und schauten einander ernüchtert an. »So kann das auf Dauer nicht weitergehen, vielleicht müssen wir doch über zusätzliches Personal nachdenken.«

»Meinst du das allgemein oder meinst du Harald im Speziellen?«, fragte Manuela.

»Bitte erinnere mich nicht! Der Harald hat mich vorhin abgepasst und wollte mich dazu drängen, ihn ins Team zu nehmen. Ich weiß mir bald nicht mehr zu helfen, ohne ihm die brutale Wahrheit ins Gesicht zu blasen. Wie bringe ich ihm schonend bei, dass er schlecht ins Team passt? Weil sich niemand freut, wenn er kommt, sondern die Stimmung sofort angespannt wird. Aber beenden wir dieses Thema lieber. Dieses Problem muss ich selbst lösen, das werde ich nächste Woche angehen.«

»Sei bitte vorsichtig, der Harald ist gefährlicher, als er aussieht. Ich befürchte, der wartet auf eine günstige Gelegenheit und dann haut er einen von uns bei der Geschäftsleitung in die Pfanne. Den zerfrisst sein Ehrgeiz, er will um jeden Preis in das Projekt.« Manuela zog eine sorgenvolle Grimasse. »In Wirklichkeit will er gleich meinen Job übernehmen.«

»Das ist nicht seine Entscheidung. Wenn er tatsächlich mit Intrigen anfängt, wehren wir uns. Eigentlich halte ich ihn nicht für bösartig, doch heute war er aggressiv.«

»Er ist profilierungssüchtig. Aber die Projektleitung möchte ich unbedingt übernehmen. Das ist meine Chance, die lasse ich mir von niemandem klauen. Auf keinen Fall von Harald. Du wärst mit meinem Austausch nicht einverstanden, auch nicht, wenn von oben Druck gemacht wird, oder?«

»Was ist denn heute los? Jetzt fängst du auch mit Austausch an, Anni hat sich vorhin auch schon Sorgen gemacht. Fürs Protokoll: Ihr seid beide die ideale Besetzung, das kann mir niemand ausreden. Vertraust du mir?«

»Tu ich, ich wollte es nochmals hören. Am Ende zählen Freundschaft und Ehrlichkeit mehr als Karriere.« Manuela klang ernst.

»Wieso sagst du das? Freundschaft und Karriere schließen sich doch nicht aus.«

»Keine Ahnung. Der Bursche beunruhigt mich anscheinend.«

Die beiden Frauen unterhielten sich noch eine Zeit lang über harmlose Themen.

»So, ich mache mich mit meinen Bohnenstangen auf den Weg nach Hause.«

»Soll ich dir tragen helfen?«, bot Ana an.

»Danke für dein Angebot, aber ich brauche keine Hilfe. Ich gehe die Garagenrampe hinunter, da habe ich genug Platz, schwer sind die Dinger nicht.«

»Wo hast du die Stangen eigentlich her?«, fragte Ana.

»Geschenkt bekommen von der Cafeteria-Pächterin. Mit ihr unterhalte ich mich öfter über Gartenthemen, die kennt sich wirklich aus. Das war nett von ihr, ich dachte nur nicht, dass die Stangen so lang sind.«

»Und die kriegst du ins Auto?«

»Den Kofferraum lasse ich ein wenig offen. Keine Sorge, ich benutze Gummispanner. So fahre ich öfter mit größeren Pflanzen aus der Gärtnerei nach Hause. Tschüss, wir sehen uns morgen!«

KAPITEL 3

Als Ana ihr grünes Jaguar-Cabrio in der Garage erblickte, zauberte sich ein Lächeln auf ihre Lippen. Genüsslich startete sie das alte Auto. Obwohl es zu kühl war, ließ sie keine Gelegenheit aus, das Verdeck aufzumachen. Dann heizte sie eben ein.

Zufrieden zuckelte sie die Ausfahrt hinauf und stellte einen Radiosender mit Musik laut. Es spielte das neue Lied von Ghost. Schwedischer Hardrock, das fand sie perfekt für ihre Heimfahrt. Schon rollte sie den Donaukanal entlang. Zu der Uhrzeit, zu der sie üblicherweise zu arbeiten aufhörte, war der Verkehr in Wien bereits lockerer. So konnte sie die Heimfahrt genießen. Da kamen ihr die besten Ideen und sie entwirrte die Gedanken eines anstrengenden Arbeitstages.

Eine halbe Stunde später verließ sie die Autobahn und passierte nach wenigen Kilometern die Ortstafel der 5000-Einwohner-Gemeinde, in der sie seit Jahren wohnte. Sie lenkte ihr Auto in die Sackgasse, an deren Ende ihr Haus in der Dunkelheit lag. Die Laternen leuchteten mit Mühe die Fahrbahn aus. Die Nachbarhäuser waren lediglich düstere Schatten mit erleuchteten Fenstern.

Ana stellte das Cabrio im Carport ab. Der zweite Abstellplatz stand leer.

Beim Vorbeigehen warf sie einen Blick in den Briefkasten und nahm die Zeitschriften heraus. Sie sperrte die Eingangstür auf und entschärfte die Alarmanlage. Sie war nicht ängstlich, aber da das Gebäude untertags verlassen war, fühlte sie sich wohler, wenn es zusätzlich abgesichert war.

Am liebsten hätte sie sich sofort zum Fernsehen auf die Couch gehockt, doch ihr schlechtes Gewissen schickte sie zur Hausarbeit. Geschirr aus der Spülmaschine geräumt, Mistkübel entleert, Küchenplatten und Herd abgewischt, das musste reichen. Sie beschloss, Sport zu machen.

Fürs Radfahren war es ihr zu finster und zu kalt. Sie stieß einen kleinen Seufzer aus und überwand ihre Trägheit. Rasch zog sie ihr Trainingsgewand an, schaltete den Fernsehapparat ein und stieg auf den Crosstrainer. Langweilig, aber wirkungsvoll, und sie konnte während des Trainings die wichtigsten Nachrichten anschauen. Immer wieder schweiften ihre Gedanken zur baldigen Präsentation. Zufrieden stellte sie fest, dass sie sich darauf freute und keine Nervosität verspürte.

Eine halbe Stunde später erlöste sie das Klingeln ihres Telefons.

»Hallo Ana«, sagte Marion, »hier spricht dein schlechtes Gewissen.«

»Hallo Marion, bitte, nein, habe ich schon wieder etwas vergessen?«

»Mich anzurufen, nichts weiter. Aber ich verzeihe dir noch einmal, alles gut. Ich weiß ja, dass du demnächst den Globus managen möchtest.«

»Also, nicht die ganze Welt, nur ein Fleckchen Informatik-Land«, lachte Ana. »Schön, dich zu hören.«

Marion war ihre langjährige Freundin und es war hauptsächlich ihr Verdienst, dass sie sich nie aus den Augen verloren hatten. Sie akzeptierte ihre langen Arbeitstage und dass sie Verabredungen kurzfristig absagte. Zudem war Marion mit Ronald liiert, den sie über Ana kennengelernt hatte. Sie verstanden sich auch zu dritt gut.

Marion erzählte von ihrem heutigen Managementtraining. »Meine Teilnehmer waren Nachwuchs-Führungskräfte aus einem Industrieunternehmen und sie haben bei den Übungen voll motiviert mitgemacht. Wir hatten einen Riesenspaß und besonders die Diskussionen über Vertrauen und Wettbewerb waren spannend. Sekunde«, unterbrach sich Marion, »ich muss rasch den Gugelhupf aus dem Rohr nehmen.«

»Mhm. Köstlich. Ich rieche ihn durch die Leitung.« Ana schmatzte laut. Marion war eine begnadete Hobbyköchin. »Wann gibt es endlich wieder deinen Kaiserschmarren? So flaumig, herrlich duftend und so gschmackig!«

»Naschkatze! Wie wäre es, wenn du selbst mal etwas Anständiges kochst?«, fragte Marion.

»Spaßbremse! Mein Kühlschrank ist gähnend leer. Und so köstlich wie du krieg ich das sowieso nie hin.«

»Es geht nichts über selbstloses Loben. Steckt doch keine Absicht von dir dahinter! Ich werde darüber nachdenken. Vielleicht lass ich mich breitschlagen und koch demnächst für uns auf. Jetzt erzähl mal. Was gibt es bei dir in der Arbeit? Wann ist die ersehnte Beförderung in Sicht?«

»Wenn nichts mehr schiefgeht, schließen wir nächste Woche den Deal ab.«

»Was soll denn schiefgehen?« Marion klang verwundert.

»Alles Mögliche kann passieren. Ich habe so ein blödes Gefühl, dabei läuft alles prächtig. Meine Unruhe kommt wahrscheinlich nur durch die Anspannung.«

»Du arbeitest zu viel. Engagement finde ich wichtig, aber du übertreibst es aus meiner Sicht.«

»Wieso sagst du so etwas? Mir ist mein Job einfach wichtig und ich will ihn so gut wie möglich erledigen!« Anas Stimme überschlug sich.

»Beruhig dich. Ich möchte bloß verhindern, dass die Firma und dein Ehrgeiz dich krank machen. Lass uns von was anderem reden.«

Anscheinend war Ana wirklich überarbeitet und gereizt. Es war ihr unangenehm, dass sie so heftig reagiert hatte, gerne wechselte sie das Thema.

Sie unterhielten sich noch eine Weile und verabredeten sich für das Wochenende auf einen Kaffee. Mittlerweile war es spät. Ana schnappte sich eine Banane aus dem Obstkorb, die musste als Abendessen reichen. Dazu schenkte sie Prosecco in eine schöne Sektflöte und ließ Badewasser ein. »Wenn ich zu sonst nichts Zeit habe, verwöhne ich mich eben selbst«, dachte sie sich und leerte vorsichtig eine Prise Badezusatz ins Wasser. Leichter Duft nach Zimt und Orange breitete sich aus. Das dampfende Nass fühlte sich wohlig wärmend an, als sie sich hineingleiten ließ. »Prost, Ana, auf dich.«

Als sie später aus der Wanne stieg, war ihr einziger Wunsch, ins Bett zu kriechen. Sie fiel sofort in tiefen Schlaf, bis der ohrenbetäubende Lärm eines durchbrausenden Schnellzugs sie erfasste.

Ana fuhr in die Höhe und spürte ihr Herz bis zum Hals klopfen. Da begriff sie, was sie geweckt hatte. Ihr Handy läutete, es war eine unbekannte Nummer. Der Wecker zeigte knapp vor drei Uhr morgens. Sie drehte ihre Nachttischlampe auf und griff nach dem Telefon.

Ein Riesenkloß verschloss ihren Hals und ihre Stimme klang fremd, als sie sich meldete: »Ja? Wer spricht, bitte?"

»Hello Ana, this is Max speaking, where is Manuela? Sie ist nicht zu Hause.«

»Was?«

KAPITEL 4

Schlaftrunken presste Ana das Telefon gegen ihr Ohr. Sie holte tief Luft, atmete wieder aus und schüttelte fest den Kopf. Das nutzte nichts, sie war schon wach, das war kein Traum.

»Max, was hast du gesagt?«, fragte sie, obwohl sie ihn genau verstanden hatte. Aber der Anruf ergab keinen Sinn. Max war Manuelas Ehemann, wieso rief er sie mitten in der Nacht an?

War das ein dummer Scherz, oder hatte er getrunken? Beides schloss sie sofort aus. Max war gebürtiger Engländer und entsprach dem Klischee des britischen Gentlemans. Er war freundlich, höflich und zu wohlerzogen, um sie ohne triftigen Grund aus dem Schlaf zu reißen. Außerdem hatte er soeben englisch mit ihr geredet, und das tat er nur, wenn er aufgeregt war.

»Max«, versuchte sie beherrscht und deutlich zu sprechen, »was ist passiert?«

»I don't know. Irgendetwas ist passiert. Manuela ist nicht hier. So muss ich dich fragen, wo ist sie?«

»Willst du mir sagen, dass sie nach der Arbeit gar nicht nach Hause gekommen ist? Oder ist sie noch einmal weggegangen?«

Ana hörte Max schwer atmen. »No. Manuela ist nicht nach Hause gekommen. Sie hat nicht angerufen, sie ist nicht da. Wo ist sie?«

»Ich habe keine Ahnung. Wir haben uns ungefähr um acht Uhr verabschiedet. Ich kann mich an keine Bemerkung erinnern, dass sie noch woanders hingeht. Ich hatte den Eindruck, dass sie heimfährt.«

»What do I do now? Ich habe große Sorge. Wo kann sie sein? Kannst du mir helfen, bitte!«

»Du solltest die Polizei benachrichtigen.«

»Ich habe dich angerufen, weil Manuela immer sagt, dass du ihre Freundin bist und das Beste für sie willst. Die Polizei will ich nicht involvieren.«

Was konnte sie sonst unternehmen? Dass Manuela nicht heimgekommen war, musste ein Missverständnis sein.

»Hast du es schon auf ihrem Telefon versucht?«, fragte sie.

»Ja, ich habe das Handy oft angerufen. Sie nimmt es nicht. Ich habe auch auf das Band gesprochen«, antwortete er mit angespannter Stimme. »Hilf mir, bitte. Ich weiß nicht, was ich tun muss.«

»Hebt Manuela das Telefon nicht ab, oder ist es ausgeschaltet?«

»No idea, ausgeschaltet vermutlich.«

Ana fühlte sich überfordert. Sie wusste nicht, was zu tun war, aber sie konnte den armen Mann nicht abweisen und weiterschlafen. Was war Manuela zugestoßen? Auf irgendeine Art musste sie den beiden helfen.

Daher sagte sie, obwohl sie lieber das Gegenteil getan hätte: »Ich mach mich frisch und komme zu dir. Dann überlegen wir gemeinsam weiter, wie wir vorgehen. Okay?«

»Yes, thank you, ich mache mir große Sorgen.«

»Ich mir auch. Wenn sich Manuela bei dir meldet, ruf mich bitte an. Bis gleich.«

Das war eine Situation wie in einem Film. Leider war sie keine Kinobesucherin, die das Verschwinden gruselig fand, aber überzeugt war, dass ihr so eine Geschichte nie im Leben passieren würde.

Während sie in einen Pulli schlüpfte und die Jeans anzog, dachte sie konzentriert über das Gespräch vom Vorabend nach. Was konkret hatte Manuela gesagt? Hatte sie angedeutet, dass sie etwas erledigen musste? Sie konnte sich an nichts dergleichen erinnern.

Hätte Manuela einen Umweg erwähnt? Aber es war drei in der Früh, viel zu spät für einen Besuch. Hoffentlich hatte sie keinen Autounfall gehabt. Es dauerte möglicherweise einige Zeit, bis die Polizei die Angehörigen verständigte. Beklommen dachte sie weiter. Wenn Manuela in einen Verkehrsunfall verwickelt gewesen war und ihren Mann nicht selbst benachrichtigt hatte, wäre das ein alarmierendes Zeichen. Das würde bedeuten, dass sie zumindest schwer verletzt war. Ana beruhigte sich selbst, es war möglich, dass das Handy kaputt gegangen war.

Sie nahm ihre Jacke und den Autoschlüssel und trat in die bitterkalte Finsternis hinaus. Steif kletterte sie in ihren Wagen. Als sie das eiskalte Lenkrad angriff, schauderte sie.

Die Fahrstrecke war kurz. Manuela und Max waren nach ihrer Hochzeit vor zwei Jahren von der Wiener Wohnung in ein Einfamilienhaus in Korneuburg übersiedelt, weniger als fünfzehn Minuten von Anas Wohnort entfernt.

Trotz der kurzen Distanz fuhren die Arbeitskolleginnen nie gemeinsam in die Firma. Beide legten Wert auf ihre zeitliche Ungebundenheit.

Anas Gedanken kreisten ständig um die Frage, wo Manuela sein könnte. Ihr kam keine einleuchtende Idee. Der Ehemann tat ihr leid. Er erwartete von ihr eine Lösung. Was konnte sie tun?

Sie näherte sich dem Wohnhaus, das in einer ruhigen, breiten Straße lag, die auf beiden Seiten von Bäumen gesäumt war. Das Haus war das einzige, in dem Licht brannte.

Ana stellte ihren Wagen in der Einfahrt ab. Mit wenig Hoffnung warf sie einen suchenden Blick zu den Abstellplätzen, aber das Auto von Manuela war nirgends zu entdecken. Sie drückte auf die Klingel am Gartentor und hörte es entfernt im Inneren läuten. Sofort ging die Haustür auf und sie sah Max im Lichtschein heraustreten. Er drehte das Licht im Hausgang ab. Das war typisch für Max, selbst jetzt handelte er korrekt. Einen Augenblick später stand er vor ihr: »Thank you for coming. What will we do now?"

Sie ignorierte, dass er englisch sprach. »Ich glaube, wir sollten als Erstes den Arbeitsweg abfahren und schauen, ob wir Manuelas Auto irgendwo geparkt sehen. Steig ein, wir fahren mit meinem Wagen. Ich nehme die kürzeste Strecke in die Firma. Wenn dir etwas Ungewöhnliches auffällt, sag es sofort. Egal, was es ist.«

Langsam rollte das Cabrio durch den menschenleeren Ort, vorbei am alten Rathaus, das auch um diese nachttrunkene Stunde beleuchtet war. Konzentriert starrte Ana abwechselnd auf die Fahrbahn vor sich und dann wieder an den Fahrbahnrand. Sie wünschte sich so sehr, Manuela oder zumindest ihr Auto zu entdecken.

»Wo ist sie?«, fragte Max leise. Ana gab ihm keine Antwort. Als sie nach Wien hineinfuhren, beleuchteten große Laternen die Fahrstreifen und sie hatten einen weiten Ausblick. Nirgends war ein abgestelltes Fahrzeug zu erkennen.

»Wir fahren über die Nordbrücke hin und über die Brigittenauer retour«, erklärte sie. »Auf diese Weise überprüfen wir beide Wege, die sie üblicherweise nimmt.«

Max fragte wieder: »Hat Manuela wirklich nichts gesagt?«

»Was meinst du, was soll sie gesagt haben?«

»Irgendetwas. Sie muss doch irgendwo sein. Hat sie dir etwas erzählt?«

»Mir fällt nichts ein.« Ana schüttelte zur Bekräftigung den Kopf.

»Denk nach!«

»Mach ich doch ständig. Ich zermartere mir mein Gehirn, aber da war nichts.«

Das ungläubige Schnauben von Max ignorierte sie, er redete nach kurzem Schweigen weiter: »Wir schauen jetzt, ob sie einen Unfall oder ein Problem mit dem Auto hatte, korrekt?«

»Genau, lass uns das kontrollieren. Wir besuchen zusätzlich die Garage der Firma. Ich will nachschauen, ob ihr Wagen womöglich noch dasteht.«

Sie fuhren auf die Müllverbrennungsanlage Spittelau zu, die der Künstler Friedensreich Hundertwasser in ein Wiener Wahrzeichen verwandelt hatte. Während Ana das im künstlichen Licht bunt schillernde Gebäude betrachtete, schrie Max auf: »There! Manuela!«

Ana sprang auf die Bremse, sodass das Fahrzeug mit einem Ruck stillstand. »Wo?«

»There!« Er riss bereits die Tür auf und schwang sich aus dem Sitz. »Manuela!«

Da nahm Ana die Frau wahr. Sie stand am geöffneten Kofferraum eines dunklen Autos, das unbeleuchtet auf der Nebenfahrbahn parkte, einige Meter vor ihnen. Blonde Haare und ein brauner Mantel. Als Max auf sie zustürmte, sprang die Frau zurück und riss beide Arme in die Höhe. Ihre Augen waren riesengroß. Sie hatte schreckliche Angst.

»Das ist nicht Manuela!«

Max erstarrte. Seine Arme und Schultern sackten nach unten. Kurz glaubte Ana, dass er auf den Asphalt sinken würde. Aber er verharrte ein paar Sekunden lang still, machte kehrt und wankte auf sie zu.

Sie sprang aus dem Wagen und lief zu ihm. Sie umarmte ihn und hielt ihn fest. Max zitterte.

»Komm, steig ein. Wir suchen weiter.«

Minuten später fuhren sie am Backsteinbau der Rossauer Kaserne vorbei. Wien wirkte idyllisch in der Nacht. Kein Lärm, keine Hektik, ganz friedlich. Aber heute stellte sich keine Freude ein. Ana fühlte, wie sie immer nervöser wurde und innerlich vibrierte. Sie versuchte, sich auf das Ausschauhalten zu konzentrieren.

»So, wir sind gleich da.«

Langsam bog das Cabrio auf die Brücke über den Donaukanal ein und danach in die Garageneinfahrt. Ana zog ihren Dienstausweis aus der Mittelkonsole und hielt ihn zum Abnehmer. Sofort hob sich das Tor und in der Einfahrt ging grellweißes Licht an.

Sie ließ das Auto im Schritttempo an den großteils leeren Stellplätzen vorbeirollen. Ana kurvte langsam nach unten in den Bereich, wo Manuela ihren Parkplatz hatte. Hier waren alle Plätze leer, kein einziges Auto und keine Spur von Manuela. Schweigend sahen sich Max und Ana an.

Max fuhr sich über die Stirn. »What now?«

KAPITEL 5

Ana und Max zogen eine weitere ergebnislose Runde durch die Garage und fuhren dann die andere Strecke nach Korneuburg zurück. Sie starrten angestrengt in die Dunkelheit, sahen aber keinen Hinweis auf Manuela und wechselten kein Wort miteinander.

Ana ließ das Cabrio bis zum Hauptplatz rollen und hielt an der Bushaltestelle an. Es war mittlerweile knapp vor fünf Uhr. Demnächst würden hier die ersten Bewohner in die Arbeit aufbrechen.

»Wenn du auch keine Idee mehr hast, wo wir suchen können, fahren wir jetzt zur Polizei. Vielleicht hat sie Informationen für uns. Okay?«, schlug Ana bedrückt vor. Anscheinend musste sie die Führung übernehmen.

»Was wird die Polizei fragen? Was muss ich sagen?«, Max klang verunsichert.

»Wir erzählen, was wir wissen, und ersuchen sie um Unterstützung.«

»Aber was, wenn sie glauben, dass ich Manuela etwas angetan habe? Sperren sie mich ein?«

»Also bitte, du bist ein besorgter Ehemann und ich bin ihre Vorgesetzte. Ich bezweifle, dass uns jemand verdächtigen wird, ihr was angetan zu haben.«

Obwohl sie ihn zu beschwichtigen versuchte, machte sie sich selbst Gedanken. Wenn ihre Kollegin in keinen Unfall verwickelt gewesen war, war sie womöglich Opfer eines Verbrechens geworden. Und der Ehemann war stets einer der Verdächtigen.

Laut sagte sie: »Die Polizeistation wurde vor Kurzem zum neu gebauten Gefängnis verlegt, ich such sie auf dem Handy.«

Sie fand die Adresse sofort und erinnerte sich, mit dem Rad dort schon vorbeigeflitzt zu sein.

Ohne weiteren Kommentar startete sie das Auto und fuhr zur Polizeiinspektion. Wenige Minuten später hielt sie vor dem einstöckigen Gebäude an. Auch hier war es noch ruhig. In der Luft lag ein dumpfer Geruch nach nassen Blättern und leichtem Nebel. Hier neben der Au und in Donaunähe meldete sich der Herbst deutlich. Sie stiegen die wenigen Stufen zur Eingangstür hinauf und Ana drückte die Klingel.

Es dauerte nur Sekunden, bis ein »Ja bitte?« aus der Gegensprechanlage erklang.

»Wir benötigen Ihre Hilfe, wir vermissen eine Frau.« Der Türöffner summte und Ana zog die Glastür auf. Max folgte ihr schweigend hinein.

Ein junger Polizist wartete bereits am Empfang und führte sie zu einem Schreibtisch. Mit einer einladenden Geste deutete er ihnen, auf den Klappstühlen Platz zu nehmen. »Entschuldigung, wir sind noch nicht komplett eingerichtet. Ist alles ein wenig behelfsmäßig. Nun, wie kann ich Ihnen helfen?«

»Meine Frau ist nicht nach Hause gekommen«, fing Max vorsichtig an.

»Sie sind also der Ehemann und Ihre Frau ist nicht nach Hause gekommen. Und wer sind Sie?«, der Beamte sah Ana an.

»Ich bin die Chefin von Manuela Prince, so heißt die Vermisste. Ich habe gestern bis am Abend mit ihr zusammengearbeitet und danach wollte sie nach Hause fahren. Sie ist aber daheim nicht angekommen.«

Der junge Mann war bedächtig und freundlich und nahm zuerst die persönlichen Daten von Manuela auf. Da er langsam und deutlich sprach, hatte Max kein Problem mit dem Deutsch.

Der Polizist schaute ihn an und sagte: »Ich stelle Ihnen als Erstes ein paar Fragen, um mir ein Bild von der Situation zu verschaffen. Geben Sie möglichst genaue Antworten. Wann und wo wurde Ihre Frau zuletzt nachweislich gesehen?« Max blickte ihn irritiert an und zeigte auf Ana.

Ana sprang ein und meinte: »Frau Prince und ich haben bis circa 20 Uhr gemeinsam gearbeitet, in Wien. Wir haben uns dann verabschiedet. Seither hatten wir keinen Kontakt mehr. An ihr Handy geht sie nicht ran.«

Der Polizist schrieb die genaue Adresse der Firma auf und fragte weiter: »Hat Frau Prince explizit zu Ihnen gesagt, dass sie auf direkten Weg heimfährt?«

»Nein, ich habe das angenommen, weil es schon ziemlich spät war.«

»Bitte ausschließlich die Fragen beantworten. Warum haben Sie angenommen, dass Frau Prince ohne Umweg nach Hause zurückkehrt?«, bohrte er weiter.

»Wir haben vor dem Heimgehen noch geplaudert. Wir kennen uns gut. Ich gehe davon aus, dass sie eine geplante Erledigung erwähnt hätte«, versuchte Ana zu erklären.

Dem Anschein nach zufrieden mit der Antwort, wandte sich der Polizist erneut an Max: »Gab es danach noch irgendeinen Kontakt? Zum Beispiel eine Mail oder einen Anruf?«

Max schüttelte den Kopf und setzte an: »Nein, aber ...« Er brach seinen Satz ab.

»Benötigt Ihre Frau dringend Medikamente oder ärztliche Behandlung?«

»No.«

»Warum meinen Sie, dass eine Abgängigkeit vorliegt? Welcher Umstand erscheint Ihnen bedenklich?«

Jetzt sah Max ganz und gar verwirrt aus: »Diese Frage ist seltsam. Sie ist nicht nach Hause gekommen. Sie hat mich nicht angerufen. Sie ist einfach nicht da.«

»Verstehen Sie mich bitte richtig. Mir ist klar, dass Sie in Sorge sind. Ist Ihre Frau schon einmal über Nacht ausgeblieben, ohne es Ihnen vorher zu sagen?«

»Nein, nie.«

»Hatten Sie einen Streit?«

Max starrte ihn finster an, dann schaute er zu Ana: »Wir hatten keinen Streit. Wieso fragen Sie mich das alles, wieso suchen Sie nicht rasch nach Manuela?«

Anas Magen verkrampfte sich. Es war zu erwarten gewesen, dass sich Max in so einem Gespräch überfordert fühlte. Persönliche Themen zu erörtern, noch dazu auf Deutsch, war nicht seine Stärke.

Der Polizist blieb professionell gelassen: »Schauen Sie, Ihre Frau ist erwachsen. In Österreich darf sich jeder Erwachsene frei bewegen, das ist jedermanns gutes Recht. Verstehen Sie das?«

Max nickte zwar, aber antwortete: »Sie ist nicht nach Hause gekommen. Sie geht nicht aus, ohne es mir zu sagen. Es muss ihr etwas Schlimmes zugestoßen sein.«

»Ich kann Sie beruhigen. Uns wurden weder ein Unfall noch bedenkliche Vorfälle gemeldet. Wien und Niederösterreich hatten bis auf Kleinigkeiten eine ruhige Nacht.« Der Polizist wartete, bis Max andeutete, dass er verstanden hatte, bevor er weitersprach: »Ihre Frau scheint nicht selbstmordgefährdet zu sein und es gibt keinerlei Anhaltspunkt für ein Verbrechen. Deshalb machen wir jetzt Folgendes: Wenn Sie wirklich sehr beunruhigt sind, nehmen wir eine Vermisstenanzeige auf. Und dann warten wir bis heute Abend. Die meisten erwachsenen Vermissten finden sich von allein nach wenigen Stunden oder Tagen wieder ein.«

Um zu verhindern, dass Max irgendetwas Unüberlegtes zu einem Beamten sagte, warf Ana ein: »Können wir denn darüber hinaus überhaupt nichts beitragen?«

Der Polizist sah beide abwechselnd an: »Doch. Seien Sie aktiv. Telefonieren Sie alle Bekannten durch, ob Frau Prince mit einem von ihnen Kontakt aufgenommen hat. Womöglich löst sich damit das Rätsel auf.«

Ana fasste neue Hoffnung. War doch möglich, dass ein überraschender Vorfall Manuela zu einer spontanen Handlung bewegt hatte.

»Wenn die Vermisste wegbleibt, ohne sich zu melden, erscheinen Sie am besten mit einem aktuellen Foto von ihr. Wir schauen dann weiter. Und jetzt nehme ich noch zusätzliche Daten für die Abgängigkeitsanzeige auf.«

Eine Viertelstunde später hatten sie gemeinsam Auskunft zu persönlichen Merkmalen wie Körpergröße, Haarfarbe und Kleidung gegeben. Blaue Jeans, weiße Bluse und blauer Blazer. Und die braune Stoffjacke. Welche Schuhe sie getragen hatte, daran konnten sie beide sich nicht mehr erinnern. Danach hielt der Beamte auch die Fahrzeugdaten fest. Zusätzlich belehrte er sie noch, dass diese Informationen bis zur Auffindung im österreichischen Fahndungssystem und im Schengener Informationssystem gespeichert bleiben würden.

Dann standen Ana und Max abermals auf der Straße. Mittlerweile dämmerte es schon und sie starrten einander an.

»Die Polizei unternimmt nichts. Der Polizist glaubt, Manuela besucht eine Freundin oder einen Bekannten und übernachtet dort, ohne dass sie mit mir telefoniert. Das kann doch nicht sein!« Max klang immer erregter.

»Fahren wir lieber weg von hier. Ich bring dich nach Hause«, schlug Ana vor.

»Was erreiche ich zu Hause? Mach doch etwas, damit die Polizei nach ihr sucht!«

»Ich kann nichts tun! Hör auf herumzuschreien und komm mit!«

Als sie vor Max' Haus stoppten, sagte er: »Kommst du mit hinein?«

»Nein. Ich geh mich umziehen und fahr in die Firma. Dort rede ich mit den Kollegen, ob sie etwas gesehen oder gehört haben. Zusätzlich schau ich auch nochmals in die Garage und rede mit dem Portier.«

»Ich ruf sofort alle Bekannten an.«

»Okay und erstell eine Namensliste von ihnen für die Polizei. Wir reden uns später zusammen.«

Als Ana keine Antwort erhielt, fuhr sie fort: »Kommst du allein zurecht?«

»Muss ich«, kam abweisend retour. Sein Gesicht widersprach seinen Worten, es zeigte Ärger und Trostlosigkeit.

»Schau auch bei Manuelas Sachen, ob du einen Hinweis findest, dass sie für den Abend Pläne hatte.«

»Unsinn! Ich würde wissen, wenn sie ausgehen wollte!«, wurde er erneut aufbrausend.

Sie beschloss, das zu ignorieren. »Gib mir bitte sofort Bescheid, wenn es etwas Neues gibt. Oder wenn dir etwas einfällt, was uns weiterhilft.«

Er saß noch immer auf dem Beifahrersitz und machte keine Anstalten, auszusteigen. Deshalb redete Ana weiter: »Und Max, bitte keine Geheimnisse. Wenn es irgendetwas gibt, was ich wissen sollte, sag es mir. Bitte.«

Er zuckte mit den Schultern und kletterte langsam aus dem Cabrio. »Vielen Dank, dass du mir hilfst. Ich weiß nicht, was ich ohne dich machen würde. Ich sterbe vor Sorge um Manuela. See you later.«

KAPITEL 6

Eine Stunde nachdem sie Max allein zurückgelassen hatte, war Ana frisch geduscht und mit einem raschen Frühstück gestärkt. Ihre Kleidung war sogar an diesem Tag sorgfältig ausgesucht. Sie hatte sich in den letzten Jahren angewöhnt, jederzeit für Kundentermine bereit zu sein. Außerdem war ihr bewusst, dass die Mitarbeiter sie beobachteten. Ihre Stimmung, ihr Auftreten und ihr Outfit. Sie hatte das Ziel, bedeutende Führungsaufgaben zu übernehmen, und dafür musste sie auch auf Äußerlichkeiten achten. Schwarze Hose, lila Blazer mit farblich abgestimmter Bluse. Sie mochte ihre Arbeitskleidung elegant, aber nicht zu formal.

Sobald das Cabrio auf der Autobahn dahinglitt, rief sie über die Freisprecheinrichtung Bert an. Er war seit mehr als einem Jahr in ihrem Team und Ana schätzte seinen erfrischenden Humor.

Vor allem wandte sie sich als Erstes an ihn, weil er sich blendend mit Manuela verstand. Die beiden arbeiteten gern zusammen und ergänzten sich prächtig.

»Guten Morgen, Ana. Hast du eine Erleuchtung für unsere Präsentation, weil du so zeitig anrufst?« Bert klang frisch vergnügt. Er war ein Frühaufsteher und zu Arbeitsbeginn regelmäßig munterer als sie.

»Bert, es ist etwas passiert. Manuela ist gestern Abend

nicht nach Hause gekommen. Ich habe mit ihrem Ehemann heute Früh eine Vermisstenanzeige aufgegeben.«

»Das ist jetzt kein blöder Scherz, oder?« Bert klang schockiert.

»Nein, ist es nicht, über so etwas mache ich keine Witze. Mir ist keine Spur zum Lachen zumute, ich könnte heulen.«

»Das kann doch nicht wahr sein!«

»Ist es aber traurigerweise. Manuela ist wie vom Erdboden verschluckt.«

»Weißt du, ob sie einen Verkehrsunfall hatte? Oder ist sie mit gesundheitlichen Problemen im Spital gelandet?« Er suchte nach einer logischen Erklärung.

»Verkehrsunfall war keiner, das hat die Polizei überprüft. Um sicherzugehen, könnten wir die Spitäler durchrufen, ihr Mann ist überfordert.« Ana nahm sofort den Strohhalm auf. »Obwohl ich denke, dass die sich ohnehin bei der Polizei gemeldet hätten. Ich mach mir schreckliche Sorgen.«

»Ana, du fahr jetzt konzentriert herein, nicht dass dir auch noch etwas passiert. Anni ist schon im Büro. Ich teile mir mit ihr die Krankenhäuser auf, wir rufen sie durch. Und ich gebe den anderen vom Team Bescheid. Ist es dir recht, wenn ich für 8:30 ein Krisenmeeting einberufe?«

»Ja, das macht Sinn. Dann überlegen wir gemeinsam, ob wir etwas tun können. Bis gleich.«

Gedankenverloren beendete sie den Anruf. Als sie bald danach in die Firmengarage einfuhr, lief ihr ein Schauer den Rücken hinunter. Wurde sie hysterisch? Das war die gleiche Garage, in der sie seit einer Ewigkeit parkte. Hier lagen keine Leichen und es lauerte kein Verbrecher auf sie.

Vor ihrem Büro wartete bereits Anni und sie klang atemlos. »Wir haben die Anrufe in den Krankenhäusern schon erledigt. Es gab keine Neuzugänge, die Manuela sein könnten. Außerdem haben sie uns informiert, dass die Polizei immer die Angehörigen verständigt. Was kann ich noch tun?«

»Gute Frage, wenn ich das nur wüsste! Lass uns im Meeting mit den anderen überlegen. Wenn du willst, ruf doch Max an. Der braucht bestimmt ein wenig Aufmunterung.«

Anni nickte, notierte etwas auf ihrem Schreibblock und lief davon. Während Ana ihre Jacke ablegte, dachte sie an die bevorstehende Besprechung und ihr wurde flau im Magen. Erwartete das Team jetzt von ihr, dass sie wusste, was zu tun war? Sollten sie überhaupt irgendetwas unternehmen, schließlich waren Vermisste die Angelegenheit der Polizei? Wäre es sinnvoller, normal weiterzuarbeiten und zu hoffen, dass sich das Problem durch die Polizei löste?

Als Ana das Sitzungszimmer vor der festgelegten Zeit betrat, war die gesamte Mannschaft versammelt. Das Summen der Stimmen brach sofort ab.

»Guten Morgen. Wie ich sehe, hat Bert alle von euch erreicht, danke dafür. Mir fehlen echt die Worte, deshalb bleibe ich bei den Fakten.« Ana schaute in die Runde.

»Manuela und ich waren bis 20 Uhr zusammen im Büro, dann haben wir uns getrennt, um nach Hause zu fahren. Bisher wissen wir von niemandem, der sie nachher noch gesehen hat. Ihr Auto ist ebenfalls weg. Die Polizei hat eine Vermisstenanzeige aufgenommen und ist der Meinung, wir sollen bis heute Abend warten. Die meisten Verschwundenen tauchen von selbst nach ein paar Stunden oder Tagen wieder auf.«

»Glaubst du das?« Bert starrte sie an. »Wieso soll Manuela verschwinden und nach Stunden oder Tagen wieder auftauchen? Wo ist sie dann jetzt? Das ist doch Schwachsinn, den die Polizei verzapft!«

Sie zuckte mit ihren Schultern, da ihr keine sinnvolle Antwort einfiel. In Gedanken stimmte sie ihm zu.

Anni sprang auf, griff nach einem Stift und stellte sich zum Flipchart. Offenbar plante sie den Fall ›verschwundene Manuela‹ wie einen Arbeitsauftrag zu bearbeiten.

»Lasst uns doch einmal überlegen, wieso sie verschwunden sein kann.« Anni schrieb ›Autounfall‹ auf das Papier.

»Ich dachte, Bert und du habt alle Spitäler angerufen, aber es gibt keine passende Aufnahme«, meldet sich Tom, einer der Softwareentwickler.

»Ja, eh. Vielleicht hat sie Gedächtnisverlust«, und sie kritzelte das Wort ›Gedächtnisverlust‹ auf das Flipchart.

»Eventuell ist ihr schlecht geworden und sie war außerstande weiterzufahren«, ergänzte inzwischen Wolfram.

Anni schrieb ›plötzliche Krankheit‹ auf und fragte dann: »Aber wo befindet sie sich in dieser Sekunde? Auf einem Parkplatz? Auf einer Landstraße?«

Ana mischte sich ein: »Das glaube ich nicht. Ich bin mit Max, ihrem Ehemann, in der Nacht den gesamten Arbeitsweg abgefahren. Wir hätten ihren Wagen gefunden, wenn er wo am Straßenrand stehen würde.«

»Sie kann entführt worden sein«, sagte Bert, »oder ermordet«.

Es wurde so still in dem Raum, dass sie den Stift auf dem Papier kratzen hörten, als Anni ›Entführung‹ und ›Mord‹ aufschrieb. Sie schaute Ana an: »Ist Manuela so superreich, dass sich eine Entführung lohnt?«

»Eher nein, glaube ich. Aber es muss bei einer Entführung nicht unbedingt ums große Geld gehen.«

»Um Liebe? Um Macht? Habt ihr weitere Ideen?«, fragte Anni.

Ana räusperte sich und sagte leise: »Die Polizei vermutet, dass Manuela kurzfristig zu einer Freundin oder einem Freund gefahren ist. Und sie haben sich bei Max erkundigt, ob es Streit gegeben hat.«

Anni ergänzte ihre Aufstellung mit ›bei Freund/in‹ und ›Streit mit Max?‹.

Schweigend starrten alle auf das Flipchart, bis Bert sagte: »Und, was machen wir nun mit diesen Erkenntnissen? Das ist doch Quatsch. Es wäre sinnvoller, Manuelas Sachen nach Spuren zu durchsuchen. Und wir könnten Leute befragen.«

Ana sagte: »Wir sind nicht die Soko Donau, dass wir mit Ermittlungen beginnen. Dafür gibt es die Polizei.«

»Toller Einsatz der Polizei, die den ganzen Tag wartet und hofft, dass eine Abgängige von allein zurückkommt. Das sind doch Hirnis! Was ist, wenn sie doch irgendwo liegt und verzweifelt auf Hilfe hofft?«, konterte Bert.

Anni nickte bekräftigend und stimmte ihm sofort zu. »Richtig. Nie im Leben ist Manuela spontan zu einer Freundin gefahren und lässt ihren Mann und uns so sitzen. Wir durchsuchen ihr Büro nach einem Anhaltspunkt.«

Ana überkam ein schlechtes Gewissen. Sie wollte bei ihren Mitarbeitern den Eindruck vermeiden, dass ihr das Verschwinden von Manuela weniger naheging. »Okay, machen wir das. Ich beabsichtige auch mit dem Portier zu reden, ob er in der Nacht irgendetwas Ungewöhnliches mitbekommen hat. Unter Umständen hat er Manuela aus der Garage fahren sehen.«

»Ich begleite dich«, sagte Anni.

»Ja, ich auch«, ergänzte Bert.

Da meldete sich Wolfram: »Und was ist mit uns? Was können wir beitragen? Ihr dürft uns nicht ausschließen! Uns erschüttert Manuelas Verschwinden genauso wie euch.«

»Willst du zu zehnt ein kleines Büro untersuchen? Das ist doch Unsinn!«, widersprach Bert.

»Langsam, wir sind alle aufgewühlt!«, versuchte Ana beruhigend auf die erhitzten Gemüter einzuwirken. »Ich schlage vor, dass Anni, Bert und ich die Durchsuchung des Zimmers und die Befragung des Portiers übernehmen. Wenn wir auf etwas stoßen oder etwas benötigen, rufen wir euch an.«

»Und was unternehmen wir?«

»Ihr arbeitet an ›E.C.H.O.‹ weiter. Wir hoffen doch alle, dass Manuela bald zurück ist und wir dann unseren Auftritt super durchziehen. Wir treffen uns um zwölf Uhr.«

Wolfram sah sie böse an, er war mit ihrer Antwort sichtlich unzufrieden. Er murmelte vor sich hin, Ana glaubte das Wort ›ausschließen‹ zu verstehen.

In dem Moment wurde die Tür aufgerissen und Alex Roth stürmte atemlos herein. »Ich habe soeben gehört, Manuela ist verschollen. Ist das wahr?«

Ana nickte. »Leider ja. Wir haben keine Ahnung, wo sie ist.«

»Kann ich etwas tun? Was sagt die Polizei?«, fragte Alex.

Sie stand auf und sagte: »Im Augenblick kannst du nichts tun. Außer nachdenken, ob sie gestern etwas erzählt hat, das Licht in die Sache bringen könnte.«

»Die Polizei schläft leider«, ergänzte Bert.

»Weißt du, wo Manuela ist?«, fragte auf einmal Wolfram.

»Natürlich nicht, was glaubst du, warum ich hergekommen bin?«, gab Alex zurück. »Was soll die blöde Frage?«

»Du weißt doch sonst immer alles«, ätzte Wolfram.

Das klang nach Streit. Ana funkte schnell dazwischen. »Okay. Wir treffen uns um zwölf Uhr wieder hier, du kannst gern teilnehmen. Wir schauen dann, ob wir für die Polizei zusätzliche Informationen haben, die ich nach der Arbeit übergeben kann.« Das war die erste Besprechung gewesen, in der niemand nach Süßigkeiten von ihrem Naschteller gegriffen hatte.

KAPITEL 7

Als Anni, Bert und Ana über den Gang zum Aufzug gingen, flüsterte Anni: »Weißt du eigentlich, dass das Gerücht umgeht, dass Manuela und Alex ein Verhältnis haben?«

Ana antwortete genauso leise: »Du wirst es nicht glauben, aber das hat mir Manuela selbst erzählt. Natürlich hat sie hinzugefügt, dass diese Geschichte völliger Unsinn ist. Die beiden kennen sich von früher und verstehen sich gut, darüber hinaus läuft nichts.«

»Hoffentlich!«

Bert zischte im Lift: »Bitte keine zusätzlichen Gerüchte streuen, die Situation ist ohnehin schon schlimm genug.«

Im Erdgeschoß zeigte Ana ihnen, wo Manuela und sie gestanden und Kaffee getrunken hatten. Da kehrte die Erinnerung zurück. »Die Stecken! Die hätte ich beinahe vergessen. Manuela hat zwei lange Bohnenstangen mit sich herumgeschleppt, ist deshalb die Garagenrampe hinuntergegangen und nicht mit dem Aufzug mitgefahren.«

»Dann lass uns auch die Rampe nehmen.«

Ein Lieferwagen schlich hinter ihnen her, als sie die Abfahrt hinuntereilten. Der Wagen gehörte zur Spedition, die sie für Auslieferungen an ihre Kunden verwendeten. Der Fahrer, den Ana vom Sehen kannte, grüßte sie neugierig beim Überholen. Im ersten Untergeschoß war es still. Ihr fiel auf, dass der Großteil der Parkplätze unbenutzt war. Schon sagte Anni: »Haben die Banker heute alle frei, oder ist diese Garage immer so leer?«

Darauf meinte Bert: »Vielleicht sind Herbstferien. Aber ich schätze, die sind permanent ungenutzt. Das werden wir den Portier fragen.«

Auf einmal winkte Anni aufgeregt: »Da schaut, da drüben! Sind das die Bohnenstangen von Manuela?«

Ana marschierte in die Richtung, in die Anni zeigte. Tatsächlich. Zwei einsame Stangen lagen an der Wand. »Die habe ich nicht gesehen, als ich heute Nacht mit Max die Garage abgesucht habe.«

Sie bückte sich zu den Stangen und nahm eine in die Hand. »Beschwören kann ich es nicht, so genau habe ich mir die Dinger nicht angesehen. Die Länge und die Farbe passen. Ich denke, das sind Manuelas Bohnenstangen.«

»Und was heißt das jetzt?«, fragte Bert.

Anni und Ana reagierten nicht, sondern betrachteten nur die Stecken, als ob diese ihnen die Antwort geben könnten.

Nach langem Schweigen meinte Ana: »Das ist unheimlich. Wir suchen die Garage nochmals gründlich ab, vielleicht habe ich in der Nacht noch etwas übersehen.«

Sie starteten ihren Rundgang. Anni rannte trotz hoher Stöckelschuhe und engen Kostüms nach links und nach rechts, um in jeden Winkel zu spähen. Sie hob einen Gegenstand vom Boden auf, betrachtete ihn und zuckte dann mit den Schultern. »Nur eine zerknüllte Rechnung. Es ist hier bis auf ein paar Papierfetzen überraschend sauber. Na, ich nehme das einmal mit.« Da sie keinen Sack zum Verstauen hatte, behielt sie den Mist in ihrer Hand und spazierte weiter. Bis sie nach einer Runde durch das erste Untergeschoß zurück zum Ausgangspunkt gelangt waren, hatte Anni noch zusätzliche Fundstücke eingesammelt.

Gemeinsam gingen sie die Garagenabfahrt ins zweite Untergeschoß hinunter. Diesen Teil der Garage nutzte ihre Firma und er war dicht belegt. Es waren wenige freie Abstellplätze zu sehen, einer davon gehörte Manuela.

»Der leere Platz wirkt beängstigend. Ich stelle mir gerade vor, dass an diesem Platz ein Entführer gestanden ist und ihr aufgelauert hat.«

»Wie sind dann ihre Stangen einen Stock höher gekommen?«

Auch in diesem Bereich suchten sie den Boden ab und schauten in die Nischen. Erneut hob Anni weggeworfenes Papier und Plastik auf. Aber sie entdeckten nichts Interessantes. Bedrückt sahen sie sich an. Ihre Kollegin hatte sich in Luft aufgelöst.

»Bert, bitte sei so nett und geh die Rampe auch hinauf. Ich bezweifle zwar, dass du etwas findest, aber wer weiß. Und nimm den eingesammelten Abfall von Anni mit, wir besuchen jetzt den Portier. Ich denke, zwei Damen haben mehr Chancen, ihn interessiert zu stimmen.«

Im Gegensatz zu den Portieren im Empfang ihrer Firma, die einen Plausch schätzten, wenn es die Zeit zuließ, waren die Angestellten der Garage als wortkarg bis abweisend bekannt.

Sie erreichten den Glaskasten, in dem durchgehend ein bis zwei Portiere anwesend waren. Deren Hauptaufgabe bestand darin, Autofahrern bei der Garageneinfahrt mit Papieren und Hinweisen zu helfen. Ins Firmengebäude mussten sie nur im Fall eines Fehlalarms oder wenn ein Schranken streikte.

Durch die Glaswand erblickten Ana und Anni in der Kammer Bildschirme mit Bildern vom Vorplatz, dem Gebäude und der Garage.

Zwei männliche Portiere in Uniform saßen vor ihnen. Einer starrte konzentriert auf seinen Computerbildschirm, der andere glotzte interessiert zu ihnen. Er musterte Anni von oben bis unten und verharrte auf ihren langen Beinen.

»Okay, du hast gewonnen«, meinte Ana trocken und schob Anni einen Schritt nach vorne. Sofort setzte diese einen verführerischen Blick auf und grüßte den Portier betont liebenswürdig. Auf ihre Frage, ob er letzte Nacht Dienst gehabt hatte, schüttelte er bedauernd den Kopf und deutete mit dem Finger auf seinen Kollegen. Dieser war mittlerweile aufmerksam geworden, schaute aber unverändert verdrossen drein. Anni lächelte nun ihn an und sagte betont freundlich: »Ich bin überzeugt, dass Sie viel zu tun haben. Dürfen wir Sie trotzdem kurz stören? Es ist wichtig.«

Ana schätzte den Mann auf 40 Jahre. Er hatte kurz geschnittene braune Haare und helle Augen. Er betrachtete die beiden Frauen und winkte sie zu seinem Glasfenster hinüber, ohne seine Miene zu verziehen.

Anni gab ihren Charmeangriff nicht auf, sie war erfolgsverwöhnt. Sie war eine attraktive Frau und genoss es, die Blicke der Männer auf sich zu ziehen. Wenn ihre Einschätzung war, dass Flirten helfen konnte, kannte sie keine Hemmungen, ihre Fähigkeiten einzusetzen.

»Vielen Dank, dass Sie sich für uns Zeit nehmen, das ist so super von Ihnen.« Sie legte ihren Zeigefinger an die Unterlippe. »Folgendes, unsere Kollegin ist gestern Abend verschwunden. Einfach nicht nach Hause gekommen, wir machen uns schreckliche Sorgen um sie. Ihr Wagen steht nicht mehr auf ihrem Abstellplatz, sie muss um 20 Uhr eingestiegen sein. Haben Sie irgendetwas Ungewöhnliches beobachtet?«

Der Mann schaute zuerst Anni und dann Ana an. »Ihr seid nicht von der Polizei? Ich habe euch schon gesehen.«

»Nein, wir sind keine Polizisten, wir sind von der Informatikfirma im Haus und sind Arbeitskolleginnen. Können Sie uns weiterhelfen? Haben Sie was mitbekommen?« Anni sprach neutral mit ihm, obwohl sie störte, dass er sie geduzt hatte.

»Es war die ganze Schicht alles in Ordnung, nichts Ungewöhnliches. Alles, wie es gehört.«

Das klang griesgrämig und desinteressiert, aber so einfach resignierte Anni nicht: »Haben Sie Videoaufzeichnungen von der Garage? Die könnten wir uns ansehen, vielleicht entdecken wir ja was.«

»Wie stellst du dir das vor? Erstens habe ich keine Aufzeichnungen und zweitens würde ich sie euch nicht geben.« Diesmal klang seine Antwort erbost.

»Erkennen Sie im Computer, wann das Auto unserer Kollegin hinausgefahren ist? Ich nenne Ihnen das Kennzeichen.« Anni blieb hartnäckig.

»Du schaust zu viele Krimis an. Nein, ich kann auch keine Kennzeichen nachschauen. Und jetzt muss ich weiterarbeiten.« Er wandte sich seinem Schirm zu.

Der andere Portier hatte die Unterhaltung schweigend mitgehört. Er machte bedauernde Handbewegungen, lächelte Anni nochmals freundlich an und sagte: »Tut uns wirklich leid, auf Wiedersehen.«

»Einen Moment bitte noch«, mischte sich Ana ein. »Wir haben im ersten Untergeschoß Stecken gefunden, die unserer Kollegin gehören, dabei parkt sie im zweiten Untergeschoß. Können Sie uns bitte mitteilen, wer in dem Bereich rechts von der Rampe seinen Parkplatz hat? Wir wollen diejenigen fragen, ob sie etwas mitgekriegt haben.«

Der unfreundliche Portier schüttelte den Kopf. »Na sicher nicht, wo sind wir denn? Als Nächstes wollt ihr die Kundenliste und Alibis. Mir reicht es. Schönen Tag noch. Tschüss!« Er wandte sich mit empörter Miene ab. Diesmal wirkte es endgültig. Aus ihm würden sie keine Informationen mehr herauskriegen.

Anni seufzte hörbar und blickte nochmals zu dem anderen Mann. Sie sah todtraurig aus, gleich würde sie weinen. Dieser Portier schien etwas zu sagen. Er fixierte sie mit seinen Augen und bewegte die Lippen. Ana konnte nicht verstehen, was er murmelte. Aber Anni nickte zufrieden und sagte laut: »Ebenfalls schönen Tag.« Sie zog Ana am Ärmel weg.

»Was war denn das für ein unmöglicher Kerl. Dem hätte ich am liebsten eine gescheuert!«, empörte sich Anni Augenblicke später.

»Das wäre aber gar keine gute Idee, hast du dir seine Pranke angeschaut?«, lachte Ana sie aus.

»Ja, die war tätowiert, richtig hässlich.«

»Mit einem Fünf-Punkte-Tattoo, das hat er sich vermutlich im Gefängnis stechen lassen«, erklärte ihr Ana.

Anni blieb stehen und guckte sie verblüfft an: »Du bist ein Wahnsinn. Ich hätte auf keinen Fall gedacht, dass du dich mit Tattoos auskennst. Cool.«

Ana grinste sie an: »Na geh, so was Besonderes ist das nicht. Eigentlich ist Tätowieren in den Gefängnissen verboten. Deshalb ist es umso interessanter. Die stechen sich das oft selbst mit irgendwelchen Mitteln. Die fünf Punkte stehen für einen Gefängnisaufenthalt. Der Punkt in der Mitte symbolisiert den Häftling, die vier äußeren stellen die Mauern dar.«

Anni kicherte und sagte: »Du bist wirklich die Klügste, aber das wusste ich bereits. Deine Kenntnisse über Häftlinge finde ich echt schräg.«

Ana hatte keine Lust, ihr zu erzählen, dass sie sich dieses Wissen angeeignet hatte, als sie vor Jahren als Mitglied einer Sozialorganisation ehrenamtlich Besuchsdienste geleistet hatte. »Sag mir lieber, was der Kerl geflüstert hat, ich habe ihn nicht verstanden.«

»Das war an mich adressiert und nicht an dich.« Anni schmunzelte. »Das hat ›später‹ geheißen. Deshalb schaue ich dann nochmals bei ihm vorbei. Der Ex-Häfen-Bruder wird sich bald trollen, wenn er Nachtschicht hatte.«

»Ich lasse dich auf keinen Fall allein hingehen, da begleite ich dich. Dieses Duo ist mir unheimlich.«

»Ach was, mir passiert nichts. Und schon gar nicht untertags in einer Portierloge, wo ständig Autos vorbeikommen«, versuchte Anni sie zu beruhigen. Offenbar traute sie sich ohne Unterstützung eher zu, dem Mann nützliche Informationen zu entlocken.

Bevor Ana eine Antwort geben konnte, läutete ihr Handy. »Ana, hier ist Bert. Pat war gerade bei uns und hat sich nach dir erkundigt. Sie hat gemerkt, dass eine miese Stimmung herrscht, und hat darauf bestanden, in Kenntnis gesetzt zu werden, was los ist. Sie hat gedacht, dass wir ein Kundenproblem haben. Jedenfalls weiß sie nun, dass Manuela verschwunden ist, und ist stinksauer, dass ihr das niemand gleich in der Früh berichtet hat. Sie wünscht, dass du zu ihr kommst, ›sofort‹ hat sie gesagt.«

»Oh je, aber klar, ich hätte ihr das melden sollen. Ich habe nicht daran gedacht. Ich laufe hinauf zu ihr. Beim Portier hat sich leider nichts ergeben. Stell dir vor, die behaupten, dass sie die Videoüberwachung von der Garage nicht speichern.«

Sie beendete das Telefonat und wandte sich an Anni: »Ich muss zu Pat, sie hat erfahren, dass Manuela verschwunden ist. Verschiebst du bitte unser Teammeeting auf 14 Uhr, damit wir Zeit gewinnen, Manuelas Zimmer zu durchsuchen? Ich komme so schnell wie möglich. Danke.«

KAPITEL 8

Immer wenn sie in der Etage der Geschäftsleitung aus dem Aufzug stieg, fühlte sich Ana in der großen, weiten Welt. Sie machte sich zwar darüber lustig, wenn sie mit ihren Kollegen scherzte, aber insgeheim war sie fasziniert. Vor ihr lag ein heller Empfangsraum mit einer schier endlosen Glaswand. Dahinter beeindruckte der imposante Ausblick auf Wien.

Ihr gefielen die Aquarelle in Pastelltönen und die Schwarz-Weiß-Zeichnungen. Der helle Teppich hatte einen höheren Flor als in den übrigen Stockwerken und verschluckte Anas Schritte. Sie ging an der überdimensionalen Ledercouch vorbei und sah auf dem Metall-Glas-Tisch die neuesten Informatikzeitschriften liegen.

Ana spürte einen Blick auf sich ruhen und bemerkte Elisabeth. Als Chefsekretärin von Pat saß sie in einer Ecke im Empfangsbereich mit einem riesigen Schreibtisch, passenden Schränken und Designerlampen. Sogar der Computer und der Drucker sahen teurer aus als bei den anderen Mitarbeitern. Elisabeth nickte freundlich und meinte: »Die Chefin wartet bereits auf dich. Du kannst gleich durchgehen.«

Ana grüßte sie höflich und bedankte sich. Elisabeth war der gute Geist der Firma, sie kannte jeden und wusste viele Geheimnisse. Selbst in stressigen Situationen blieb sie liebenswürdig.

Ana klopfte an die Tür zu Pats Büro und öffnete sie ein Stück weit. Als sie sich überzeugt hatte, dass die CEO nicht telefonierte, trat sie ein. »Guten Tag Pat.«

»Grüß dich Ana, bitte nimm Platz«, sagte diese und deutete auf den Stuhl ihrem mächtigen Schreibtisch gegenüber. Dann richtete sie ihre Aufmerksamkeit wieder auf den Bildschirm.

Es roch nach Holz und Leder. Hinter Pat war eine riesige Erdkugel abgebildet. »Die Weltherrschaft unserer CEO«, hatte Bert vor einiger Zeit geätzt. Beim Gedanken an seine lockeren Sprüche entspannte sich Ana.

Pat sagte: »Ich bin gleich für dich da.« Sie tippte weiter. Das Schweigen breitete sich unangenehm aus. Ana hörte ausschließlich das Klackern der Tastatur. Sie betrachtete die Bogenlampe im Metallic-Design. »Praktisch sieht die nicht aus«, dachte sie. »Aber sie kostet mehr als meine gesamte Beleuchtung zu Hause.« Sie versuchte, gelassen zu sitzen. Sie wollte ihre zunehmende Unsicherheit nicht zeigen.

Eine gefühlte Ewigkeit später schaute Pat auf und rückte ihren Stuhl in die Mitte des Schreibtisches. »Also, was ist los bei euch?«

Entschlossen, ruhig und souverän zu erscheinen, begann Ana zu schildern: »Wir stellen bereits die Abschlusspräsentation für nächste Woche fertig. Es läuft so weit alles nach Plan und einem Erfolg steht nichts im Weg. Aber gestern Abend ist Manuela Prince auf dem Nachhauseweg verschwunden. Du weißt, sie ist wichtig bei der Vorbereitung und zudem die designierte Projektleiterin.«

»Manuela Prince ist ohne Vorwarnung verschwunden? Was wirst du jetzt tun?«

Ana schaute ihr aufmerksam ins Gesicht, aber nichts ließ sie erkennen, was Pat genau hören wollte.

»Die Polizei hat eine Vermisstenanzeige aufgenommen und heute Abend fahre ich mit ihrem Ehemann wieder hin. Da erfahren wir, wie es weitergeht.«

»Ja, aber was machst du mit dem Projekt, meinte ich. Wir reden von einem bedeutenden Investment. Du weißt, wie wichtig ein erfolgreicher Projektabschluss ist.«

»Die Vorbereitung finalisieren wir ohne Manuela. Das kriegt das Team tadellos hin, es ist kaum noch etwas offen. Und dann ist sie hoffentlich wieder zurück.«

»Wir brauchen aber mehr als deine Hoffnung. Dir ist doch die Tragweite bewusst? Wir können uns nicht leisten, dass es hier Verzögerungen oder Fehler gibt.«

»Wir tun alles für einen positiven Abschluss. Der Kunde wird mit unserer Arbeit zufrieden sein.«

»Das erwarte ich von dir. Ich muss mich absolut auf dich verlassen können, ist das klar?« Ana nickte, was sollte sie denn auch dazu sagen?

»Überlege dir einen Ersatzprojektleiter, damit du eine Lösung hast, wenn Manuela nicht zurückkommt. Wir reden morgen weiter, da bringst du bitte Lösungsvorschläge.« Der letzte Satz klang bereits eindeutig nach Verabschiedung, aber sie legte noch nach. »Und das nächste Mal bist du proaktiv und informierst mich sofort, wenn ein Problem auftaucht. Nicht dass ich nochmals zufällig davon erfahre, weil ich mit dir sprechen will.«

Jetzt fing Ana an, sich zu ärgern. Sie konzentrierte sich darauf, ihre Stimme ausgeglichen klingen zu lassen: »Ich habe in der Früh einfach nicht daran gedacht, mich unverzüglich bei dir zu melden. Ich war müde, weil ich Manuelas Ehemann in der Nacht auf das Kommissariat begleitet habe. In der Früh musste ich das Team unterrichten. Außerdem wollte ich so rasch wie möglich mit dem Portier sprechen, ob er irgendetwas mitbekommen hat.«

Pat verzog das Gesicht: »Du fängst jetzt hoffentlich nicht an, Detektiv zu spielen. Konzentrier dich auf dein Kundenprojekt, das hat Priorität. Die Suche nach Manuela überlässt du besser der Polizei.«

»Aber im Moment sucht die Polizei noch gar nicht nach ihr. Weil sie keinen konkreten Anhaltspunkt für ein Verbrechen sieht.«

»Umso mehr solltest du dich da raushalten. Wer weiß, welche Probleme Manuela in ihrem Privatleben hat. Das geht uns nichts an, da mischen wir uns nicht ein. Wenn sie zurückkommt, hat sie hoffentlich eine gute Erklärung.« Sie erhob sich, woraufhin Ana ebenfalls sofort aufstand. »Ich wünsche dir alles Gute. Schau, dass du diese Unannehmlichkeiten in den Griff bekommst. Das Projekt ist überaus wichtig für die ganze Firma und du vertrittst unsere Interessen. Für dich persönlich ist das Gelingen entscheidend für deine weitere Karriere. Wenn das ein Erfolg wird, kannst du bei uns einiges erwarten. Und du bist dann auf dem österreichischen Informatikmarkt berühmt.« Sie nickte ihr nochmals zu: »Wir sehen uns morgen.«

Ana konnte sich nicht erinnern, wie sie aus dem CEO-Büro hinausgegangen war und den Lift genommen hatte. Erst als sie endlich in ihrem eigenen Büro saß, fühlte sie sich einigermaßen in die Normalität zurückgekommen.

»Na, wie war es?«, Bert stand in der Tür und schaute sie mitleidig an. »So schlimm?«

»Ich grüble gerade, was ich dir sagen soll. Das Gespräch war Zuckerbrot und Peitsche. Sie betonte mehrmals, wie wichtig ›E.C.H.O.‹ ist und dass es um meine Karriere geht. Manuela hat sie schon halb abgeschrieben und von möglichen privaten Problemen geredet. Ich muss diese Unterhaltung erst einmal verdauen. Ah, und morgen will sie mit mir auf jeden Fall wieder sprechen. Ich soll gleich den Namen des Ersatzprojektleiters mitbringen.«

Da tauchte neben ihm Anni auf.

»Das ist gemein«, ereiferte Anni sich. »Wir machen doch alles, damit das Projekt ein Erfolg wird. Wir sind nicht schuld, dass Manuela verschwunden ist. Sie darf Manuela nicht einfach abhaken. Nennst du ihr einen Ersatzprojektleiter?«

»Ich muss jetzt einmal nachdenken, das war echt heftig.«

»Das verstehe ich«, fuhr Anni fort. »Ich habe zur Abwechslung bessere Nachrichten. Ich war nochmals bei Herrn Amon. Das ist der Portier. Der Ex-Knacki heißt Brauner und hat sich schon in die Freizeit verdrückt.«

»Hatten wir nicht vereinbart, dass du auf mich wartest? Warst du trotzdem allein bei ihm?«, unterbrach sie Ana.

Anni rollte mit den Augen und sprach ohne Pause weiter. »Also laut Computer fuhr Manuela sieben Minuten nach 20 Uhr aus der Garage. Dazu existieren eventuell Fotos beim Schranken. Aber darauf hat der Portier keinen Zugriff. Von den gespeicherten Bildern sollen wir uns nichts erhoffen. Das Kamerasystem ist uralt und soll seit Jahren ausgetauscht werden. Weil es keine Diebstähle gab, hat der Hauseigentümer die Erneuerung immer wieder auf die lange Bank geschoben. Jedenfalls sagt der Amon, dass die Bilder entweder grau sind oder so stark verwackelt, dass du nichts erkennen kannst. Sie haben vor einigen Monaten eine Aufnahme angefordert und dann sofort entsorgt.«

»Waren das die besseren Nachrichten?«, warf Bert enttäuscht ein.

»Nein, die kommen jetzt. Ich habe die Telefonnummern von zwei Besitzern von Parkplätzen in dem Bereich, wo die Bohnenstangen liegen. Der Amon meinte, der Rest der Plätze ist nicht an bestimmte Personen vermietet, sondern allgemein an die Bank. Und sie stehen die meiste Zeit leer.«

»Ich will nicht wissen, was du mit dem Amon angestellt hast, dass er so gesprächig war«, merkte Ana trocken an. »Aber ich möchte mich jetzt ablenken. Also bitte gib mir die zwei Nummern, die rufen wir sofort an.«

»Lass lieber mich machen, ich besorge uns Termine«, grinste Anni sie frech an und verschwand aus dem Zimmer.

Bert starrte ihr nach und schüttelte den Kopf. »Die Anni glaubt wohl, sie ist Miss Marple. Die darf sich nicht von Pat erwischen lassen, sonst zieht die ihr die Ohren lang.«

Ana richtete den Blick auf ihn. »Bert, ich möchte nicht pessimistisch klingen, aber ich habe so ein richtig ungutes Gefühl bei der ganzen Geschichte.«

»Ich leider auch.«

KAPITEL 9

Es klopfte an Anas Bürotür und Tom streckte seinen Kopf herein. »Hallo Ana, darf ich dich rasch etwas zu ›E.C.H.O.‹ fragen?«

Ana zuckte zusammen. Wenn ihr Team glaubte, dass sie kein Interesse an dem Projekt hatte, bedrohte das den Erfolg. Sie musste sich zusammenreißen und ihre Aufmerksamkeit zeigen. »Was für eine Frage! Selbstverständlich reden wir über das Projekt, bitte nimm Platz.«

In den nächsten Minuten konzentrierte sie sich ausschließlich auf seine Themen. Tom hatte Ärger mit dem Manager der Entwicklungsabteilung, der sich bei verbindlichen Zusagen zierte. Ana griff entschlossen zum Telefon. Den Kollegen ließ sie erst aufstehen, als sie alles restlos geklärt hatte. Kaum war er zur Tür draußen, schlüpfte Anni erneut ins Zimmer. »Geregelt, wir haben zwei Termine. Das war aber kein Kinderspiel. Der Herr Berger empfängt uns in einer Stunde in der Banklobby, nur ganz kurz, darauf legte er Wert. Der Herr Soldo war freundlicher, aber er ist zurzeit mit dem Auto unterwegs. Er hat vorgeschlagen, dass wir uns um 14 Uhr bei seinem Abstellplatz treffen.« Sie kontrollierte, was sie auf ihrem Notizblock aufgeschrieben hatte. »Wegen dieses zusätzlichen Termins mit dem Soldo habe ich mir erlaubt, unser Teammeeting um eine Stunde zu verlegen, damit wir ausreichend Zeit für das Gespräch mit ihm haben.«

»Okay, danke. Schauen wir uns als Erstes im Büro von Manuela um. Bitte hol Bert dazu.«

Manuela und Ana hatten ihre Zweitschlüssel ausgetauscht, für den Fall, dass eine den Schlüssel vergaß. Deshalb war es kein Problem, das Büro aufzuschließen.

Hinter ihr betraten Anni und Bert das Zimmer. Auf den ersten Blick war alles unauffällig. Auf dem Kleiderständer hing einsam ein Regenschirm, der Schreibtisch war bis auf den dreistöckigen Briefablagekorb abgeräumt. Auf dem Kasten an der Wand lagen einige Ordner.

»Sehr ordentlich«, meinte Bert. »Und, wie tun wir jetzt?«

»Also, ich übernehme den Schreibtisch, Anni macht den Ablagekorb und du schaust den Schrank durch«, bestimmte Ana.

Sie setzte sich auf den Drehstuhl und schloss die Ladeneinheiten auf. Anni schleppte die Ablage zum Besprechungstisch und ließ sich dort nieder. Bert begann die Mappen durchzublättern, die auf dem Kasten standen.

In der obersten Lade fand Ana ausschließlich Büromaterial. In der zweiten und dritten waren Akten zum laufenden Projekt. Sie blätterte sie rasch durch. Den Großteil der Unterlagen erkannte sie sofort, auch beim Rest fiel ihr nichts Besonderes auf.

Das unterste Schubfach schien Manuelas Sammeltopf zu sein. Da lag ein Abholzettel für eine Putzerei und einer für einen Schuster, daneben einige Rechnungen. Darunter war eine handgeschriebene Einkaufsliste und mit einer Büroklammer befestigt hing ein Kuchenrezept dahinter. Darüber hinaus gab es Kosmetika und einen Handspiegel. Weiters lag da ein silberner Golfball. Auf den zweiten Blick erkannte sie, dass das ein Schlüsselanhänger war, aber ohne Schlüssel. Und zuletzt waren da noch zwei Fotos.

Ana nahm die Bilder aus der Lade und betrachtete sie eingehend. Auf beiden war Manuela im gleichen Zweiteiler abgebildet. Auf dem ersten stand sie vor einem Gebäude, das Ana nicht bekannt vorkam. Auf dem zweiten saß sie zwischen Arbeitskollegen. Einer war Alex, den anderen kannte sie flüchtig, er war einer der Verkäufer. Im Hintergrund erkannte sie die Kantine der Firma im Halbdunkel. Das mussten Fotos von der letzten Weihnachtsfeier sein, vermutete Ana und legte die Bilder zurück.

Dann zog sie das nächste Fach auf dem zweiten Ladenblock auf. Dieses war vollgestopft mit Blöcken und Zetteln. Während sie sich weiter durch das Papier kämpfte, meldete Anni: »Nichts Spannendes bei mir. Ich habe ihr kleines Ledernotizbuch gefunden, aber da kann ich vieles nicht entziffern, ist alles gekritzelt.«

»Bei mir ist ebenfalls nichts Aufregendes«, antwortete Ana. »Gib mir das Notizbuch, ich nehme es mit. Ihre Handschrift kann ich im Normalfall gut lesen.«

Sie zermarterte sich das Gehirn. Wo verbargen sich weitere Informationen über Manuela?

»Ich werde von meinem Computer in ihrem Online-Kalender nachschauen, ob sie gestern noch einen Termin eingetragen hatte.« Plötzlich überlegte sie es sich anders. »Anni, bitte sei so nett und druck mir den Kalender aus, dann übergebe ich ihn auch der Polizei. Am besten alle Einträge der letzten drei Monate.«

Bert sagte: »Gebt mir noch ein paar Minuten, ich bin fast durch. Ich habe ausschließlich Firmenunterlagen gesichtet und mir ist nichts Ungewöhnliches aufgefallen. Aber mir ist was anderes in den Sinn gekommen. Ich habe für die Urlaubsvertretung Zugriff auf Manuelas Mailaccount. Soll ich ihre Mails ebenfalls durchschauen?«

»Gute Idee. Ich prüfe die Termine und das Notizbuch und du die Mails.« An Anni gewandt fuhr sie fort: »Dann lass uns jetzt einmal mit dem Banker Berger reden.«

Ana schloss das Zimmer sorgfältig ab. Da sie, um zur Lobby der Bank zu gelangen, die Nebenstraße überqueren mussten, holten sich beide ihre Jacken. Auf dem Weg fragte Ana: »Weißt du außer dem Namen irgendetwas über den Banker?«

»Nichts, abgesehen davon, dass er unfreundlich war und oberbeschäftigt tut. Er hat mehrmals betont, dass er eigentlich absolut keine Zeit hat. Vielleicht ist er ein wichtiges Tier in der Bank, da er in der Zentrale sitzt.«

Sie betraten das Foyer durch eine große Drehtür und fanden sich vor einem Empfangstisch wieder. Ein junger Mann in einem eleganten blauen Anzug grüßte sie freundlich und fragte, wie er ihnen helfen könne. Da sie in der Lobby auf Herrn Berger warten wollten, führte er sie zu einer Couch und bat sie, Platz zu nehmen.

Mit fünf Minuten Verspätung stolzierte ein groß gewachsener, 50-jähriger Mann in einem dunklen Zweireiher und glänzenden schwarzen Schuhen auf sie zu. Seine Schritte hallten im Foyer wider.

»Der ist ein Banker wie aus dem Bilderbuch«, dachte sich Ana. »Ich tippe auf Chef der Wertpapierabteilung. Hat der echt heutzutage noch genagelte Schuhe an?«

Der Anzugträger stoppte vor der Sitzbank. »Frau Maier? Ich bin Herr Berger. Sie wollten mich kurz wegen meines Parkplatzes sprechen.«

Ana und Anni standen rasch auf. »Guten Tag, Herr Berger, ich bin Frau Maier, und das ist meine Chefin Frau Rubin. Vielen Dank, dass Sie sich Zeit nehmen, wir wissen das sehr zu schätzen.«

»Also, was gibt es?«

»Wir möchten Sie um eine Auskunft bitten. Waren Sie gestern um 20 Uhr in der Garage und ist Ihnen irgendetwas aufgefallen?«

»Was soll diese Frage, was geht Sie das an?«

»Eine unserer Kolleginnen ist gestern auf dem Nachhauseweg verschwunden und wir möchten herausfinden, was passiert ist.«

»Also erlauben Sie einmal, das ist doch ein starkes Stück. Sie holen mich extra aus meinen Konferenzen, um die Frage aufzuwerfen, wo ich am Vortag um 20 Uhr war? Also, ich war nicht in der Garage. Punkt. Und ich verbitte mir weitere Fragen von Ihnen.«

»Tut uns leid, wenn wir Sie belästigen. Wir wenden uns wirklich nur an Sie, weil wir um unsere Kollegin hochgradig besorgt sind.«

»Wenn wer etwas wissen will, rede ich bestenfalls mit der Polizei. Und ich finde es unglaublich, dass Sie im Besitz meiner Telefonnummer sind. Das ist gesetzwidrig, ich untersage Ihnen die Verwendung. Sie gehen jetzt besser, schönen Tag.« Schon klickerten die Schritte davon.

»Was war denn das, wieso ist der so unfreundlich?«, Anni klang fassungslos. »Macht ihn das nicht total verdächtig?« Ana war die Situation ausgesprochen peinlich. Besonders, weil der junge Mann vom Empfang interessiert herüberschaute.

»Lass uns zurückgehen, sonst werden wir noch hinausgeworfen. Wir gönnen uns jetzt einmal Mittagessen und stärken uns, bevor wir uns zu dem anderen Banker trauen.«

Auf dem Weg zur Kantine läutete ihr Handy, Max war dran. »Hallo Max, gibt es etwas Neues von Manuela?«

»Nein. Ich will dich das Gleiche fragen, deshalb rufe ich an.«

»Ich habe leider bisher nichts herausgefunden«, berichtete Ana. »Der Portier weiß nur, dass das Auto von Manuela die Garage nach 20 Uhr verlassen hat. Hast du eure Bekannten schon erreicht?«

»Yes. Manuelas Eltern sind furchtbar erschrocken, jetzt machen sie sich riesige Sorgen. Die Nachbarn habe ich gefragt und ihre frühere Kollegin. Keiner hat Informationen. Darüber hinaus haben wir zu zwei Ehepaaren aus dem Golfklub engeren Kontakt. Die sind aber derzeit auf Urlaub. Die einen habe ich in Kärnten erreicht, in ihrem Ferienhaus. Mit den anderen habe ich nur wenige Sätze geredet, die sind seit einer Woche in den USA unterwegs. Niemand hat etwas von ihr gehört.«

Ana klemmte rasch das Telefon mit der Schulter ein und zog Kugelschreiber und Zettel aus der Jackentasche. Sie notierte, was ihr Max erzählte.

»Sag, weil du den Golfklub erwähnst. Kennst du einen Schlüsselanhänger, der wie ein silberner Golfball aussieht? Den habe ich in ihrem Schreibtisch gefunden.«

»Nein, der Anhänger ist mir unbekannt. Aber in den Klubs teilen sie öfters Werbegeschenke aus, der Schlüsselanhänger wird wohl eines sein.«

»Schade. Bitte schreib alle eure Bekannten mit Namen und Telefonnummer zusammen, wir geben die Liste der Polizei weiter.«

»Es gibt noch einen alten Onkel von Manuela, aber dem will ich keine Angst einjagen. Ich kann mir nicht vorstellen, wieso Manuela zu ihm fahren sollte. Den Onkel besuchen wir viermal im Jahr gemeinsam. Ansonsten lebt meine Familie in England, meine Eltern und ein Bruder. Mit ihnen habe ich telefoniert, sie können natürlich nicht weiterhelfen.«

»Gut, notiere alle Namen. Und falls Manuela daheim einen privaten Kalender hat, bring den mit.«

»Hat sie nicht. Sie schreibt alles in ihr Telefon oder in ihr kleines Lederbuch. Das finde ich aber nicht.«

»Das Lederbuch haben wir in ihrem Büro aufgestöbert. Das werde ich unter die Lupe nehmen.«

»Gehst du heute wieder mit mir zur Polizei? Ich schaffe das nicht allein, ich brauche deine Hilfe.«

»Na logisch begleite ich dich, das haben wir doch so vereinbart«, beruhigte Ana ihn. »Wir treffen uns um 18 Uhr vor dem Eingang des Kommissariats. Sollte sich vorher etwas ereignen, rufen wir uns an.« Sie verabschiedeten sich.

KAPITEL 10

Ana und Anni stellten sich in der Kantine bei der Essensausgabe an. Es roch nach gebackenem Fleisch und heißem Fett.

Anas Magen begann zu knurren. Verlegen schaute sie, ob das jemand gehört hatte. Musste sie ein schlechtes Gewissen haben, weil sie Appetit hatte, obwohl Manuela abgängig war? Sie schüttelte den irrationalen Gedanken ab, das brachte nichts. Die quälende Angst um ihre Kollegin setzte ihr zu. Da sie keine Lust verspürte, mit anderen Leuten eine Unterhaltung zu führen, suchte sie einen Zweiertisch an der Wand aus. Sie waren spät dran, die Küche würde bald schließen, der Großteil der Tische im Saal war bereits frei.

Sie hatten beide das Wiener Schnitzel mit Erdäpfelsalat und als Nachspeise einen Punschkrapfen gewählt und grinsten sich an. »Heute nicht vital, wir benötigen dringend Nervenfutter«, verkündete Anni.

»Es geht nichts über eine perfekte Ausrede. Lass es dir gut schmecken.« Ana träufelte Zitronensaft auf ihr Schnitzel.

»Während des Essens reden wir bitte nicht über Manuela, ich brauche Ablenkung«, sagte Anni. »Ich überlege zurzeit, ob ich mir einen Mitbewohner anschaffe.«

»Echt jetzt? Ist es dir ernst?«

»Nicht, was du denkst, keinen Mann. Ich war am Sonntag im Tierschutzhaus Katzen anschauen. Am liebsten hätte ich gleich eine mitgenommen.«

»Eine Katze? Wie kommst du auf einmal auf ein Tier?«, fragte Ana überrascht. »Du gehst häufig aus, und auf Urlaub fährst du ebenfalls gern, ist da ein Haustier eine schlaue Idee?«

Ihre Kollegin schnitt eine Grimasse. »Es fühlt sich oft so leer und einsam an, wenn ich nach Hause komme. Ich denke, es wäre cool, wenn da eine Katze auf mich warten würde. Mit der kann ich dann kuscheln und spielen.«

Ana ließ sich Annis Worte durch den Kopf gehen. Wie jung sie noch war, womöglich war ein Haustier kein schlechter Plan. »Hast du eigentlich im Moment einen festen Freund?«

»Nein, das mit den Männern und mir funktioniert bisher nicht«, seufzte Anni. »Ich lerne zwar jedes Mal wen kennen, wenn ich ausgehe, aber die meisten sind nichts für mich. Und von den Interessanten gab es bis heute nur zwei Kategorien.«

Ana sah sie aufmerksam an, so nachdenklich kannte sie die junge Frau nicht.

»Die eine Kategorie sind verheiratete Männer. Da waren einige ausgesprochen nette dabei. Aber das endete bisher jedes Mal in irgendeinem Desaster.«

»Und die andere Kategorie?«, fragte Ana.

»Sind Klammeraffen.«

»Sind was? Was meinst du mit Klammeraffen?«

»Na, diese Männer behaupten am Anfang, wie unheimlich gut ihnen gefällt, dass ich eine toughe Frau bin, die

Karriere macht. Sobald wir einige Wochen beisammen sind, erkundigen sie sich ständig, wo ich bin und ob ich bald weniger arbeite. Sie beanspruchen dann immer mehr Zeit. Klammeraffen eben. Sicher wollen die in einem Jahr heiraten und ich soll zu arbeiten aufhören und Babys bekommen.«

»Du willst jetzt noch keine Kinder, du fühlst dich zu jung?«

»Zuerst möchte ich etwas weiterbringen im Beruf. Hier in diesem Team erlebe ich das erste Mal, dass ich mich entwickeln kann. Dass ich mehr erreiche, als nur die hübsche Assistentin zu sein. Kinder und Ehe kommen für mich erst später.«

Den Rest der Mahlzeit verbrachten sie schweigend und hingen ihren Gedanken nach. Ana hatten die Aussagen von Anni berührt. Sie konnte das Gesagte besser nachvollziehen, als die Kollegin vermutlich glaubte. Sie hatte selbst jahrelang in einer Partnerschaft gesteckt, die ihr nach und nach die Luft abgeschnürt hatte. Vorwürfe wegen langer Arbeitstage und Stänkereien, wenn wieder einmal das Telefon in einem unpassenden Augenblick geläutet hatte. Und unpassend war es genau genommen jedes Mal gewesen. Immer schlimmer war der Druck geworden, endlich Kinder zu bekommen. Irgendwann hatte sich der Großteil der Gespräche um Arbeitszeiten und Kinderkriegen gedreht.

Ihr Ex-Partner hatte sie dann im wahrsten Sinne des Wortes aufgegeben, so hatte er gesagt. Was bedeutete, dass er sich eine Freundin gesucht hatte und Ana eines Tages vor vollendete Tatsachen gestellt hatte. Sie hatten sich nicht im besten Einvernehmen getrennt. Aber zumindest so, dass sie jetzt noch losen Kontakt hielten.

»Wir sollten langsam zu Banker Nummer zwei gehen«, unterbrach Anni ihr Schwelgen in Erinnerungen. »Wenn das auch so ein fieser Typ ist, kündige ich meine Konten bei der Bank und lege das Geld unter den Kopfpolster.«

»Gute Idee, dann hat deine zukünftige Katze gleich was zum Spielen«, lachte Ana. Sie standen auf, trugen ihr Geschirr zurück und wanderten langsam zum Lift.

»Fein, dass wir diesmal den Aufzug nehmen. Das Herumlaufen mit den High Heels war megaanstrengend in der Früh«, gestand Anni.

»Ich trage selbst oft Schuhe mit hohen Absätzen, aber deine übertreffen sie jedes Mal noch um ein paar Zentimeter.«

Sogar darauf wusste Anni eine Antwort. »Das ist die einzige Lösung. Ihr seid größer als ich, und ich will auf Augenhöhe mit euch sein.«

Beim Betreten der Garage entdeckten sie Herrn Soldo sofort. Er schaute in ihre Richtung und kam ihnen ohne Zögern entgegen. Herr Soldo war etwa so groß wie Ana. Er hatte dunkle, kurz geschnittene Haare und ein Lächeln im Gesicht. Ana bemerkte, dass er zwar ebenfalls schwarze Lederschuhe trug, seine aber nicht mit Eisen auf den Spitzen über den Boden klapperten. Ihr gefiel sein Outfit, ein mittelgrauer, leicht glänzender Anzug mit einem weißen Hemd und einer schmalen Krawatte.

Der Mann stand bereits vor ihnen, sein Lächeln wurde deutlicher und er sagte: »Guten Tag, ich bin Rudi Soldo.

Ich nehme an, Sie sind die Damen von der IT-Firma, die über meinen Parkplatz sprechen möchten. Es freut mich, Sie kennenzulernen.«

Sie grüßten ebenfalls freundlich und stellten sich vor. Ana war erleichtert, dass sie diesmal keinen so überheblichen Kerl erwischt hatten.

»Womit kann ich den Damen weiterhelfen? Was genau ist an meinem Parkplatz interessant?«

Anni holte aufs Neue tief Luft und wiederholte ihre Zusammenfassung zu Manuelas Verschwinden. Diesmal erhielten sie eine ganz andere Reaktion.

»Das ist ja schlimm mit Ihrer Arbeitskollegin. Und Sie haben keinerlei Anhaltspunkt, wo sie hingekommen ist? Schrecklich ist das. Ich habe keine Idee, wie ich Ihnen helfen kann, aber ich werde es gern versuchen. Sagen Sie, was ich tun soll.«

Ana schaute ihn aufmerksam an. Dieser Mann war attraktiv und sympathisch. »Unsere Arbeitskollegin ist ungefähr um 20 Uhr hier vorbeigegangen. Waren Sie zufällig in der Garage und haben sie gesehen?«

Der Banker zog sein Telefon aus der Sakkotasche und tippte kurz herum. »Nein leider, ich hatte gestern eine Sitzung im Haus, die dauerte bis nach 21 Uhr. Anschließend waren wir noch gemeinsam auf einen Drink und ich kam erst nach 22:30 Uhr zum Auto. Da ist mir nichts Ungewöhnliches aufgefallen und ich habe niemanden in der Garage angetroffen. Wieso ist es wichtig, dass Ihre Kollegin an meinem Parkplatz vorbeigegangen ist?«

»Weil sie die zwei Bohnenstangen mit sich trug, die Sie da hinten an der Wand sehen. Und jetzt ist sie verschwunden und die Stangen liegen da. Das ist merkwürdig, oder?«

»Sind Sie sicher, dass die beiden Stangen der verschwundenen Dame gehören? Hier liegt oft Zeug herum. Ich finde, der Betreiber ist nicht besonders ordentlich.«

»Ich glaube, dass es ihre sind«, antwortete Ana. »Ganz sicher bin ich leider nicht.« Ihr fielen keine weiteren Fragen ein.

»Jedenfalls vielen lieben Dank für Ihr Bemühen.« Sie sah sich um. »Ich nehme an, das ist Ihr Wagen?« Sie zeigte auf den schnittigen dunklen BMW. »Das ist ein besonders schöner Wagen. Wissen Sie, wir wundern uns, dass hier kaum Fahrzeuge stehen. Bei uns ist die Garage zu den Bürozeiten stark ausgelastet.« Nach kurzer Pause ergänzte sie: »Wir parken im zweiten Untergeschoß.« Ana staunte, dass sie gerade Small Talk mit dem Banker führte.

»Ja, das ist mein Auto. Kennen Sie sich mit Autos aus? Interessieren Sie sich dafür?«

»Auskennen? Nein, nicht wirklich. Aber ich besitze ein altes Cabrio. Das habe ich richtig gern. Normalerweise habe ich zusätzlich noch ein neueres Auto, damit ich gelegentlich schneller fahren kann. Aber im Moment habe ich nur das Cabrio, weil ich Zweifel habe, ob ich auf Dauer zwei Gefährte erhalten will.«

Herr Soldo stieg darauf ein. »Ich habe ebenfalls ein Faible für Oldtimer. Als Cabrio finde ich das doppelt prächtig. Parkt Ihres im zweiten Untergeschoß? Das muss ich mir unbedingt einmal ansehen.« Dann sprach er weiter: »Wegen des leeren Garagenbereiches. Ich habe mir extra auf dieser Seite des Kellers den Stellplatz ausgesucht, weil hier fast niemand parkt. Da ist die Gefahr gering, dass mir jemand seine Autotür gegen mein Fahrzeug schlägt. Ich habe leider schlechte Erfahrungen mit Parkgaragen gemacht. Die meisten Mitarbeiter unserer Bank parken im neuen Teil der Garage, der wurde erst vor wenigen Jahren zugebaut. Dort ist es heller und sauberer. Aber wie gesagt, mir ist es ohne Nachbarn angenehmer.«

Ana dachte ein letztes Mal gründlich nach, ihr kamen leider keine zusätzlichen Fragen in den Sinn. »Nochmals vielen Dank, dass Sie zu uns gekommen sind. Den Versuch war es auf alle Fälle wert.«

»Ja, unbedingt«, antwortete Herr Soldo. »Wenn ich Ihnen auf irgendeine Weise helfen kann, lassen Sie es mich wissen. Ich habe eine jüngere Schwester, ich darf gar nicht daran denken, wie es wäre, wenn sie spurlos verschwinden würde.«

Er griff in seine Sakkotasche und zog Visitenkarten heraus. Eine davon reichte er ihr. »Sie erreichen mich jederzeit, wenn Sie eine Frage haben oder Unterstützung brauchen. Vielleicht geben Sie mir auch Ihre Telefonnummer. Damit ich Sie kontaktieren kann, wenn ich etwas Wichtiges erfahre.« Er blickte sie verschmitzt an.

Ana sagte wie selbstverständlich: »Okay, natürlich gern. Ich habe keine Karte bei mir, aber ich rufe Sie an, dann ist meine Nummer gleich auf Ihrem Handy.«

Sie tippte seine Nummer ab und sofort ertönte »I want to break free« von Queen aus seiner Sakkotasche.

»Ein netter Klingelton, der gefällt mir«, lachte Ana ihn an.

Herr Soldo lächelte zurück und sagte: »Perfekt. Dann besteht ja Hoffnung, dass Sie die Nummer öfter mal wählen.«

Sie verabschiedeten sich.

Kaum hatte sich die Tür hinter ihnen geschlossen, platzte Anni heraus: »Der ist süß! Megasüß! Das wäre einmal ein anderes Format für mich! Und er sieht richtig gut aus. Aber der hatte nur Augen für dich. Ihr habt geflirtet!«

Ana setzte ihr Pokerface auf und antwortete betont neutral: »Herr Soldo ist in der Tat sympathisch. Aber erfinde deshalb bitte keine Geschichten, wir haben derzeit andere Sorgen. Ich konzentriere mich auf Manuela.«

Zum Glück ließ sich Anni durch die Erwähnung ihrer Kollegin ablenken. »Was hast du vor? Hast du einen Plan, was wir unternehmen?«

Sie erhielt von Ana nur die knappe Antwort: »Lass uns im Teammeeting sprechen.«

KAPITEL 11

Als Ana den Besprechungsraum betrat, sahen sie alle erwartungsvoll an. Auch Alex hatte sich zu ihnen gesellt. Anni hantierte mit dem Projektor, offensichtlich hatte sie etwas vorbereitet, was sie den anderen zeigen wollte.

Nach einem kurzen Gruß eröffnete Ana das Meeting. »Manuela ist weiterhin ohne Nachricht abgängig, daran hat sich leider in den letzten Stunden nichts geändert. Bevor wir uns diesem Thema widmen, schauen wir, wie ihr mit der Vorbereitung des Kundenmeetings weitergekommen seid. Unser Ziel ist, dass wir die Termine halten und gute Qualität liefern. Mir ist klar, dass das kaltherzig klingt. Aber wir müssen professionell bleiben und unsere Arbeit bestmöglich erledigen. Sobald wir mit dem Projektstatus fertig sind, reden wir über Manuela. Eine Zusammenfassung der gesammelten Informationen gebe ich der Polizei und hoffe, dass sie damit aktiv an die Suche herangeht.«

Nach dieser langen Einleitung machte sie eine kurze Pause. Da kein Widerspruch erfolgte, fuhr sie fort: »Wolfram, bitte fang mit dem Status an. Welche Themen möchtest du mit uns teilen?«

Ana war überrascht, dass sich die Aufmerksamkeit des Teams auf das Kundenprojekt lenken ließ. Mit der gleichen Konzentration wie üblich gingen sie die Tagesordnung durch, stimmten ihre Ansichten ab und trafen Entscheidungen. Sie begann sich zu entspannen. Sie waren für den Kundentermin gut vorbereitet.

»Wen nehmen wir als Projektleiter mit, wenn Manuela nicht rechtzeitig auftaucht?«, fragte plötzlich Bert. Damit war es mit der Aufmerksamkeit zu Ende. Auf einmal redeten alle durcheinander. Sie verstand lediglich einzelne Ausrufe wie: »Wir haben niemanden, der das annähernd so gut kann!« und »Ihr diskutiert doch nicht allen Ernstes über einen Nachfolger!«

Ana stand auf, dadurch wandten sich die Köpfe in ihre Richtung. »Pat verlangt, dass wir einen Ersatzprojektleiter benennen. Wir müssen ihrer Anweisung Folge leisten, sonst sucht sie einen aus und wir riskieren eine Fehlbesetzung.«

»Wie pietätlos! Wir sind doch keine Roboter. Einer fällt aus, der Nächste übernimmt.« Es war Wolfram, der sich mit dramatischer Stimme meldete.

»Völlig inakzeptabel« murrte Alex.

Ana versuchte gelassen zu klingen: »Okay. Für mich ist das genauso quälend wie für euch. Aber für Manuela macht das wirklich keinen Unterschied. Wir suchen nur einen Ersatz, falls sie nicht rechtzeitig erscheint. In dem Moment, in dem sie zurückkehrt, ist sie unsere Projektleiterin. Daran lasse ich keinen Zweifel.«

»Wenn es uns hilft, kannst du mich nominieren«, sagte Bert. »Aber, um das klarzustellen, ich bin nur die fiktive Nominierung, bis Manuela zurück ist. Ich bewerbe mich hier nicht als Projektleiter! Aber das binden wir Pat nicht auf die Nase.«

Wolfram warf ein: »Gute Idee. Falls das aus irgendeinem Grund nicht geht, kannst du meinen Namen genauso verwenden. Ebenso als temporärer Lückenbüßer, weil …« Er konnte nicht zu Ende sprechen, weil die Tür aufflog und Harald hereinstürmte. »Ich habe gehört, Manuela ist weg? Ohne unfreundlich sein zu wollen, mich wundert das gar nicht.«

»Was zum Teufel willst du damit sagen?«, fuhr ihn Bert an.

»Schon gut, ich meine das ehrlich nicht böse. Manuela ist eine nette Kollegin, aber für eine Senior-Projektleiterin mangelt es ihr an einigem.«

»Willst du uns jetzt einreden, dass sie verschwunden ist, weil ihr das Projekt zu schwierig ist?«

»Vielleicht. Möglicherweise taucht sie wieder auf, sobald ein neuer Projektleiter bekannt gegeben ist. Oder sie kündigt und wir sehen sie bald bei der Konkurrenz.«

»Das ist zum Himmel schreiender Schwachsinn«, fauchte ihn Bert an. »Manuela ist Vollprofi, ihr traue ich die Verantwortung mit links zu. Und sie hat ausreichend Selbstbewusstsein bewiesen. Die läuft doch nicht grundlos davon!«

Harald hob beschwichtigend beide Arme. »Nochmals, ich will nichts Böses über Manuela gesagt haben. Du hast mich um meine Meinung gefragt, jetzt kennst du sie.«

»Ich kann auf deine Meinung verzichten!«

»Weshalb ich eigentlich gekommen bin: Ihr braucht einen neuen Projektleiter und ich biete mich an. Meinen Lebenslauf habe ich soeben nochmals an Ana geschickt. Entscheidet rasch, meine Referenzen sind überzeugend. Ich kann problemlos übernehmen. Ich würde mich freuen. Jetzt störe ich nicht länger, gib mir Bescheid.« Mit den letzten Worten wandte sich Harald direkt an Ana, dann machte er kehrt und schritt aufreizend langsam hinaus. Einzig an seinem hochroten Gesicht war seine Aufregung zu erkennen. Nachdem sich die Tür hinter ihm geschlossen hatte, blieb es kurz still.

»Wow. Das war sein Auftritt. Nach langem Warten sieht er eine realistische Chance, Manuela ihren Job wegzunehmen. Darauf zielt er seit einer Ewigkeit ab«, murmelte Wolfram verächtlich.

»So ein Armleuchter!«, knurrte Bert, außer sich. »Das war die gestörteste Bewerbung aller Zeiten. Der schafft es irgendwann ins Buch der Rekorde.«

»Dem leg ich noch einmal eine auf!«, Alex war fuchsteufelswild.

Während alle durcheinanderredeten, zückte Anni die Fernbedienung des Beamers und eine Namensliste erschien auf der weißen Wand. »Ich habe für Ana eine Übersicht zusammengestellt. Da steht Harald sowieso schon drauf. Denn er profitiert am meisten, wenn sie verschwunden bleibt.«

Diese Meldung erheiterte das Team, alle lachten und redeten durcheinander.

Wolfram kicherte: »Also, jetzt haben wir auch noch eine Frau Sherlock Holmes. Anni, du schaust zu viele Krimis. Es fehlt noch, dass du uns erklärst, Harald hat Manuela entführt und verwahrt sie in seinem Keller, damit er Projektleiter wird.«

»Für unmöglich halte ich das nicht«, gab sie gleichmütig zurück.

»Alex, trägst du auch irgendwann etwas bei, oder willst du uns bloß aushorchen?« Wolfram griff ihn ohne Vorwarnung an.

»Blödsinn!«

»Stopp, die Herrschaften, bitte. Das macht keinen Sinn. Ich fühl mich mies, wenn wir einen Kollegen verdächtigen, Manuela entführt zu haben. Und aufeinander losgehen bringt uns keinen Millimeter weiter.« Ana sah ihr Team ernst an. »Die Namensliste von Anni finde ich wertvoll. Die arbeiten wir jetzt gemeinsam durch und halten fest, in welcher Verbindung die Personen zu Manuela stehen. Die Unterlagen übergebe ich der Polizei.«

»Ich lese vor«, stieg Anni sofort darauf ein. »Wenn ihr was ergänzen wollt, schreibe ich mit.«

Der Reihe nach gingen sie alle Personen durch. Sie ergänzten die Aufstellung noch um den Portier Brauner, der vermutlich im Gefängnis gewesen war, und die Bekannten von Max.

Anni erzählte von den Bankern, die sich so unterschiedlich verhalten hatten. Sie hatte beide auf die Liste gesetzt, Herrn Berger mit dem Vermerk ›aggressiv‹.

Da meldete sich Bert zu Wort. »Von diesem Team schreiben wir alle auf. Wir sind die Arbeitskollegen, mit denen sie die meiste Zeit verbringt. Zusätzlich auch Alex.« Er winkte Alex lässig zu. »Sorry, aber dir sind vermutlich die Gerüchte bekannt, dass ihr was miteinander habt. Du musst auf die Namensliste.«

Alex hatte den Mund aufgemacht und begonnen, heftig den Kopf zu schütteln. Mit empörtem Gesichtsausdruck sagte er: »Das ist vollkommener Unsinn, nichts als blödes Gerede. Wir verstehen uns gut, wir trinken auch gern einen Kaffee miteinander. Aber sie ist glücklich verheiratet, ich ebenso, da läuft nichts zwischen uns.«

Gnadenlos fügte Anni seinen Namen der Aufstellung hinzu und schrieb dazu: »Gerüchte«. Sie drehte sich zu Ana und sagte: »Dann müssen wir Max ebenfalls in die Liste der Verdächtigen eintragen. Ein Ehemann ist immer supersuspekt.«

»Ich wollte bereits die ganze Zeit fragen, was eigentlich ihr Mann sagt«, ließ Alex von sich hören.

»Er sagt nichts«, gab Anni zurück. »Max klingt am Telefon todtraurig, aber sinnvolle Ideen hat er keine.«

»Ich gebe Anni recht. Als Ehemann steht Max auf alle Fälle unter Verdacht.«

»Wir sollten sein Haus durchsuchen!«, schlug Alex vor.

»Aus die Maus!«, fuhr Ana dazwischen. »Das genügt jetzt, ernsthaft. Danke für die Liste. Die Polizei wird uns hoffentlich sagen, wie es weitergeht. Ich wünsche mir, dass unsere Arbeit unnötig war und Manuela plötzlich vor uns steht. Meine favorisierte Variante ist, dass sie an vorübergehendem Gedächtnisverlust gelitten hat, auf einmal wieder alles weiß und zurückkommt.«

»Aber wo ist sie dann jetzt in diesem Moment? Ihr Auto ist auch wie vom Erdboden verschluckt«, murmelte Anni.

»Kann Harald recht haben und sie ist einfach ins Auto gestiegen und weggefahren?«

»Wir hören für heute auf«, verkündete Ana. »Morgen um neun Uhr setzen wir fort. Wir machen den Probelauf der Vorstellung. Eine Stunde Präsentation, danach stellen wir uns neunzig Minuten lang gegenseitig Fragen. Danke und verbringt einen ruhigen Abend. Wir hoffen alle, dass Manuela unversehrt wieder auftaucht.«

KAPITEL 12

Spätnachmittags war die Fahrt nach Korneuburg mühsam. Der Berufsverkehr hatte eingesetzt und Ana stand eingezwickt in einer Autokolonne am Donaukanal. Sie bemerkte, dass sich das schöne Herbstwetter der letzten Tage verzogen hatte. Leichter Nebel hing über der Straße und die Scheibenwischer schoben den Nieselregen von der Windschutzscheibe. Das passte zu ihrer Laune.

Verdrossen betrachtete sie den bunten Turm der Spittelauer Müllverbrennungsanlage auf der anderen Seite des Donaukanals. Es erschien ihr unwirklich, dass es keine 24 Stunden her war, dass sie mit Max dort gehalten hatte. Wäre die fremde Frau doch bloß Manuela gewesen. Um ihre Überlegungen zu verdrängen, drehte sie das Autoradio auf volle Lautstärke und sang das Lied lauthals mit.

Als sie vor dem Polizeikommissariat einparkte, war es knapp vor 18 Uhr und Max stand vor den Stufen. Eine einsame Gestalt, die eine brennende Zigarette von sich wegstreckte.

Dabei hatte Manuela vor einigen Wochen erzählt, dass ihr Mann mit dem Rauchen endgültig Schluss gemacht hatte und sich eisern daran halte. Rauchte er heute aus Nervosität? Oder glaubte er, dass es sich so gehörte, justament jetzt wieder anzufangen?

Ana zuckte verwundert zusammen. Woher kamen ihre bösartigen Gedanken? Sie war doch sonst ein positiver Mensch. Als Max sie erblickte, zog er die Mundwinkel ein wenig nach oben. Sein Gesicht wirkte dadurch nicht glücklicher.

»Hallo Max, gibt es etwas Neues?«

»Hello Ana, nein, nichts Neues. Wo ist sie? Ich halte das kaum mehr aus. Ihre Mutter ruft mich ständig an und fragt nach ihr.«

»Komm, lass uns hineingehen.« Sie zog ihn am Ärmel mit sich.

Diesmal war die Eingangstür zum Kommissariat unversperrt. Am Empfangspult lehnte eine ältere Dame und diskutierte mit einer Polizistin. Ana ließ den Blick durch den Raum gleiten.

»Schau, dort hinten sitzt der Beamte, mit dem wir in der Nacht geredet haben.« In diesem Moment sah der Mann zu ihnen und stand sofort auf.

Er begrüßte sie und winkte sie weiter. »Wir gehen in einen Besprechungsraum und ich hole einen Beamten vom LKA dazu.«

Kurz darauf saßen sie in einem kleinen Zimmer. Dieses ähnelte aber keinem Verhörzimmer aus einem Film. Es sah wie der Aufenthaltsraum einer Firma aus. Auf einer Seite standen Regale mit Büchern und Pokalen, auf der anderen ein Tisch mit einer Kaffeemaschine und Häferln.

Der Polizist hatte sich entschuldigt und telefonierte leise beim einzigen Fenster. Ana konnte ihn nicht verstehen. Deshalb betrachtete sie weiter den Raum. Über der Kaffeemaschine hing eine Uhr an der Wand, die sie an eine Schulklasse erinnerte. Groß, rund, mit riesigen schwarzen Zeigern.

»Bist du okay?«, fragte sie leise. Max saß wie ein Häufchen Elend neben ihr, zusammengesunken und versteinert. Ein leichtes Nicken zeigte ihr, dass er sie verstanden hatte, doch er wollte sich nicht unterhalten.

Der Ausblick aus dem vergitterten Fenster gab auch nicht viel her. Ein üppiger Busch verdeckte teilweise die Sicht, seine Blätter verfärbten sich gelb. Daneben konnte sie ein Stück der Autobahnbrücke erkennen.

Zu Anas Erleichterung ging endlich die Tür auf. Ein etwa 40-jähriger Mann in Jeans und schwarzem Hemd kam herein. Er grüßte und stellte sich als Kommissar Meixner vom Landeskriminalamt Niederösterreich vor. Beide Beamten setzten sich auf die Ana und Max gegenüberliegende Seite des Tisches und klappten Laptops vor sich auf.

Der LKA-Mann leitete das Gespräch ein. »Herr Prince, Sie haben gestern eine Vermisstenanzeige für Ihre Ehefrau Manuela Prince aufgegeben. Uns liegen keine Meldungen über einen Unfall oder ein anderes Vorkommnis vor. Wir beleuchten heute die Sachlage nochmals und legen das weitere Vorgehen fest. Ist das für Sie in Ordnung?«

Max sah Ana unverwandt an, als er bestätigte: »Ja, das ist in Ordnung.«

»Ich werde Ihnen eine Menge Fragen stellen und ersuche um möglichst präzise Antwort. Sie sind«, er schaute auf seinem Bildschirm nach, »britischer Staatsbürger?«

»Ja.«

»Ist Ihr Deutsch ausreichend, oder sollen wir einen Dolmetscher dazuholen? Und ist es Ihnen recht, dass Frau«, er blickte nochmals auf den Schirm, »Rubin an dieser Unterhaltung teilnimmt? Es handelt sich um ein vertrauliches Gespräch. Da muss niemand dabei sein, und schon gar nicht der Arbeitgeber Ihrer Frau.«

Max schaute gleich noch eine Spur unglücklicher drein. »Nein. Bitte, ich möchte, dass Ana bei mir bleibt. Sie ist die Chefin und eine Freundin meiner Frau. Mein Deutsch geht genug, wenn Sie langsam sprechen. Ana wird mir helfen, wenn ich Sie nicht verstehe.«

»In diesem Fall ist alles geklärt und wir beginnen. Ich schalte das Aufnahmegerät ein. Das dient ausschließlich dazu, dass eine Bürokraft nachher das Protokoll rasch tippt«, fuhr der Beamte fort.

Ana dachte sich: »Das ist keine vergnügliche Arbeit, ständig mit verzweifelten Menschen umzugehen. Herr Meixner strahlt Routine aus, das hätten wir schlechter treffen können.«

»Also. Hat sich Ihre Frau bei Ihnen oder sonst jemandem gemeldet?«

»Nein«, kam leise retour.

»Haben Sie mit Ihren Bekannten gesprochen?«

»Ich habe mit unseren Bekannten und den Nachbarn gesprochen. Niemand hat Manuela gesehen.«

»Haben Sie einen Abschiedsbrief gefunden?«

Max' Kopf zuckte in die Höhe. Mit dieser Frage hatte er nicht gerechnet. »Nein, kein Abschiedsbrief. Manuela nimmt sich nicht das Leben.«

»Es hat Sie auch kein Erpresser kontaktiert?«

Diesmal riss es Ana. Dieses Bild war konkret. Es konnte sich um eine Entführung handeln. Sie schaute Max an. Dieser schüttelte den Kopf.

»Nein, kein Kontakt von einem Erpresser.«

»Hat Ihre Frau ihren Reisepass bei sich?«

»Ja, ich glaube, den trägt sie ständig in ihrer Handtasche.«

»Verhielt sich Ihre Frau in der letzten Zeit anders? Eventuell ruhiger als normalerweise. Bedrückt, traurig oder im Gegenteil aufgekratzt?«

Max dachte sichtbar nach. »No. Entschuldigung, nein. Wir haben beide in letzter Zeit viel Arbeit und wenig gemeinsame Freizeit. Aber wenn wir uns gesehen haben, war sie wie immer. Vielleicht müder, aber nicht dramatisch.«

»Haben Sie Geldprobleme?«

Abermals durchfuhr Max ein Ruck. Eine Sekunde lang fürchtete Ana, dass er dem Kommissar antworten würde, dass ihn das nichts angehe. Seine Gesichtsmuskeln spannten sich an und seine Stimme zitterte, doch die Auskunft war korrekt. »Nein, wir haben keine Geldprobleme. Wir verdienen beide ausreichend. Die Kreditrate für das Haus bezahlen wir pünktlich. Ich behaupte nicht, dass wir reich sind. Doch es geht uns wirtschaftlich gut. Wir leisten uns Urlaube und Hobbys.«

Ana war klar, wie viel Überwindung es den diskreten Max kostete, über seine finanziellen Verhältnisse zu reden.

»Sie sagten, Sie arbeiten beide viel. Stand Ihre Frau beruflich speziell unter Druck? Ist ihr Arbeitsplatz gefährdet?«

Jetzt sah Max sie fragend an und ersuchte: »Antwortest du bitte?«

Ana nickte ihm aufmunternd zu und sagte: »Frau Prince hat keine beruflichen Schwierigkeiten. Sie hat einen wichtigen Job und erntet Anerkennung. Die letzten Wochen machte sie Überstunden, weil sie an einem Projekt arbeitet, das sie als Projektleiterin verantwortlich leiten wird. Bevor Sie mich fragen: Nein, sie ist von dem Auftrag nicht überfordert. Sie ist sicher nicht vor ihrem Job davongelaufen, sie liebt ihn.«

Der Beamte runzelte die Stirn, augenscheinlich missfiel ihm die Antwort. Sie spürte, dass er mit der nächsten Frage an Max weitermachen wollte. Aber sie musste schnell noch etwas loswerden. »Übrigens habe ich Ihnen den Kalender von Frau Prince ausgedruckt. Sie hatte gestern Abend keine Verabredung.«

»Unter Umständen hat sie bewusst vermieden, dass jemand ihre Pläne erfährt«, meinte der Beamte und zog eine Augenbraue in die Höhe.

»Ihre privaten Termine hat sie alle eingetragen. Ich halte es für wahrscheinlich, dass gestern kein Treffen mehr geplant war.«

Herr Meixner ignorierte ihre Aussage und stellte Max die nächste Frage. »Gab es Streit zwischen Ihnen und Ihrer Frau?«

Ana hielt die Luft an, das würde nicht gut gehen.

»Nein.«

»Einfach nein? Sie hatten nie Auseinandersetzungen mit Ihrer Frau? Keine hitzigen Debatten? Zu keiner Zeit?«

»Nein.«

Der Kommissar und Max starrten sich an.

»Ernsthaft?«

»Ich will nicht meine Ehe hier diskutieren!«, brach es aus Max heraus.

»Wieso nicht, haben Sie doch Probleme? Welchen Ärger gab es?«

Er provozierte Max absichtlich, mutmaßte Ana. Wieso machte er das?

Mit zusammengepressten Lippen flüsterte Max kaum hörbar: »No. Ana, help me, please.«

Sie räusperte sich. »Bitte nehmen Sie Rücksicht, Herr Prince ist Brite und bespricht private Themen ungern mit Dritten. Versetzen Sie sich in seine Lage.«

Der Beamte musterte Ana neugierig. »Sind Sie sicher, dass Sie nur die Chefin und Freundin der Verschwundenen sind, oder sind Sie mehr?«

»Wenn Sie damit andeuten, dass ich die Geliebte von Herrn Prince bin: Nein, bin ich nicht. Da ist nichts zwischen uns!«, fauchte ihn Ana an.

»Aha, dann ist es ja gut. In diesem Fall lassen Sie bitte Herrn Prince selbst antworten. Also, Herr Prince. Haben Sie Probleme in Ihrer Ehe? Gab es öfter Streit?«

»Nein, es gab keinen Streit.«

Der Beamte beugte sich weit vor. »Dann gibt es vermutlich auch keinen Liebhaber Ihrer Frau, oder?«

Max starrte ihn an, ohne mit der Wimper zu zucken. Kaum vernehmbar flüsterte er: »Nein. Kein Lover.«

Herr Meixner drehte sich zu Ana. »Was sagen Sie dazu? Lebt Frau Prince wirklich so rundum glücklich, wie ihr Ehegatte behauptet? Oder existiert vielleicht doch ein anderer Mann, zumindest ein wenig, so zur Abwechslung?«

Ana atmete tief ein. »Ich weiß von keinem Liebhaber und ich glaube nicht, dass Manuela einen hat.«

»Gibt es in der Firma irgendwelche Gerüchte über Frau Prince und andere Männer?«

Sie fixierte ihn. Wieso um alles in der Welt fragte er sie das? Fieberhaft suchte sie nach einer Antwort.

»Frau Rubin, hat es Ihnen die Rede verschlagen? Ich frage Sie nochmals: gibt es in der Arbeit ein Gerücht über einen anderen Mann?«

»Ja. Nein. Das ist anders.«

Herr Meixner musterte sie mit spöttischem Gesichtsausdruck und wiegte den Kopf hin und her. »Na, was ist es jetzt? Ringen Sie sich heute noch zu einer Antwort durch?«

KAPITEL 13

Die Stille dröhnte in Anas Ohren. Am liebsten wäre sie aufgestanden und weggegangen. Wieso nahm sie an dieser Befragung teil, statt vor dem Kommissariat auf Max zu warten? Sie saß in der Falle.

Ihr Flüstern war im Zimmer kaum zu hören. »Es gibt ein Gerücht. Aber das ist Unsinn, das hat sich irgendwer ausgedacht.«

Sie wandte sich an Max: »Tut mir leid, aber ich bleibe bei der Wahrheit, Lügen helfen niemandem. Es ist nur blödes Gerede, da ist nichts dran. Im Büro wird ständig über irgendwen getratscht.«

Max blickte finster auf seine Hände und würdigte sie keines Blickes.

Ana wandte sich an den Beamten. »Bitte hören Sie mir zu. Ich kenne Manuela Prince wirklich gut. Sie wäre nie im Leben abgehauen, ohne mit ihrem Mann zu reden. Ihr ist etwas zugestoßen.«

Herr Meixner hatte die Szene interessiert beobachtet. Er legte seinen Kopf schief und schien auf etwas zu warten.

»Herr Prince hat eine Liste der Bekannten erstellt. Im Büro haben wir alle Personen dazugeschrieben, die uns im beruflichen Alltag von Frau Prince wichtig erscheinen. Samt der Zusatzinformation, welche Verbindung sie zu ihr haben. Vergessen Sie den Gedanken, dass sie abgehauen ist. Sehen Sie sich die Liste bitte an und unternehmen Sie etwas.«

Hartnäckig streckte sie die Zettel über den Tisch, bis der LKA-Beamte sie ihr abnahm. Zögernd begann er zu lesen und reichte einige Blätter weiter an den zweiten Polizisten. Bis auf das Rascheln des Papiers war es still im Raum.

»Sie haben sich eine Menge Arbeit gemacht«, stellte Herr Meixner fest. »Gehen Sie unter die Ermittler? Nein, im Ernst, das ist eine überraschend informative Aufstellung.«

Der Beamte schlichtete das Papier sorgfältig vor sich auf den Tisch und lehnte sich zurück, sein Blick war starr auf die Wand fixiert. Plötzlich sprach er weiter. »Glücklicherweise benötigen wir das nicht. Ich arbeite seit Jahren im Kompetenz-Zentrum für abgängige Personen. Wenn ein Mensch vermisst wird, unterstützen wir die Sicherheitsdienststellen. Wie Sie der Kollege bereits aufgeklärt hat, haben wir die Personalien von Frau Prince im Informationssystem erfasst. Wird sie im Rahmen einer polizeilichen Kontrolle überprüft, stellt die Polizei ihren Vermisstenstatus fest und gibt die Information an unsere Dienststelle weiter.«

Was war denn das jetzt für eine belehrende Ansprache, fragte sich Ana. Ihr Ärger wuchs.

Der Beamte räusperte sich und sprach weiter, ohne Blickkontakt aufzunehmen. »Es ist meine Aufgabe, anhand Ihrer Schilderungen sowie der vorliegenden Informationen, damit meine ich beispielsweise das Alter oder den Gesundheitszustand der Vermissten, eine Einschätzung der Gesamtsituation vorzunehmen. Meine Bewertung sieht in diesem

Fall durchaus beruhigend aus. Wir gehen weder von einer kurzfristigen gesundheitlichen Gefährdung noch von einem Gewaltverbrechen aus. Unsere aktuelle Arbeitsannahme ist, dass sich Frau Prince aus eigenem Willen von der ehelichen Wohnstätte und ihrer Arbeitsstelle fernhält.«

Schweigen. Im Raum hätten sie ein Blatt Papier hinunterfallen hören können. Alles schien stillzustehen.

»Was heißt das? Das klingt alles theoretisch. Wir brauchen konkrete Maßnahmen, um Manuela zu finden. Dringend.« Ana hatte ihren ganzen Mut zusammengenommen.

»Das Informationssystem der Polizei ist nicht theoretisch, sondern das vorgesehene Vorgehen.«

»Es passt aber nicht zu Manuelas Verschwinden. Sie müssen sie suchen! Jetzt!«

»Das Vorgehen passt immer!«

»Aber Manuela hat am Abend die Bohnenstangen mit sich getragen und jetzt liegen diese einsam in der Garage. Ich finde das beängstigend, Sie nicht?«, platzte Ana heraus. In ihr stieg Panik auf, dass die Polizei noch immer nicht tätig werden würde. Sie benötigte dringend einen Geistesblitz mit überzeugenden Argumenten.

»Schauen Sie, erstens wissen Sie nicht sicher, ob diese Stangen tatsächlich Frau Prince gehören, das haben Sie selbst gesagt. Unabhängig davon, kann sie viele Gründe gehabt haben, die Stangen dort abzulegen. Wenn sie sich zum Beispiel mit ihrem Liebhaber getroffen hat, hat sie doch keine Stecken mitgenommen.«

Als Ana nicht sofort antwortete, fuhr er fort: »Na also. Sie müssen akzeptieren, dass Frau Prince mündig ist und selbst entscheidet, was sie macht. Wenn sie sich momentan von Arbeit und Ehemann zurückzieht und nicht Bescheid gibt, ist das für das Umfeld schwierig. Aber so ist das mit dem freien Willen. Lassen Sie ihr Zeit, sie wird nachdenken. Sobald sie zurückkehrt, können Sie mit ihr ihre Gründe besprechen.«

»Wir glauben nicht, dass Manuela freiwillig weg ist. Unsere Meinung muss doch auch zählen. Wir verlangen, dass Sie aktiv suchen!« Ana hörte, dass ihre Stimme sich überschlug, aber sie konnte nicht anders. »Bitte unternehmen Sie endlich etwas, beginnen Sie zu suchen!«

Der Beamte schaute sie ruhig an, brach jedoch den Augenkontakt als Erster ab. »Es tut mir leid, wenn Sie glauben, dass wir untätig sind. Das stimmt nicht. Aber wenn wir bei jeder Person, die kurz verschwindet, eine Medienkampagne auslösen, finden wir keine Aufmerksamkeit in der Bevölkerung für die Menschen, deren Leben akut gefährdet ist. Bitte akzeptieren Sie das.«

»Nein, ich akzeptiere nichts, was falsch ist! Bitte unternehmen Sie etwas«, drängte Ana.

Herr Meixner erhob sich. »Ich wünsche Ihnen alles Gute und dass Frau Prince Sie bald kontaktiert. Wenn Sie Interesse haben, melden Sie sich beim notfallpsychologischen Dienst. Sie befinden sich in einer herausfordernden Situation. Diese Mitarbeiter sind ausgebildet, um Ihnen zu helfen. Mein Kollege wird Ihnen die Telefonnummer aufschreiben und Sie hinausbegleiten. Auf Wiedersehen.«

Die Tür fiel hinter ihm ins Schloss. Der Polizist in Uniform erhob sich ebenfalls. »Wir wissen, wie frustriert Sie sich jetzt fühlen. Sehen Sie es positiv. Der Kollege ist

Spezialist. Wenn er glaubt, dass Frau Prince nicht in akuter Gefahr ist, dann ist das höchstwahrscheinlich so. Diese Spezialisten irren sich fast nie.«

»Fast nie genügt nicht. In diesem Fall irrt er sich.«

Ana hätte am liebsten mit der Hand auf den Tisch geschlagen, aber sie wusste, die Chance war für heute vorbei. Sie würden die Polizei an diesem Abend zu keinem anderen Vorgehen bewegen. »Wie lange müssen wir warten, bis Sie aktiv werden?«

Der Polizist schaute sie gequält an. »Es ist Donnerstagabend, diese Woche macht es keinen Sinn mehr. Außer Sie bringen uns völlig neue Informationen, die eine Neubewertung der Sachlage bewirken. Rufen Sie doch am Montag wieder an, Sie brauchen nicht extra herzukommen.«

»Wenn die Polizei nichts tut, sind wir gezwungen, uns selbst zu helfen! Wollen Sie das wirklich?«

Die Hand des Polizisten zuckte abwehrend nach oben. »Beruhigen Sie sich und machen Sie keinen Unsinn.«

Schweigend ließen sich Ana und Max zur Eingangstür begleiten, den Gruß des Polizisten erwiderten beide nur mit einem Kopfnicken. Als sie auf dem dunklen Vorplatz standen, stampfte Ana mit dem Fuß auf. Einmal, zweimal, dreimal. Sie war unendlich frustriert und hatte furchtbare Angst um Manuela. Sie hatte versagt.

Max nahm sie an der Hand. Er fühlte sich eiskalt an. »Don't give up, please. Ich brauche deine Hilfe.«

Sie wusste auch nicht mehr, was sie tun konnten. Wieso musste jedes Mal sie funktionieren? Konnte sich nicht einmal jemand anderer um alles kümmern?

Aber dann gab sie sich einen Ruck. Wenn die Polizei sie nicht unterstützte, mussten sie einen anderen Weg finden. Das einzige Ziel war, Manuela aufzuspüren. Sie ballte die Fäuste und schüttelte den Kopf.

»Okay. Wir geben nicht auf, aber wir brauchen Hilfe. Lass uns zu dir fahren, hier ist es zu kalt. Ich muss jetzt als Erstes ungestört telefonieren, dann reden wir weiter.«

KAPITEL 14

Wenige Minuten nachdem sie das Kommissariat frustriert verlassen hatten, betraten sie das Einfamilienhaus von Manuela und Max.

Ana war überrascht, sie hatte sich geirrt. Sie hatte Unordnung erwartet. Aber Max ließ sich auch unter den schwierigen Umständen nicht gehen. Das Vorzimmer und die Wohnküche waren sauber und aufgeräumt. Alles stand ordentlich auf seinem Platz. Sie war beeindruckt.

»Du kannst das Büro von Manuela benutzen«, bot er an. »Da bist du völlig ungestört. Nimm dir so viel Zeit, wie du brauchst. Ich richte uns in der Zwischenzeit eine Kleinigkeit zu essen. Du findest mich nachher im Wohnzimmer.«

Mit mulmigen Gefühlen betrat sie Manuelas Zimmer. Sie hatte sie öfters besucht und kannte sich daher aus. Der Raum sah aus, als ob ihre Kollegin im nächsten Augenblick hereinkommen würde. Die Regale waren geordnet, auf dem Schreibtisch lagen geöffnete Bücher und Zettel.

Ana wählte die Nummer von Marion, die beim ersten Läuten abhob.

»Hi, ich brauche Hilfe.« Sie fasste zusammen, was seit den frühen Morgenstunden alles passiert war. Zeitweise verhaspelte sie sich und ein paarmal ertappte sie sich bei Wiederholungen.

»Die Polizei hat uns gerade mit den Worten weggeschickt: Alles gut, Frau Prince ist nichts zugestoßen. Sie ist freiwillig irgendwo, und das ist ihr Recht als Staatsbürgerin.«

»Welche Maßnahmen wird die Polizei ergreifen?«

»Null. Der LKA-Mensch hat versucht, uns mit einer Predigt niederzureden, aber unternimmt nichts. Er war grantig, weil ich widersprochen und darauf beharrt habe, dass Manuela etwas Schlimmes geschehen ist.«

»Die Geschichte klingt beunruhigend. Ich verstehe deine Sorge um die Arbeitskollegin. Vermute ich richtig, dass du mir das nicht nur als Freundin erzählt hast, sondern wegen Ronald? Willst du ihn sprechen?«

»Du hast recht. Um ehrlich zu sein: Ich weiß, dass er als Privatdetektiv arbeitet, und ab und zu gibt er eine Schnurre zum Besten. Aber mir ist nicht klar, was er genau tut. Glaubst du, er kann uns bei dieser Sache helfen?«

»Ronald spricht mir gegenüber auch möglichst wenig von seinen Aktivitäten. Das meiste ist zwischen seinen Klienten und ihm vertraulich. Er nimmt diese Vertraulichkeit denkbar ernst, deine Geheimnisse sind bei ihm aufgehoben wie in einem Banksafe.«

»Kann er mir helfen?«

»Frag ihn. Er ist zurzeit unterwegs. Ich versuche ihn zu erreichen und erzähle ihm dein Anliegen. Er meldet sich dann am besten direkt bei dir. Wir hören uns, meine Liebe, Kopf hoch, das wird wieder.«

Nachdem Marion aufgelegt hatte, setzte sich Ana an den Schreibtisch. Sie wollte noch nicht zu Max ins Wohnzimmer gehen, sondern sich vorher sammeln.

Wie sehr hatte sich ihre Welt seit gestern verändert. Ihre große Hoffnung, dass die Polizei ihr die Last abnehmen würde, war erloschen. Sie musste selbst die Zügel in die Hand nehmen.

Sie hatte das Zeitgefühl verloren, als plötzlich das Handy auf dem Tisch vibrierte. Hatte sie jetzt eine Minute oder eine Stunde lang sinniert?

»Ja?«

»Hi Ana, hier spricht Ronald. Mich hat soeben Marion angerufen. Du willst mich in die Suche nach einer Kollegin involvieren?«

»Hallo Ronald, vielen Dank für deinen Anruf. Ich muss mich darum kümmern, meine verschwundene Kollegin zu finden. Die Polizei hat beschlossen, nur zu warten. Die Beamten glauben, dass sie sich irgendwo mit einem Liebhaber vergnügt. Aber ich bin felsenfest überzeugt, dass diese Annahme falsch ist. Das würde sie nicht machen. Ich komme um vor Sorge. Natürlich bezahle ich dich. Kannst du bei einem Vermisstenfall tätig werden?«

»Schau, über das Geld sprechen wir später, es gibt wesentlich dringendere Themen. Wenn du mich beauftragst, muss dir klar sein, dass ich überall hineinsteche, um Anhaltspunkte zu finden. Da entdecke ich dann mitunter Geheimnisse, über die jeder schweigen will.«

Ana bekräftigte ihre Absicht. »Ronald, ich habe keine Leichen im Keller und ich bin keine heimliche Spielerin. Also mit deinen Recherchen jagst du mir keine Angst ein.«

»Gut. Hoffentlich gilt das Gleiche für Manuelas Ehemann, ihre Freunde und Arbeitskollegen. Ich muss überall meine Nase hineinstecken.«

»Alles klar, das ist es wert. Vielleicht gibt es tatsächlich ein wenig Unruhe. Ich möchte noch etwas mit dir vereinbaren.« Sie zögerte. »Ich will aktiv mitarbeiten, nicht nur dich beauftragen. Gemeinsam sind wir schneller, weil ich ihr Umfeld gut kenne.«

»Das halte ich für keine gute Idee. Dir fehlt jegliche Erfahrung als Detektiv, du wirst mich Zeit kosten.«

»Keine Sorge, ich mache keine Alleingänge. Du bist der Boss und sagst, wo es lang geht. Ich versuche, dir möglichst Arbeit abzunehmen. Einverstanden? Wie können wir vorgehen?«

»Von mir aus, versuchen wir es halt. Wo bist du im Moment?«

»Bei ihrem Mann in Korneuburg. Wir essen jetzt einen Happen und lecken uns die Wunden, die uns vorhin die Polizei gebissen hat.«

»Jetzt klingst du schon wieder wie unsere Ana. Das ist gut!« Er lachte und überlegte. »Was hältst du davon, wenn ich sofort zu euch komme?«

»Echt? Das wäre super. Dann geh ich jetzt mal und erkläre Max, dass du gleich in seinem Privatleben wühlen wirst. Der wird nicht amüsiert sein.«

Ana gab ihm die genaue Adresse. Nachdem sie sich verabschiedet hatten, ging sie ins Wohnzimmer.

Max saß bei Tisch, seinen Kopf hatte er auf die Hände gelegt. Er sah verloren und einsam aus.

»Hi«, sprach sie ihn leise an, »wir sollten reden.« Er hob den Kopf und setzte ein Alltagsgesicht auf.

»Ja gewiss, reden wir. Ich habe uns Sandwiches angerichtet und Orangensaft.« Er deutete auf die Gläser und Teller vor sich. »Nimm dir bitte.«

Dieser Aufforderung kam sie gern nach. Max liebte diese Brötchen. Er besorgte sich immer spezielles Weißbrot dafür und richtete sie mit besonderer Liebe her. Noch kauend begann Ana.

»Wir brauchen Hilfe. Die Polizei bleibt so lange untätig, bis wir stichhaltige Beweise vorlegen, dass Manuela in Gefahr ist, oder bis es zu spät ist. Und darauf lasse ich es nicht ankommen.«

Sie schluckte und spielte mit einem Chili Pickle. Schließlich nahm sie ihren Mut zusammen.

»Ich habe einen Freund, den kenne ich schon sehr lange. Er ist der Lebensgefährte meiner besten Freundin. Ronald ist von Beruf Privatdetektiv. Ich möchte ihn beauftragen, Manuela zu suchen.«

»A sleuth?«

»Mhm. Ich denke, ja, ein Detektiv.«

»No.«

»Oh ja! Ich weiß keinen anderen Weg. Er ist absolut vertrauenswürdig. Wir haben doch nichts zu verbergen. Oder baust du im Keller heimlich Marihuana-Pflanzen an?«

Sie versuchte die unangenehme Situation mit einem Scherz zu überspielen. Das gelang nicht. Max schwieg und saß regungslos da.

»Komm schon«, legte sie nach, »du willst sie doch finden. Weder du noch ich können viel mehr machen, als wir bereits getan haben. Da muss schnell ein Profi her. Ronald ist zertifizierter Privatdetektiv und hat sogar einen Waffenführerschein. Den wird er hoffentlich in diesem Fall nicht brauchen.«

Er hüllte sich beharrlich in Schweigen.

»Ronald ist auf dem Weg hierher. Er hat sich meinetwegen bereit erklärt, gleich mit der Untersuchung zu beginnen. Ich bitte dich, dass wir gemeinsam mit ihm sprechen.«

Der sture Brite sagte noch immer kein Wort und starrte ins Nirwana.

»Wenn du ablehnst, nehme ich ihn zu mir nach Hause mit und rede dort mit ihm. Ich bin entschlossen, ihn zu beauftragen. Ich will mir später keine Vorwürfe machen müssen, dass ich nicht alles versucht habe.«

Das dürfte jetzt angekommen sein, weil Max sie anschaute. Aber er sagte nach wie vor nichts.

»Dann starren wir uns eben gegenseitig nieder. Den Wettkampf gewinne ich, ich bin supergut im Gaffen.« Sie heftete ihren Blick an seine Augen und blieb bewegungslos sitzen. »Also, was ist? Willigst du ein?«

Ein lauter Seufzer war die Antwort.

»Okay. Wenn du meinst, dann machen wir das. Shit. Ein Privatdetektiv.«

Um weitere Diskussionen zu vermeiden, steckte sie das Chili Pickle in den Mund und nahm einen großen Bissen vom Sandwich. Während sie auf Ronald warteten, sprachen sie kaum mehr. Die Stimmung war jetzt abgekühlt. Ana fragte sich, ob Manuela dieses englische Verhalten immer verstand.

KAPITEL 15

Die unterhaltungslose Warterei endete, als es an der Tür läutete und Max Ronald hereinführte. Dieser war seriös gekleidet und sprach ausnehmend höflich mit ihm. Ana war erleichtert, als sie merkte, dass Max sich entspannte. Als Ronald ebenfalls Platz genommen und einen Orangensaft bekommen hatte, leitete er ein: »Ich weiß, dass euch beiden die Erfahrung mit Privatdetektiven fehlt. Ihr könnt sicher sein, dass Detektive normale Menschen sind, zumindest die meisten. Und ihr müsst verstehen, dass wir selten Aktionen wie im Fernsehfilm durchführen. Meine Aufgabe ist, Informationen zu sammeln und zu analysieren und Schlüsse daraus zu ziehen.«

Er blickte sie forschend an, und als er sah, dass sie aufmerksam zuhörten, sprach er weiter.

»Alles, was ich erfahre, ist vertraulich zwischen euch und mir. Deshalb schließen wir einen Vertrag ab. Das Honorar ist ohne Bedeutung. Ana ist eine gute Freundin und das Verschwinden von Manuela geht ihr sehr nahe, also arbeiten wir gemeinsam. Aber ihr unternehmt nichts auf eigene Faust, das könnte gefährlich werden. Ich sag euch ganz genau, wenn ihr mich unterstützen könnt.«

Ana lächelte Ronald dankbar zu, während er bereits weitersprach.

»Bitte beschreibt mir als Erstes die Situation und gebt mir alle Informationen, die ihr bisher zusammengetragen habt. Ebenso alles, was ihr der Polizei erzählt oder gegeben habt.«

Max und Ana benötigten eine Stunde, um ihn auf ihren Wissensstand zu bringen. Ronald schrieb auf seinem Tablet mit. Er hörte geduldig zu und stellte kurze Zusatzfragen. Zum Schluss meinte Ana: »Ich glaube, das war es jetzt.« Max nickte.

»Gut, ihr habt einiges an Vorarbeit geleistet, ich benötige noch zusätzliche Details. Max, hat deine Frau in letzter Zeit höhere Geldbeträge vom Konto oder Sparbuch abgehoben?«

»Nein. Ich denke, das wüsste ich. Ich schaue gleich online nach.«

»Ja, bitte. Und kontrolliere, ob seit ihrem Verschwinden eine Geldbewegung stattgefunden hat.«

»Dauert nur einen Moment. Wir sehen gegenseitig unsere Konten, obwohl wir getrennte besitzen. Das ist praktisch.« Max tippte auf seinem Handy.

»No. Die letzte Barabhebung war vor einer Woche, 400 Euro, wie immer.«

»Gut. Fehlen aus dem Haus irgendwelche Gegenstände? Toilettenartikel, ihr Schmuck, Kleidung, Gepäckstücke, Fotoalben oder persönliche Lieblingsgegenstände?«

»No. Nur das Auto und Manuela fehlen.«

»Habt ihr Ortungsapps auf euren Handys?«

»Was?«, Max schaute ihn irritiert an.

»Es gibt legale Apps, mit denen du eine Person orten kannst, wenn der andere das bewusst akzeptiert. Und es gibt illegale Apps, da weiß der andere das nicht.«

»Nein, wir haben keine Ortungsapps!«

Besorgt musste Ana etwas loswerden: »Wir wollen keine Schwierigkeiten mit dem Gesetz. Du machst bitte keine illegalen Dinge, ja?«

»Keine Sorge, ich mache keine ungesetzlichen Aktionen. Wenn ich im Graubereich operiere, ist das nur meine Angelegenheit. Verlasst euch darauf.«

»Und kannst du ihr Telefon orten oder nicht?«

»Ich versuche es sofort, auf legalem Weg.«

Er nahm den Zettel, den ihm Max soeben hingelegt hatte, und tippte Manuelas Nummer ab.

»Leider, wie vermutet. Das Handy ist abgeschaltet, damit funktioniert der Tracker nicht. Aber deine Frau hat jetzt eine Nachricht bekommen, dass jemand ihren Standort bestimmen will. Diese Mitteilung sieht sie, sobald sie es einschaltet. Sie kann dann zustimmen oder ablehnen.«

»Wenn sie telefonieren könnte, würde sie mich anrufen«, brummte Max.

»Jetzt stelle ich euch eine schwierige Frage. Überlegt in alle Richtungen und schließt nichts aus, auch wenn es bedeutungslos erscheint: Wem nützt es, wenn Manuela verschwunden bleibt?«

Ronald legte eine Pause ein.

»Denkt an Geld und Wertgegenstände, an berufliche Vorteile, an Rache. Max, was fällt dir dazu ein?«

Dieser schaute ihn nachdenklich an. Er hatte Vertrauen gefasst, denn er klang gelassen, als er antwortete: »Geld besitzt Manuela keines. Ihr gehört die Hälfte unseres Hauses. Das würde ich erben. Du hättest diese Frage ohnehin gestellt.«

Er grinste Ronald gequält an. »Ansonsten wird sie eines Tages ihr Elternhaus erben, sie ist die einzige Tochter. Zu Rache fällt mir niemand ein, der auf sie derartig böse ist.«

Ronald setzte nach: »Kann jemand auf dich furchtbar böse sein?«

Max schwieg. Er hing eine ganze Weile seinen Gedanken nach, bis er antwortete: »Nein, niemand.«

Da er nichts mehr hinzufügte, sagte Ana: »Feinde kenne ich keine. Wenn Manuela verschwunden bleibt, wäre es für ein laufendes Kundenprojekt enorm schlecht. Sollten wir den Auftrag deshalb verlieren, wird eine Konkurrenzfirma zum Zug kommen. Für den Augenblick gebe ich einen Arbeitskollegen als temporären Ersatz bekannt. Aber der zeigt keine Ambitionen, wirklich Projektleiter zu werden.«

Nach kurzem Zögern fügte sie hinzu: »Es gibt in der Firma noch Harald Strauss, der Manuela ihren Erfolg missgönnt, weil er ihren Job will. Er hat sich bereits als Ersatz angeboten.«

Ronald ließ sich ihre Auskünfte durch den Kopf gehen, bevor er fortsetzte. »Max, gib mir ein paar Fotos von deiner Frau mit. Völlig normale private Bilder, wie du sie deinen Freunden zeigst. Habt ihr Fragen?«

»Wie geht es weiter?«

»Bitte keine Information an eure Bekannten, dass ihr einen Privatdetektiv beauftragt habt. Weil mit diesem Wissen fühlen sie sich beobachtet und verhalten sich anders als üblich. Wenn ich mit jemanden offiziell sprechen möchte, lasse ich es euch wissen. Dann könnt ihr denjenigen vorinformieren, ansonsten nicht.«

Ana und Max nickten zustimmend, das klang einleuchtend.

»Ihr unterschreibt bitte diesen Standardvertrag. Damit bin ich euch zur Verschwiegenheit verpflichtet und ihr seid abgesichert. Wir bleiben in engem Kontakt und ich halte euch auf dem Laufenden.«

»Wie stehen die Chancen, Manuela unversehrt zu finden?« Die Frage von Max hing in der Luft.

Statt einer Antwort setzte Ana schnell ihre Unterschrift auf den Vertrag und schob ihn zu Max. Er kritzelte seinen Namen, ohne hinzusehen, darunter.

Nachdem sie den Papierkram erledigt hatten, verabschiedete sich Ronald, und Ana schloss sich ihm an. Als sie sich draußen trennten, meinte er: »Dir ist schon klar, dass derzeit Max der Hauptverdächtige in puncto Vorteil ist?«

Ana sah ihn an: »Ist mir klar. Ich kann aber nicht glauben, dass er irgendetwas mit dem Verschwinden zu tun hat. Es muss eine andere Erklärung geben.«

»Warum hat er so lange mit der Antwort gezögert, ob er einen Feind hat?«

Darauf wusste sie auch keine Antwort.

Kaum fuhr sie mit ihrem Cabrio los, meldete sich ihr Telefon über die Freisprecheinrichtung. Als sie abhob, fragte eine männliche Stimme: »Spreche ich mit Frau Rubin?«

»Ja, mit wem spreche ich bitte?«

»Hier spricht Rudi Soldo, guten Abend. Wir haben uns heute in der Garage kennengelernt, erinnern Sie sich? Ich wollte nachfragen, ob Ihre Arbeitskollegin aufgetaucht ist.

Aber ich konnte Sie nicht erreichen, mittlerweile habe ich bereits begonnen, mir Sorgen zu machen.«

»Herr Soldo. Ja, natürlich erinnere ich mich. Bei mir ist alles in Ordnung. Ich habe anscheinend vergessen, mein Handy auf laut zu schalten. Das habe ich auf dem Kommissariat stumm geschaltet.«

»Hat die Polizei Ihre Kollegin gefunden?«

»Leider nein. Und ich bezweifle, dass die Polizei sie sucht. Wäre mehr ein Zufall, wenn Manuela ihr über den Weg laufen würde.«

»Sie klingen frustriert.«

»Bin ich auch. Solange die Behörden nicht in die Gänge kommen, muss ich selbst etwas unternehmen. Ich kann nicht nur dasitzen und warten.«

»Das finde ich sehr engagiert von Ihnen. Ich kann mir aber schlecht vorstellen, was ein Privater bewirken kann, wenn die Behörden keine Maßnahmen ergreifen.«

Sie erinnerte sich gerade noch rechtzeitig, dass Ronald ihnen eingeschärft hatte, den Privatdetektiv nicht zu erwähnen. Deshalb druckste sie herum: »Na ja, ich habe Freunde, die mich unterstützen und ebenso engagierte Arbeitskollegen.«

»Ich möchte Ihnen auch helfen. Bitte lassen Sie mich ebenfalls etwas beitragen.«

»Warum? Ich meine, warum möchten Sie mir helfen? Sie kennen doch Manuela nicht.«

»Nein, Ihre Kollegin kenne ich nicht. Aber Sie würde ich sehr gern näher kennenlernen und dabei kann ich behilflich sein. Wenn Sie heute noch auf der Suche sind, erscheine ich sofort, egal, wo Sie sich befinden.«

Ana lachte: »Also nein, ich bin auf dem Weg nach Hause, ich bin todmüde. Für heute habe ich genug. Aber wenn Sie uns ehrenwerterweise helfen wollen, reden wir uns morgen zusammen, okay?«

»Perfekt. Aber vergessen Sie es nicht über Nacht. Ich bin hartnäckig, ich melde mich wieder. Ich wünsche Ihnen trotz der bösen Geschichte mit Ihrer Kollegin eine gute Nachtruhe.«

Er war schon nicht mehr in der Leitung, aber sie musste lächeln. Mit einem Mal hatte sie einen Verehrer und sie fand ihn anziehend.

KAPITEL 16

Zu Hause angekommen, schenkte sich Ana Rotwein ein. Obwohl die Luft kalt war und der Wind ihr die Haare ins Gesicht blies, nahm sie das Glas mit nach draußen und setzte sich auf die Stufen. Das machte sie manchmal, wenn sie Arbeit mitgebracht hatte und eine Pause benötigte.

Es fühlte sich heimelig und friedlich an, im eigenen Garten zu sitzen. Fast wie ein normaler Tag. Sie zündete sich eine Zigarette an und nahm einen Schluck vom Wein. Er schmeckte trocken und schwer. Exakt so, wie sie Rotwein mochte. Die Flasche war von einem Weinbauern aus dem Ort und sie brauchte bald Nachschub.

»Manuela, wo bist du?« Sie wusste nicht, ob sie die Worte laut aussprach. »Bitte, wo bist du?«

Sie lag bereits im Bett und las einen Krimi, als ihr Handy läutete. Es war Ronalds Nummer. »Hi, Ana. Entschuldige, dass ich so spät anrufe. Ich habe die Unterlagen grob gesichtet und erste Überlegungen angestellt, die möchte ich mit dir teilen. Übrigens, dein Dossier ist große Klasse, du machst das schon fast wie ein Profi.«

»Danke. Aber ich habe nicht vor, auf Privatdetektiv umzusatteln.«

»Also einen Unfall oder temporäre Verwirrung schließe ich aus, da hätten sie Manuela mittlerweile auf der Straße aufgegabelt. Freiwilliges Fortgehen scheidet ihr aus. Kidnapping ist unwahrscheinlich. Es gibt selten Entführungen in Österreich und aus meiner Sicht hat die Familie nicht genügend Geld. Ein anderes Verbrechen können wir leider nicht ausschließen. Ein Zusammenhang mit den Stangen, die in der Garage liegen, ist möglich. Vorausgesetzt, sie gehören wirklich Manuela.«

»Wie meinst du das?«

»Dass in der Garage etwas vorgefallen sein könnte, bevor deine Kollegin verschwand. Apropos. Dass in der Garage ein Portier mit Vorstrafe arbeitet, aber keine funktionierenden Aufnahmegeräte existieren, ist ein auffallender Zufall. Den untersuche ich. Wenn du damit einverstanden bist, beginne ich daher mit den beiden Portieren. Da nehme ich gleich die Banker mit und überprüfe, ob es noch andere Parkplatzbesitzer auf der Etage gibt.«

»Einverstanden. Der Portier, äh …«, Ana quälte sich, aber der Name war ihr entfallen. »Egal, der unfreundliche Portier war mir unheimlich und er war auffallend bemüht, uns rasch loszuwerden. Übrigens habe ich auch noch überlegt, ob das Verschwinden etwas mit dem laufenden Projekt zu tun haben kann. Deshalb habe ich für morgen geplant, mir die Konkurrenzfirma vorzuknöpfen.«

»Wäre das nicht etwas zu drastisch, eine Mitarbeiterin der Konkurrenzfirma zu entführen, weil sie gewonnen hat?« Ronald klang ungläubig.

»Vermutlich. Aber ich will nichts unversucht lassen. Ich gebe dir Bescheid, was wir herausfinden.«

»Noch etwas«, er zögerte, »bitte sei vorsichtig. Pass speziell bei Max auf. Ich weiß, dass du das nicht hören möchtest.

Die Wahrscheinlichkeit, dass er an dem Verschwinden seiner Frau beteiligt ist, ist statistisch gesehen hoch.«

»Ich nehme nicht an, dass er involviert ist. Aber ich verspreche dir, dass ich wachsam bin.«

»Dann bis bald, ciao.«

In der Nacht wachte Ana mehrmals auf. Sie warf sich unruhig auf der Matratze hin und her. Immer wieder schoss ihr Ronalds eindringliche Warnung ein. Irrte sie sich in Max? Lauerte woanders eine Gefahr? Wieso sollte ihr jemand was antun wollen?

Schließlich stand sie gerädert auf. Sie wanderte durch die Räume und kontrollierte, ob alle Türen und Fenster verschlossen waren. Zum ersten Mal empfand sie ihr Haus als bedrückend. Sie würde keinen Schlaf mehr finden. Also beschloss sie, sich mit ihrer Arbeit abzulenken. Überraschenderweise war sie sofort in der Lage, sich zu konzentrieren. Zuerst überlegte sie sich ein attraktives Eingangsstatement für den Kundentermin und dann bereitete sie sich auf die Generalprobe vor.

Als sie einige Stunden später in die Firma kam, fühlte sie sich zuversichtlich. Pünktlich eröffnete Ana im Besprechungsraum die Sitzung. »Manuela ist leider weiterhin abgängig. Aber ich ersuche euch alle, dieses Thema vorübergehend auf die Seite zu schieben. Konzentriert euch auf ›E.C.H.O.‹. Sobald wir fertig sind, reden wir über Manuela.«

Das ›Aber‹, zu dem einige ansetzten, würgte sie ab.

»Lasst uns anfangen. Ich habe über die temporäre Projektleiterbesetzung nachgedacht und nehme das Angebot von Bert dankend an.«

»Passt«, kam von Bert.

»Wir informieren den Kunden. Bert ist bereits bei den Entscheidungsträgern anerkannt, da wird es positive Reaktionen geben. Solange die Projektleiterin verhindert ist, übernimmt er.«

Zweieinhalb Stunden später beendeten sie die Besprechung. Die Präsentationen waren problemlos gelaufen, die gegenseitige Befragung war ebenso gelungen.

»Bravo und vielen Dank, das war überzeugend und gut«, schloss Ana diesen Teil ab.

»Jetzt gebe ich euch kurz einen Status zur Polizei. Sie hat alle Informationen von uns bekommen, die wir gemeinsam zusammengestellt haben. Die Beamten sagen, dass Alarm ausgelöst wird, sobald Manuela mit den Behörden in Kontakt kommt. Aktiv suchen sie noch nicht, weil der LKA-Beamte überzeugt ist, dass das unnötig ist.«

»Was?«

»Ich bin anderer Meinung als die Polizei, deshalb halten wir weiterhin Augen und Ohren offen. Bert und Anni bitte ich in mein Zimmer, mit euch möchte ich ein paar Punkte besprechen.«

Die Stimmung, die sich im Workshop spürbar aufgehellt hatte, verdüsterte sich schlagartig. Ana blickte in frustrierte und aufgebrachte Gesichter. Um weitere Diskussionen zu vermeiden, verließ sie rasch den Raum. Drei Minuten später standen Bert und Anni vor ihrem Schreibtisch.

»Was war das eben?«, fragte Bert laut. »Machen jetzt die Bullen etwas oder nicht? Viel verwirrender hättest du dich nicht mehr ausdrücken können.«

»Tut mir leid. Das war unbeabsichtigt. Ich wollte nach dem positiven Workshop verhindern, dass alle frustriert weggehen.«

»Na, das ist dir ja oberprächtig gelungen.« Berts Stimme triefte vor Sarkasmus.

»Die Polizei unternimmt nichts, die steht auf dem Standpunkt, dass Manuela mit einem Liebhaber Urlaub macht.«

»Die spinnen. Dann müssen wir sie retten«, schaltete sich Anni ein, »und sie selbst zurückholen.«

»Ich tu, was ich kann.«

»Sieht nicht so aus und fühlt sich nicht so an«, sagte Bert trocken. »Eher danach, dass du zur Tagesordnung übergehen möchtest.«

»Das stimmt nicht. Ihr müsst mir vertrauen, ich tu etwas. Aber ich will jetzt nicht darüber reden, okay?«

Er schüttelte unwirsch den Kopf und drehte sich um. Im Hinausgehen sagte er leise: »Sorry. Ich verstehe dich nicht mehr. Lass mich wissen, wenn ich was beitragen soll.«

»Bitte glaub mir, ich unternehme etwas. Und ich benötige deine Unterstützung jetzt gleich. Die Konkurrenz. Wie überprüfen wir, ob die Zweitgereihten mit dem Verschwinden zu tun haben?«

Bert kam zurück, schloss die Tür und setzte sich an den Besprechungstisch.

»Das klingt schon besser. Du meinst die Firma Advice. Ich bezweifle zwar, dass Herr Schmitt und seine Mannschaft dahinterstecken, aber wir klammern niemanden aus.«

»Warum hältst du Schmitt für unschuldig?«

»Ich halte ihn nicht für unschuldig, sondern für unfähig.«

»Cool«, sagte Anni. Sie hatte die Auseinandersetzung schweigend beobachtet. »Ihr kümmert euch als Erstes um die Konkurrenz. Ich schau den Abfall durch, den ich gestern eingesammelt habe. Gut möglich, dass da eine Spur dabei ist. Bis später.«

Ana seufzte und sah Bert an: »Also was unternehmen wir wegen Herrn Schmitt?«

»Den rufe ich sofort an und vereinbare einen Termin.« Sie beobachtete ihn, während er telefonierte.

»Schmitt ist noch in Kundenmeetings außer Haus. Er empfängt uns um 17 Uhr in seinem Büro. Er war erstaunt, dass ich mich melde. Ich habe ihm nicht erzählt, worum es geht. Überraschen wir ihn lieber. Was unternehmen wir bis dahin?«

»Wir überprüfen gemeinsam Manuelas Notizbuch. Und dann berichtest du mir, was du in ihren Mails gefunden hast.«

Während sie sich gegenseitig laut aus dem Lederbüchlein vorlasen und die Einträge diskutierten, teilten sie die Informationen in Gruppen ein. Da gab es Erledigungen wie Einkäufe, Putzerei oder Besuche bei Ärzten. Persönlichere Themen wie »Geburtstagsgeschenk Papa?« und »Impfungen aktuell?«. Außerdem gab es Gedankensplitter, bei denen sie sich außerstande sahen, sie zu interpretieren. »M nie durch Museen«, »Baguette gießen«, »Putt ohne« und etliche andere. Bert murrte: »Mühsames Unterfangen, bringt das was? Ich entdecke nichts Außergewöhnliches, du vielleicht?«

»Nein. Aber sie hat viel schriftlich festgehalten, da könnten Hinweise darunter sein. Ich behalte das Büchlein in Griffweite, dann schauen wir zwischendurch hinein.«

In diesem Moment klopfte es und Pat trat ein. Ihr Gruß klang kühl und sie kam sofort zur Sache. »Wolltest du dich nicht bei mir melden, Ana?«

Bert erhob sich blitzartig, grüßte betont freundlich und zog sich mit einem entschuldigenden Murmeln zurück. Ana wünschte sich, es ihm nachzumachen, setzte jedoch ein Lächeln auf.

»Grüß dich, Pat. Ich hätte mich sicher heute bei dir gemeldet. Wir hatten vorhin einen Probelauf der Präsentation und er war ausnehmend gut. Das bedeutet, wir sind fertig für den Kundentermin nächste Woche.«

»Sehr gut. Was ist mit Manuela?«

»Sie ist leider noch abgängig.«

»Das ist unglaublich. So geht das nicht, das wird Konsequenzen haben.«

Ana versuchte, Verständnis bei ihr zu wecken. »Wir müssen davon ausgehen, dass ihr irgendetwas zugestoßen ist. Und nicht davon, dass sie zum Spaß weggefahren ist.«

»Wer ist wir? Denkt die Polizei das auch?« Pat sah Ana aufmerksam an.

Ana versuchte verzweifelt, eine gute Antwort zu finden, aber es fiel ihr nichts ein.

»Aha, die Polizei geht nicht von einem Verbrechen aus. Das ist wirklich unerfreulich, das ist negativ für unsere Reputation.«

Ana glaubte nicht recht zu hören. Da verschwand eine hervorragende Mitarbeiterin und Pat fand das schlecht für ihren Ruf? Sie sagte langsam: »Ich bin hundertprozentig sicher, dass Manuela nicht mutwillig verschwunden ist.«

Pat verzog den Mund und rollte die Augen. »Dass du dich da nicht irrst. Wir werden sehen. Jedenfalls hast du dafür zu sorgen, dass diese Abwesenheit keine negativen Folgen für die Firma nach sich zieht.« Nach einer Pause fragte sie: »Wen hast du dir als Projektleiter überlegt?«

»Bert Ulram wird als temporärer Projektleiter dem Kunden vorgestellt. Er ist qualifiziert und kennt das Projekt bis ins letzte Detail. Er hat diese Lösung selbst angeboten. Sobald Manuela zurück ist, übernimmt sie.«

»Bert Ulram. Mhm.« Sie wiegte den Kopf hin und her. »Ich dachte eigentlich an Harald Strauss, der wäre exzellent geeignet.«

Am liebsten hätte Ana losgebrüllt. Sie spürte, wie sich ihre Wangen erhitzten. Bloß jetzt nicht die Beherrschung verlieren. Mit großer Anstrengung sagte sie ruhig: »Bert wird der temporäre Projektleiter, er hat mit Abstand die besten Voraussetzungen.«

»Also in Ordnung, gegen Bert Ulram lässt sich nichts einwenden. Mich wundert allerdings, dass du Harald Strauss nicht einsetzt. Er ist proaktiv und sprüht vor neuen Ideen. Der könnte Schwung in dein Team bringen. Aber«, Pat machte eine dramatische Handbewegung, »ob Manuela zurückkommt und ob sie dann die Projektleitung übertragen bekommt, lassen wir heute offen. Da rede ich ein Wörtchen mit. Wir benötigen hoch motivierte Mitarbeiter, auf die Verlass ist.«

Sie erhob sich, nickte Ana zu und stolzierte wie immer in perfekter Körperhaltung aus dem Zimmer. Ana ließ sich erschöpft in den Stuhl fallen. Da schwang die Tür nochmals auf und Pat blieb im Türrahmen stehen: »Was mir soeben in den Sinn kam: Hatte Manuela Arbeitsunterlagen bei sich, als sie verschwunden ist?«

Ana richtete sich straff auf und schluckte schwer.

»Soweit ich weiß, hatte sie keine Ordner mit, aber ihren Laptop dabei.«

»So etwas dachte ich mir schon. Mach eine interne Anzeige bei der Security. Es sind womöglich Kunden- oder Firmendaten in Gefahr.« Damit zog sie sich zurück und warf die Tür mit einem Knall zu.

Ana stöhnte. Das würde alles ihrer eigenen Karriere nicht guttun. Irgendwie schien Pat nur auf einen Angriffspunkt gewartet zu haben. Ein richtiger Fan von ihr war sie noch nie gewesen. Ana musste jetzt auf der Hut sein und durfte sich nicht provozieren lassen.

KAPITEL 17

Ein Poltern störte Anas Gedanken über die CEO. Die Tür flog auf und Anni stürmte herein, dicht gefolgt von Bert. Sie warf die Tür hinter ihnen zu und rief atemlos: »Das glaubst du nie! Sie sind weg! Die Stecken sind weg! Irgendwer hat sie geklaut!«

»Das gibt es doch nicht, die Bohnenstangen sind weg?« Ana war fassungslos.

»Genau. Ich bin sofort zur Portierloge gelaufen und habe gefragt, ob sie sie weggeräumt haben. Die haben mich ausgelacht, weil das sicher nicht ihr Job ist.«

»Zuerst verschwindet Manuela und jetzt haben sich die Stangen in Luft aufgelöst. Was bedeutet das?«

»Für mich steht fest, dass nicht Manuela die Bohnenstangen geholt hat und wieder abgetaucht ist.«

»Waren vielleicht Polizisten da? Ermitteln die mittlerweile?«, mischte sich Bert ein.

»Nein, das habe ich die Portiere gefragt. Auf das Wort Polizei haben sie allergisch reagiert, aber ihre Antwort war eindeutig. Es waren keine Kieberer da.«

»Also hat jemand die Stangen weggebracht, weil sie ihn gestört haben. Für Autos waren sie kein Hindernis und dort parkt fast niemand. Ich erkundige mich bei Herrn Soldo.«

Ana griff zum Telefon. Herr Soldo hob sofort ab. »Das ist ja eine speziell nette Überraschung! Guten Tag, Frau Rubin.

Gibt es was Neues? Oder ist Ihnen schon eingefallen, wie ich Ihnen helfen kann?«

»Schönen guten Tag, Herr Soldo. Ich habe nur eine Frage. Wir haben Ihnen doch gestern die Bohnenstangen gezeigt. Können Sie sich erinnern?«

»Selbstverständlich kann ich mich erinnern. Was ist damit?«

»Sie sind weg. Frau Maier wollte sie gerade holen, aber sie sind nicht mehr da. Haben Sie die Stangen vielleicht gesehen?«

»Mhm. Ich bin unsicher, ob ich sie in der Früh beim Einfahren gesehen habe. Ich habe nicht aufgepasst. Leider, dazu kann ich momentan nichts Verlässliches sagen. Eventuell hat sie der Portier aus dem Weg geräumt?«

»Angeblich nicht, den haben wir gefragt. Schade, aber den Versuch war es wert. Danke jedenfalls.«

»Was hätten Sie denn mit den Stangen gemacht?«

»Wir hatten die Idee nachzuschauen, ob Spuren drauf sind. Blut oder irgendetwas anderes für die Polizei. Wir suchen weiterhin Beweise, damit sie aktiv wird. Bitte sagen Sie nicht, wir sehen zu viele Filme, weil das habe ich schon mehrfach gehört.«

Er lachte. »Nein, das würde ich nie wagen. Aber wenn ich schon keine Information zu den Bohnenstangen liefern kann, darf ich Sie auf einen Kaffee einladen? Wie wäre es mit heute Nachmittag?«

Ana schluckte, es war unangenehm, dass Anni und Bert im Zimmer waren und zu verstehen versuchten, was Herr Soldo sprach.

»Äh, nein, nachmittags geht es nicht, da habe ich Termine.«

»Gut, dann nehmen wir morgen. Ich melde mich am Abend, da vereinbaren wir einen Treffpunkt. Ich wünsche einen schönen Tag und viel Erfolg!«

Überrascht sah sie auf das Handy und wandte sich an Anni. »Leider Fehlanzeige. Er hat den Stangen in der Früh keine Beachtung geschenkt.«

»Da ist etwas faul. Bitte, wer stiehlt zwei wertlose Stecken? Wen haben die an dem Platz gestört?« Anni zog fragend die Schultern hoch.

Anni hatte den Versuch, sie zu einem persönlichen Treffen einzuladen, glücklicherweise nicht mitbekommen, sonst hätte sie bestimmt einen Kommentar abgegeben. Ana hatte eine Idee: »Kann jemand wissen, dass wir sie der Polizei bringen wollten?«

»Unwahrscheinlich. Ich habe noch ein Thema«, Anni klang nachdenklich. »Ich habe soeben den Mist aus der Garage analysiert. Da ist«, sie schaute auf ihren Notizblock, »eine Rechnung vom Schweizerhaus, eine vom Café Hawelka und eine vom Kaufhaus Steffl. Weiters ein Feuerzeug mit der Aufschrift Giocare und zwei Zettel, aus denen ich bisher nicht schlau geworden bin.«

»Und?«

»Wenn in dem Bereich nur die beiden Banker parken, dann müssen diese Sachen ihnen gehören. Oder jemandem, der nichts im Firmenparkhaus verloren hatte und womöglich etwas mit Manuela zu tun hatte. Das sage ich ausgehend von der Annahme, dass es nicht die Banker waren, die Manuela verschwinden haben lassen.«

»Stimmt. Lass uns überlegen, was wir mit den abhandengekommenen Bohnenstangen und deinen Beweisstücken machen. Normalerweise würde ich jetzt alles der Polizei erzählen. Aber das ist zu wenig, um sie von einem Verbrechen zu überzeugen.«

Ana dachte daran, die Informationen mit Ronald zu teilen, doch das behielt sie für sich.

Anni antwortete: »Der Polizei können wir sie später geben. Vielleicht ist die demnächst interessierter an unseren Aussagen. Bis dahin schau ich mich lieber selbst um. Ich befrage die Banker nochmals, der Berger wird mich schon nicht auffressen. Ah, keine Sorge, den Herrn Soldo überlasse ich dir.« Mit einem breiten Grinsen im Gesicht stand sie auf, machte eine Miniverbeugung und verabschiedete sich.

Demnach hatte Anni die Kaffeeeinladung doch mitgekriegt. Ana lachte leise in sich hinein. Egal, schadete ja nicht, mit einem feschen Banker auf einen Kaffee zu gehen.

Da fiel ihr der Satz von Anni ein: »Ausgehend von der Annahme, dass es nicht die Banker waren.« War diese Vermutung zulässig? Oder verbargen sich hinter der Überheblichkeit von Herrn Berger oder der Freundlichkeit von Herrn Soldo Geheimnisse? Sie durften beiden nicht blind trauen.

Später besuchte Ana mit Bert die Consultingfirma Advice.

»Hältst du es wirklich für möglich, dass die Konkurrenz Manuela hat?«, fragte Bert.

»Ich weiß, dass das an den Haaren herbeigezogen klingt. Ich bin auf die Idee gekommen, weil die Branche schon länger munkelt, dass Advice in finanzieller Bedrängnis ist. Da ist der Auftrag, den wir gegen sie gewonnen haben, sicher eine bittere Pille.«

Das Büro lag nahe dem Stephansdom in einem wunderschönen Gründerzeithaus. Sie stiegen die Stufen bis zum Mezzanin und betätigten den gusseisernen Türklopfer. Sofort summte ein automatischer Türöffner und die Eingangstür sprang einen Spalt weit auf.

»Eine edle Mischung aus alt und modern«, dachte Ana. Sie mochte diese hohen Räume und dieses Büro war ansprechend eingerichtet. Das kostete alles ein Heidengeld.

Die Consultingfirma hatte in den ersten Jahren nach ihrer Gründung profitable Aufträge gewonnen. Mehrere positive Artikel in Fachzeitschriften hatten den Aufschwung gefördert. In den letzten Quartalen waren die Medien verstummt.

Eine Assistentin empfing sie freundlich und führte sie in einen Besprechungsraum. Auch hier modernste technische Ausstattung.

Ana kannte Cornelius Schmitt nur aus Berts Erzählungen. Sie wusste, dass er fotogen war und sich gern von der Presse ablichten ließ. Er war als Jungstar der österreichischen Wirtschaft gehandelt worden. Wenn die Gerüchte über die Finanzen stimmten, war das für ihn eine missliche Lage.

Und da erschien der Jungstar. Ana hätte um ein Haar laut aufgelacht. Herr Schmitt war die männliche Ausgabe von Pat. Perfekt gestylt, beste Körperhaltung, intensives Parfum und das gleiche strahlende Lächeln bei der Begrüßung. Ein Lächeln, das nicht die Augen erreichte.

Die Hände wurden geschüttelt, ein paar belanglose Worte zum Wetter und den letzten Urlauben dahingesagt. Sie nahmen Platz.

»Es war eine unerwartete Überraschung, dass Sie sich bei mir melden«, leitete Herr Schmitt ein. »Was verschafft mir diese Ehre?«

Nicht, dass der glaubte, dass sie ihm das Projekt übergeben wollten. Der Geschäftsführer wurde ihr noch unsympathischer.

Bert sah sich gezwungen, die Initiative zu ergreifen.

»Wir kommen mit einem ausgesprochen unüblichen Anliegen.« Er räusperte sich, offensichtlich planlos, wie er anfangen könnte. »Wir, äh, vermissen eine Kollegin.«

Herr Schmitt runzelte die Stirn und blickte ihn entgeistert an. »Was soll das heißen, Sie vermissen eine Kollegin?«

»Sie ist vorgestern Nacht verschwunden und wir möchten Sie fragen, ob Sie eine Ahnung haben, wo sie ist. Ihr Name ist Manuela Prince und sie ist die designierte Projektleiterin in dem uns beiden bekannten Projekt.«

Es ratterte sichtlich im Kopf von Herrn Schmitt. Er zog die Augenbrauen und den Mund leicht zusammen. »Verstehe ich das richtig, wir treffen uns zu einer Besprechung, weil Ihre Projektleiterin verschwunden ist? Da kommen Sie zu mir? Glauben Sie, ich halte sie versteckt?«

Hektisch überlegte Ana eine passende Antwort, aber Bert kam ihr zuvor. »Nicht direkt. Aber es könnte doch sein, dass Sie etwas wissen.«

»Nein, ich weiß nichts.« Herr Schmitt starrte sie mit erhobenen Augenbrauen an. Jetzt betonte eine tiefe Stirnfalte sein Missfallen. Unbehagliche Stille breitete sich im Raum aus. Weil Ana und Bert keinen Ton von sich gaben, redete er weiter: »Also, ich bin extra am Freitag spät am Nachmittag ins Büro zurückgekommen, weil Sie mich angerufen haben. Ich dachte selbstverständlich an eine Verbesserung der Kooperation. Dabei fragen Sie mich nach dem Verbleib einer Angestellten. Ich habe zwar bekannterweise viel Humor, aber dieser Situation kann ich nichts Positives abgewinnen. Wenn Sie keine anderen Anliegen haben, schlage ich vor, unsere Besprechung hiermit zu beenden.«

Er sah Ana auffordernd an, drehte sich danach zu Bert und stand mit einer lässigen Handbewegung auf. »Ich bedanke mich für Ihren Besuch, es war mir ein Vergnügen, schönes Wochenende!«

Dann schritt er stolz erhobenen Hauptes aus dem Zimmer. Sie hörten ihn noch sagen: »Frau Klein, seien Sie bitte so nett und geleiten die Herrschaften hinaus. Ich mache jetzt Feierabend. Wiederschauen!« Eine Tür fiel ins Schloss.

Bert und Ana trotteten mit hängenden Köpfen zur Firma zurück. Das war unendlich peinlich gewesen und hatte nichts gebracht. Hatte Herr Schmitt auch nur das Geringste mit Manuelas Verschwinden zu tun, war er jetzt vorgewarnt. Diese Aktion hätten sie sich sparen sollen.

»Dem Schmitt trau ich ein Kidnapping ohnehin nicht zu«, unterbrach Bert ihr Schweigen. »Der ist eloquent und ehrgeizig, aber der macht sich nicht die Finger schmutzig.«

Bevor Ana ihre Sichtweise kundtun konnte, läutete ihr Telefon. »Hi, hier ist Ronald. Bei dem Portier Brauner steck ich in einer Sackgasse. Er war im Gefängnis, das war wegen einer Rauferei im alkoholisierten Zustand. Wenn er trinkt, neigt er zur Aggression. Er wurde wegen guter Führung vorzeitig entlassen und hatte seither keine Probleme mit dem Gesetz. Da er während Manuelas Verschwinden im Dienst war, ist es unwahrscheinlich, dass er betrunken war und mit ihr zusammengekracht ist. Für eine kompliziert geplante Entführung erscheint er mir zu simpel gestrickt. Den Brauner lassen wir einstweilen beiseite.«

»Wenn du meinst«, antwortete Ana einsilbig.

»Die zwei Bankmenschen wirken langweilig. Beide etablierte Musterbürger, überdurchschnittliches Einkommen, keine unehrenhaften Hobbys, keine finanziellen Schwierigkeiten, ehrenamtlich tätig.«

Ana atmete erleichtert auf. Somit brauchte sie sich wegen Rudi Soldo keine Sorgen machen, der war in Ordnung.

»Als Nächstes knöpfe ich mir deinen Kollegen Harald vor. Du hörst von mir.«

Ana senkte ihre Stimme, damit Bert nicht alles mithören konnte, und erzählte ihm rasch von dem Desaster bei der Konkurrenzfirma. Kleinlaut ersuchte sie ihn, ihre Überprüfung auf seine Liste aufzunehmen. Ronald lachte die frischgebackene Hobbydetektivin lauthals aus.

KAPITEL 18

Anni wartete schon ungeduldig, als Ana und Bert in die Firma zurückkamen, und erzählte ihnen von ihren Erlebnissen. Sie hatte die gefundenen Rechnungen und das Feuerzeug beiden Bankern gezeigt. Herr Berger hatte sich diesmal korrekt benommen. Vermutlich hatte sie ausreichend geflirtet. Die Rechnung vom Kaufhaus Steffl gehörte ihm. Er hatte sich beim Essen angepatzt und kein Wechselhemd mehr gehabt. Bei den anderen Dingen hatte er den Kopf geschüttelt und gemeint, die seien nicht von ihm.

Herr Soldo war wieder ausnehmend freundlich und hilfsbereit gewesen. Er ließ Ana übrigens schön grüßen, unterbrach Anni mit breitem Grinsen ihre Schilderungen. Er hatte alle Gegenstände betrachtet und erzählt, dass er gelegentlich das Hawelka und auch das Schweizerhaus besuchte. Also gehörten diese Zahlungsbelege ihm.

»Das Feuerzeug kennt keiner. Das scheint mir eine heiße Spur zu sein. Darum kümmere ich mich morgen. Bestimmt finde ich heraus, von welcher Firma das ist. Für heute ist Schluss, ich besuche meine Eltern.«

Ana antwortete: »Okay. Ich höre ebenfalls auf. Wenn es Neuigkeiten gibt, melde ich mich, ansonsten sehen wir uns am Montag. Hoffentlich wird die nächste Woche besser als diese. Schönes Wochenende euch beiden.«

»Äh, ich wollte eigentlich noch mit dir sprechen. Egal, ich ruf dich an. Schönes Wochenende einstweilen«, antwortete Bert.

Während der Autofahrt überlegte sie, bei der Polizeistation vorbeizufahren, verwarf aber den Gedanken. Der Polizist hatte eindeutig Montag gesagt. Außer dass die Stangen verschwunden waren, besaß Ana keine neuen Informationen, um die Sichtweise des LKA-Beamten zu ändern.

Besser direkt nach Hause fahren und einen geruhsamen Abend verbringen und die Sorgen möglichst verdrängen. Morgen war auch noch ein Tag. Da dachte sie plötzlich an Max, und das schlechte Gewissen meldete sich. Wenigstens telefonieren musste sie mit ihm. Sie seufzte und wählte seine Nummer. »Hallo Max, wie geht es dir?«

Er antwortete in seiner beherrschten Art: »Hello Ana, schön, dass du anrufst. Es geht so. Es gibt noch immer keine Nachricht von Manuela. Hat der Privatdetektiv eine Spur?«

»Leider nein. Ronald hat bereits ergebnislos die Banker und Portiere durchleuchtet. Als nächsten Schritt überprüft er einen Arbeitskollegen von uns, der gern Manuelas Job hätte. Es ist zwar unvorstellbar, dass er sie deshalb verschwinden lässt, aber Neid ist ein Motiv.«

»Bleibt mir nur warten. Ich mache mir große Sorgen.«

»Ich verstehe dich, ich mir ebenfalls. Weißt du was? Ich bin auf der Autobahn vor Korneuburg. Ich komme auf einen Kaffee bei dir vorbei, wenn du mir einen spendierst.«

»Das ist nett. Ja, gewiss ist Kaffee für dich da, oder Tee.«

Wenige Minuten später stand Ana mit Max auf seiner Veranda. Er servierte ihnen Espresso und sie entschieden sich zu rauchen. Max schaltete die Laterne über der Terrassentür ein, die nur schummriges Licht spendete.

Sie unterhielten sich über Manuela. Ana dämpfte gerade ihre Zigarette aus, als Max plötzlich erstarrte und flüsterte: »There is someone in the garden!«

Ana schreckte zusammen. »Bist du sicher? Ich habe nichts gehört.«

»Yes. Ich habe jemanden an der Gartenhütte vorbeischleichen gesehen.«

»Soll ich die Polizei rufen?«

Aber Max hörte sie bereits nicht mehr. Er hatte den kleinen Edelstahlkoffer ergriffen, der das ganze Jahr über mit Grillbesteck auf der Terrasse lag.

Sollte sie ins Haus zurückrennen und die Polizei alarmieren? Aufgeregt entschied sie, Max nicht allein zu lassen, und versuchte im Dunklen zu eruieren, wohin er gelaufen war.

Um ein Haar wäre sie in der Finsternis über Gummistiefel gestürzt. Bewegungslos horchte sie in die Dunkelheit. Konnte es sein, dass Manuela hier war? Oder überfiel der Verbrecher jetzt ihren Ehemann, war das Teil seines Plans?

Plötzlich vernahm sie ein Klatschen und einen unterdrückten Schmerzschrei. »Hör auf!«

Sie stolperte vor Schreck ein paar Schritte weiter. Vor ihr bewegte sich etwas. Das war kein Tier, das waren Menschen, die miteinander am Boden kämpften.

Hektisch nahm sie ihren Mut zusammen und sagte laut: »Ich habe bereits die Polizei verständigt, die ist unterwegs. Hören Sie sofort auf!«

»Ana?«, wimmerte es aus dem dunklen Gewirr aus Armen und Beinen. »Hilf mir, ich bin es, Alex.«

»Max, hör auf«, rief Ana überrascht aus, »das ist ein Arbeitskollege!«

Sie wurde ignoriert. Die Gestalt, die obenauf saß, prügelte auf den anderen ein.

»Stop it!«, brüllte Ana verzweifelt und griff hin. »Au«, schrie sie auf, als sie einen Schlag auf den Unterarm bekam. Dieser Aufschrei nützte endlich. Die Schläge setzten aus.

Max stemmte sich in die Höhe, wobei er seinen Gegner eisern an der Jacke packte und mitzog. Dann schleppte er ihn zur Terrasse und im Lichtschein erkannte sie tatsächlich Alex. Von seinem Sakko hing ein Ärmel hinunter, ein Loch klaffte in der Naht. Verkrümmt stand ihr Arbeitskollege da und hielt sich den Bauch.

»Bist du verletzt?«, sie ergriff seine Hand.

Alex stöhnte: »Geht so.«

Max umklammerte ihn noch immer fest. Er musterte ihn und stieß keuchend hervor: »Wer bist du? Dich habe ich schon einmal gesehen!«

»Alex Roth«, schnaufte er. »Ich war vor Jahren bei euch auf einer Feier eingeladen. Da habt ihr in Wien gewohnt.«

Max ließ ihn so plötzlich los, dass er wankte und nur mit Mühe aufrecht blieb. »Was willst du hier?«, er klang nach wie vor aufgebracht, Wut blitzte aus seinen Augen.

»Manuela finden«, röchelte Alex.

»Du suchst Manuela bei mir? Was hast du mit meiner Frau zu schaffen?«

»Nichts. Ich meine natürlich doch, ich bin ein Freund von ihr.«

»Du bist kein Freund von ihr, sonst würde ich dich kennen«, schnaubte er und wandte sich an Ana.

»Hast du die Polizei gerufen?«

»Nein. Ich habe das geschrien, damit der Einbrecher davonläuft.«

»Dann holen wir die Polizei jetzt. Er muss eingesperrt werden.«

»Max. Das ist Alex, ich kenne ihn. Er ist ein Kollege von Manuela und mir. Er wollte gewiss nichts Böses, sondern sie nur suchen. Im Moment drehen alle durch und machen irgendeinen Blödsinn.«

»Das ist …«, er zögerte, da ihm das deutsche Wort nicht einfiel, »trespassing.«

»Meinst du Hausfriedensbruch?«, half ihm Ana. »Lasst uns doch zur Ruhe kommen und miteinander reden. Die Polizei bringt uns nicht weiter, das klären wir besser unter uns.«

»Den lasse ich nicht weggehen. Was ist, wenn er zurückkommt?« Er war keineswegs gewillt, Alex zu vergeben.

Alex sagte kläglich: »Ich schwöre, ich komme nie mehr hierher. Ich wollte nichts Schlimmes. Es war blöd von mir, aber ich dachte, ich finde Manuela.«

»Wenn du einverstanden bist, fährst du heim und wir alle vergessen diese Geschichte. Keine Polizei und auch sonst erzählen wir sie niemandem, auch in der Firma nicht.« Ana wollte die beiden schleunigst trennen.

Alex nickte. Sie nahm ihn am Arm und führte ihn zum Ausgang, ohne Max nochmals anzusehen. Der machte keinen Einwand. Beim Haustor fragte sie abermals:

»Bist du so weit in Ordnung, dass du allein heimfahren kannst? Oder brauchst du einen Arzt?«

»Nein, danke. Das werden nur blaue Flecken, nichts Lebensbedrohliches. Aber wenn du nicht eingegriffen hättest, wäre ich jetzt tot. Der Wahnsinnige wollte mich erschlagen.« Alex drehte sich um und gleich darauf verschluckte ihn die Nacht.

Ana kehrte zur Terrasse zurück, die nun verlassen war. Sie zündete sich wieder eine Zigarette an. Das war gerade noch einmal gut gegangen. Wieso war Alex überzeugt, dass Manuela hier war? Hatte sie ihm etwas erzählt? Sie ärgerte sich, dass sie ihn, statt zu fragen, einfach hatte wegfahren lassen.

Noch immer war sie erschüttert, wie blindwütig Max auf ihn eingeschlagen hatte. Genervt zerdrückte sie die Zigarette und betrat das Haus.

Das Erdgeschoß lag still da, im ersten Stock vernahm sie Wasserrauschen. Sie ging los und war selbst überrascht, dass sie, statt ins Obergeschoß zu steigen, die Kellertür aufzog. Sie übertrat hier Grenzen.

Die Tür sprang leise quietschend auf und Ana knipste das Licht an. So schnell sie konnte, lief sie die Stiege hinunter. Auf beiden Seiten eines Ganges führten zwei Türen tiefer in den Keller.

Ana verharrte kurz und lauschte. Nichts. Angespannt zog sie die erste Tür auf. Es war hier so finster, dass sie nur direkt neben dem Eingang eine Waschmaschine erkennen konnte. Sie tappte mit den Fingern über die Mauer, bis sie den Schalter fand. Das Licht flammte auf und beleuchtete eine Waschküche. Zusätzlich stand eine große Gefriertruhe an der Wand. Aufgeregt schlich sie zur Truhe und zog am Griff.

»Hast du Hunger?«

Ana machte einen Satz. In der Tür lehnte Max. Er schaute sie durchdringend an.

»Max!«

»Suchst du Manuela im Eisschrank?«

»Ich …« Hilflos hob sie die Hände.

»Bist du jetzt auch verrückt?«

Kraftlos ließ Ana die Hände wieder fallen. Schweigend starrten sie sich an. Es war totenstill.

»Come on!«

Aufgewühlt machte sie einen Schritt auf ihn zu.

»Mach die Eistruhe zu und komm!«

Sie fühlte seinen stechenden Blick im Rücken, als sie den Deckel zuzog. Mit gespenstischer Beherrschtheit machte er ihr Platz im Türrahmen, seine Augen durchbohrten sie. Als sie sich vorsichtig an ihm vorbei zur Treppe drücken wollte, spürte sie seinen Arm auf ihrer Schulter.

»Nicht hinauf. Wir machen Kellerbesichtigung. Komm.«

Anas Schritte waren bleischwer, als sie ihm zum nächsten Raum folgte. Er zog die Tür auf und tippte auf den Lichtschalter. »Bitte schauen.«

Das war der Trainingsraum. Sie sah einen Heimtrainer und eine Ruderbank. Daneben lag eine Bodenmatte mit Hanteln.

»Sie liegt nicht unter der Matte.«

Seine kurzen, leblosen Sätze steigerten ihre Beklemmung und sie suchte verzweifelt nach Worten.

Er schritt bereits zum nächsten Zimmer. Wieder schaltete er Licht ein. Ein Abstellraum mit vollgeräumten Stellagen, Schiern und Übersiedlungsboxen.

Mit starrer Miene näherte sich Max der letzten Tür.

»Vielleicht hier eine Leiche?«

Das war der Müllraum. Plastiksäcke und Mistkübel. Max stieß jeden auf. »Reicht es? Du hast alles gesehen. Bist du zufrieden?«

»Es tut mir so leid.«

Er zuckte mit den Schultern und stapfte wortlos die Kellertreppe hinauf. Ana war fassungslos. Wie war sie nur in diese Situation geraten?

Penibel klappte sie die Container zu, knipste alle Lichter aus, schloss die Türen und schleppte sich wie ein begossener Pudel nach oben. Von Max war keine Spur zu entdecken. Alles in ihr drängte danach, das Haus zu verlassen.

»Max?« Sie zwang sich, in das obere Stockwerk zu gehen. Dabei trat sie laut auf, um ihn auf keinen Fall zu überraschen.

Sie fand ihn im Badezimmer, wo er seine verdreckte Jacke und den Pullover in die Badewanne geworfen hatte. Momentan wusch er sich die Hände und das Gesicht. Er wirkte ruhig, offenbar war der Wutanfall vorbei.

»Bitte vergiss meine Aktion, die war saublöd. Mir tut das wirklich leid. Kann ich dich allein lassen? Ich möchte gern nach Hause.«

Ohne sie anzusehen, murmelte er: »Ja, fahr nach Hause.«
Im Hinausgehen hörte sie kaum vernehmlich: »Ich bin enttäuscht.«

KAPITEL 19

Ana schnappte ihre Sachen und flüchtete aus dem Haus. Im Auto blieb sie minutenlang regungslos sitzen, bevor sie startete.

Daheim setzte sie sich vor den Fernsehapparat. Unkonzentriert zappte sie durch die Programme und schaltete das Gerät schließlich aus. Sie nahm ein Buch zur Hand. Einige Zeit später stellte sie fest, dass sie immer wieder die gleiche Seite las, ohne den Inhalt zu begreifen. Stöhnend schloss sie das Buch. Sie zog sich einen Anorak über und war im Flur, als es stürmisch klingelte.

Vor der Tür stand Marion, lachte sie fröhlich an und rief: »Pizzadienst!«

»Hallo Marion, das ist richtig schön, dich zu sehen!« Sie fiel ihrer Freundin um den Hals und drückte sie fest. Sie hielt ihr die Tür auf und sagte: »Mit dir habe ich nicht gerechnet. Ich freu mich.«

»Na ja. Meinen Mann hast du zum Ermitteln geschickt, also sitze ich allein zu Hause. Und dass momentan nicht die allerbeste Zeit für dich ist, liegt auf der Hand. Wir machen uns einen schönen Mädelsabend und du versuchst einmal an etwas anderes als an die Arbeit zu denken.«

»Marion, das war ein Scheißtag. Tut mir leid, aber einen treffenderen Ausdruck finde ich nicht.«

»Dann ertränken wir ihn in Alkohol, als Medizin, versteht sich.«

Ana öffnete eine Flasche Wein und sie machten sich über die Pizza her. Danach lümmelten sich die beiden Frauen auf die Couch im Wohnzimmer. Mit ihrer Freundin waren Abende entspannt. Sie war eine angenehme Geschichtenerzählerin und brachte Ana oft zum Lachen, aber sie konnte auch gut zuhören.

Marion hatte Psychologie studiert und in einem Konzern in der Personalabteilung gearbeitet. Nebenbei hatte sie eine MBA-Ausbildung mit Schwerpunkt auf Coaching und Training gemacht.

Als Selbstständige gönnte sie sich jetzt mehr Freizeit und hatte Ana schon mehrmals angeboten, bei ihr als Partnerin einzusteigen. Ana hatte im Zuge ihrer Managementausbildung auch den Lehrgang zur Fachtrainerin absolviert und liebäugelte mit dem Angebot, wenn der Stress sie aufrieb. Aber ernst war es ihr bisher nicht.

»Marion an Ana, wo bist du?«, fragte Marion soeben. Offenbar hatte Ana sich in ihren Gedanken verloren und das war Marion nicht entgangen.

»Tut mir leid, wenn ich heute keine unterhaltsame Gesellschaft bin. Mir fällt alle paar Augenblicke irgendetwas ein. Ich bin furchtbar angespannt und spüre ständig ein Vibrieren.«

Marion sah sie aufmerksam an: »Dann lass uns doch ein wenig darüber reden. Gibt es außer der Sorge um deine Kollegin noch etwas, das dich bedrückt?«

»Etliches, leider. Ich bin enttäuscht und wütend wegen der Reaktion unserer CEO auf das Verschwinden von Manuela. Pat täuscht bestenfalls oberflächlich vor, um die

Mitarbeiterin besorgt zu sein. Sie spielt vor allem die Karte ›das Projekt ist das Wichtigste auf der Welt‹ und droht mit personellen Konsequenzen.«

Eine halbe Stunde später hatte Ana im Detail erzählt, was alles vorgefallen war und sie immer mehr belastete.

Ihre Freundin hörte den Schilderungen konzentriert zu. Als Ana ihren Redefluss beendete, sagte sie betont sachlich: »Schau, jeder Mensch hat seine Prioritäten, deine CEO augenscheinlich andere als du. Das kannst du nicht ändern. Wichtig ist, dass du deinen eigenen Vorstellungen folgst und dich nicht verbiegst.«

»Das ist mir bewusst. Dennoch tut diese Ignoranz weh. Außerdem macht es mich unrund, dass die Situation meiner Karriere schaden wird. Da arbeite ich so viel und bin auf meine Ergebnisse stolz und dann passiert ein Unglück, an dem ich keine Schuld habe. Trotzdem behandelt Pat mich neuerdings, als würde ich nur Leistung bringen, wenn sie mich unter Druck setzt.«

»Folge deinem Instinkt. Und bitte sei vorsichtig. Wenn deiner Kollegin tatsächlich etwas angetan wurde, kann es gefährlich sein, dass ihr herumstochert. Du hast bisher keine Ahnung, wer dahintersteckt.«

»Soll ich meine Nachforschungen einstellen und Manuela ihrem Schicksal überlassen?«

»Bitte verstehe mich nicht falsch, ich finde es wichtig, dass ihr sucht. Speziell, solange die Polizei untätig bleibt. Aber pass besonders gut auf und sei nicht leichtsinnig.«

Nachdem sie ihre Aussage ein wenig auf Ana hatte einwirken lassen, sprang sie auf und meinte: »Und jetzt schauen wir uns einen Film an und nachher fahre ich heim. In unserem Alter ist Schönheitsschlaf von Vorteil.«

Kaum hatten sie sich auf eine Komödie geeinigt und den Film gestartet, läutete Anas Telefon. Herr Soldo. Ana wurde verlegen, als sie abnahm und ihn begrüßte. Sie stand auf und führte das Gespräch ans Fenster gelehnt. Herr Soldo war wieder extrem höflich und registrierte rasch, dass sie einsilbig war.

»Störe ich Sie gerade?«, fragte er.

»Ein wenig, eine Freundin ist bei mir.«

»Dann wollen wir Ihre Freundin aber nicht warten lassen, ich halte mich kurz. Ich wollte ohnehin nur fragen, ob es Ihnen halbwegs gut geht, und für morgen einen Termin vereinbaren. Wie wäre es mit 16 Uhr am Schwedenplatz? Wenn das Wetter einigermaßen durchhält, gehen wir in der Innenstadt spazieren und danach trinken wir einen Kaffee. Passt das für Sie?«

Herr Soldo schien fix von einer Zusage auszugehen. Tatsächlich fand Ana keinen Grund für eine Absage. Zu selten lernte sie attraktive Männer kennen.

»Ja gern, passt für mich.«

Damit war das vereinbart und sie verabschiedeten sich rasch. Als sie sich zurück auf die Couch setzte, sah Marion sie fragend an. »Wenn du das nicht erzählen möchtest, muss es mir auch recht sein. Aber neugierig wäre ich jetzt schon. Hast du Geheimnisse vor mir?«

Ana grinste sie an. »Wegen der Suche haben wir mit einigen Angestellten der Bank geredet. Da ist einer dabei, mit dem ich mich blendend verstehe. Er ist aufmerksam und hat Humor. Wir treffen uns morgen auf einen Kaffee. Sonst ist da aber nichts.«

»Was nicht ist, kann ja noch werden«, merkte Marion mit bedeutungsvollem Blick an. Dann erbarmte sie sich und drehte die Komödie wieder auf.

Ana konnte sich schlecht konzentrieren, aber ein wenig lenkte sie das Zuschauen tatsächlich ab. Als der Film endete, fühlte sie sich halbwegs entspannt und reif für das Bett. Die beiden vereinbarten, dass Ana am Wochenende Marion und Ronald besuchen würde.

Als die Tür hinter Marion ins Schloss gefallen war, ging Ana sofort ins Badezimmer und schlüpfte eine Viertelstunde später erschöpft ins Bett. Aber gerade als sie am Einschlafen war, meldete sich ihr Telefon schon wieder.

»Guten Abend, Bert spricht. Tut mir leid, wenn ich dich geweckt habe. Aber ich kann nicht schlafen, bis ich mit dir geredet habe.«

»Ist etwas vorgefallen?«

»Bei mir nicht, aber genau das will ich dich fragen. Du verhältst dich auf einmal so komisch. Glaubst du, ich habe nicht mitgekriegt, dass du am Telefon mit jemandem über Manuela gesprochen hast?«

Das Telefonat mit Ronald nach dem Advice-Debakel. Natürlich hatte er das gehört. Aber sie hatte Ronald ihr Wort gegeben, nichts über den Auftrag zu erzählen. Das galt auch für Bert.

»Ana? Was sind das für Geheimnisse, die du hast?«

»Ich kann darüber nicht sprechen.«

»Vertraust du mir nicht mehr? Glaubst du, ich habe etwas mit Manuelas Verschwinden zu tun?«, fragte Bert.

»Nein, das glaube ich nicht! Trotzdem sage ich nichts, weil ich es versprochen habe.«

»Wem hast du das versprochen?«

So ein Mist, was sollte sie ihm sagen. Sie war am besten Weg, ihr Vertrauensverhältnis zu zerstören, und das war dieses Geheimnis nicht wert. Sie würde ihn einweihen und Ronald davon informieren.

Noch während sie überlegte, war es zu spät. Bert hatte das Telefonat abgebrochen. So eine Scheiße! Sie rief aber nicht zurück, sondern entschied, am Montag persönlich mit ihm zu sprechen.

KAPITEL 20

Am Samstag erwachte Ana mit neuer Energie. Es war acht Uhr, endlich hatte sie sich ausgeschlafen. Sie gönnte sich ein ausgiebiges Frühstück und las zwei Tageszeitungen. Damit fühlte sie sich über das Geschehen in der Welt informiert. Seit sie so lange Arbeitstage hatte, bekam sie zu wenig mit. Deshalb abonnierte sie Online-Zeitungen, deren Lektüre sie zwischendurch einschieben konnte.

Als sie den letzten interessanten Artikel gelesen hatte, schrieb sie Ronald eine Nachricht: »Hi. Störe ich? Wenn es passt, ruf an. Keine Eile.«

Nach ein paar Sekunden kam retour: »Ich hol mir Kaffee, melde mich bald.«

Während sie auf den Rückruf wartete, las sie im Notizbuch von Manuela. Es waren zahlreiche Einträge, da musste einfach ein Hinweis dabei sein. Sie beschloss systematisch vorzugehen. Schon läutete das Telefon. »Hi Ana, Ronald spricht. Ich hatte keinen Kaffee mehr und musste mir einen besorgen, damit ich nicht einschlafe.«

»Du warst die ganze Nacht wach?«

»Ja. Ich wollte an Harald dranbleiben.«

»Verdächtigst du ihn?«

»Nicht so voreilig. Ich wollte mit ihm sprechen, aber er hat sofort ohne Kommentar aufgelegt. Das ist rüde, aber kein Verbrechen. Deshalb entschied ich, ihn zu observieren.

Er kam gegen 19 Uhr heim und ist kurz darauf zu Fuß in einen Supermarkt einkaufen gegangen. Den Großteil der Zeit hat er telefoniert. Später war er mit einer gleichaltrigen Frau, vermutlich seiner Ehefrau, 50 Minuten spazieren. Um 22 Uhr gingen die Lichter in zwei Zimmern im oberen Stock für eine halbe Stunde an. Danach kam die Frau heraus und hängte Wäsche auf den Wäscheständer, mitten in der Nacht. Sie hat sich auffällig gründlich umgeschaut, bevor sie sich ins Haus zurückgezogen hat. Ich hatte schon Sorge, dass sie mich entdeckt hat. Nach 23 Uhr wurden alle Lichter abgedreht. Dann ist alles still geblieben, bis um fünf Harald im Trainingsanzug herausgesprungen und auf der Sonnenallee weggelaufen ist. Ich konnte ihm nicht folgen, das hätte er sofort bemerkt. Er ist erst nach zwei Stunden zurückgekehrt.

Mittlerweile hat die Frau mit einer zehn Jahre alten Tochter das Haus verlassen. Das Auto steht in der Einfahrt.«

Ana zog eine Grimasse und war froh, dass Ronald sie nicht sehen konnte. Wenn das ein typischer Tag im Leben eines Detektivs war, hatte sie eindeutig den spannenderen Job. »Das hört sich für mich alles nach normalem Familienleben an, für dich nicht?«

»Grundsätzlich schon. Die Uhrzeit und Dauer des Joggens sind ungewöhnlich. Könnte vorgetäuschter Morgensport sein, um unbemerkt etwas zu erledigen. Deshalb plane ich, ihn heute weiterhin zu observieren. Ich bin nur schrecklich müde.«

»Soll ich dich ablösen? Im Auto sitzen und das Gelände beobachten schaffe ich. Und wenn etwas los ist, wecke ich dich auf.«

»Willst du das wirklich tun?«

»Klar. Ich habe für die nächsten Stunden keine Pläne, da kann ich dir doch helfen.«

Sie ließ sich sein Fahrzeug, einen beigen Lieferwagen, beschreiben und machte sich auf den Weg in die Seestadt Aspern, wo Harald wohnte.

Kurze Zeit später fuhr sie staunend durch den ihr unbekannten Stadtteil Wiens. In dieser Gegend waren alle Häuser neu, gebaut an einem künstlich angelegten See, den die Bewohner im Sommer zum Baden nutzten.

Ana hatte die Adresse einer Querstraße in das Navigationssystem eingegeben, um nicht direkt vor Haralds Reihenhaus zu landen. Sie stellte ihr Cabrio am Straßenrand ab und blickte sich ständig um, während sie sich der Wohnadresse näherte. Wie geschildert fand sie das Fahrzeug und klopfte vorsichtig an. Sofort öffnete Ronald ihr die Beifahrertür und sie kletterte hinein.

»Hallo Ronald, jetzt lerne ich endlich deinen Arbeitsplatz kennen.« Sie sah sich neugierig im Innenraum um. »Gemütlich hast du dir das eingerichtet.«

»Hi. Das ist Hightech, gepaart mit praktischen Dingen wie einem Kühlschrank, einem Bett und einem Kaffeeautomaten. Dummerweise habe ich die Kaffeekapseln vergessen.«

Er lächelte sie müde an. »Es ist nett von dir, dass du mich ablöst. Wenn es dir recht ist, nutze ich die Zeit und leg mich gleich hinten aufs Ohr.«

»Klar, dafür bin ich da.« Ana blickte auf die Gebäude vor sich. »Es ist das allererste Haus, das Eckhaus, wo die Wäsche hängt, stimmt's?«

»Ja. Seine Frau und Tochter sind noch unterwegs. Bitte behalte den Eingang im Auge und wenn sich was tut, weck mich sofort, damit er uns nicht entwischt.«

Nach einer Stunde war Ana bereits furchtbar langweilig. Die Straße war leer. Erstaunlich selten spazierte ein Passant vorbei. Bei den Reihenhäusern war niemand zu entdecken. Es war mittlerweile später Vormittag, aber nach wie vor dämmrig. An diesem trüben Oktobertag regte sich wenig und sie fand absolut nichts Interessantes zu beobachten. Sie gähnte immer öfter, die Eintönigkeit machte sie schläfrig.

Nach einer gefühlten Ewigkeit sah sie eine Frau mit einer großen Tasche und einem Mädchen neben sich zielstrebig auf das Reihenhaus zugehen. Als die Frau den Schlüssel ins Schloss steckte, öffnete sich die Eingangstür und Harald schaute heraus. Nach wenigen Worten ging sie mit dem Kind hinein und er schlenderte über die Fahrbahn auf den Lieferwagen zu.

Ana duckte sich und hoffte, dass er die Bewegung nicht wahrnahm. Aus Angst, entdeckt zu werden, blieb sie eine Minute nach unten gebeugt sitzen. Als sie sich wieder aus der Deckung wagte, war er nicht mehr zu sehen. Sie weckte rasch Ronald, der in Sekundenschnelle nach vorne kletterte.

»Er ist irgendwo hinter uns, aber ich kann ihn nicht sehen. Er ist schnurstracks am Auto vorbeigegangen.«

»Ich beschatte ihn, mich kennt er nicht. Du bleib bitte ruhig sitzen.« Und schon war er draußen. Die Minuten vergingen. Ana spähte konzentriert in den Rückspiegel. Aber auch Ronald war nicht mehr zu sehen.

Eine Viertelstunde verging, eine halbe Stunde. Wie sollte sie sich jetzt verhalten?

Nach einer weiteren Viertelstunde wurde Ana nervös. Irgendetwas war faul. War Ronald in Gefahr?

Sie kämpfte gegen die beklemmenden Gedanken an. Sie saß auf einer ruhigen Wohnstraße um die Mittagszeit, hier konnte nichts Schlimmes passieren. Außerdem war Ronald ein ausgebildeter Privatdetektiv, der bestimmt bereits in gefährlicheren Situationen gewesen war. Sie musste sich beruhigen und geduldig warten. Sie starrte weiter in den Außenspiegel, aber die beiden waren nirgends zu sehen.

Da pochte es unmittelbar neben ihrem Ohr an die Fensterscheibe. Ana fuhr zusammen und quietschte auf, ihr Herz schlug ihr bis in den Hals. Sie schaute zum Fenster und blickte direkt in Haralds hochrotes und wütendes Gesicht.

»Los, mach auf und steig aus!« Sie hörte die Worte kaum, aber sie las sie von seinen Lippen ab, die nur Zentimeter von ihr entfernt waren. Er trat einen Meter zurück und machte eine eindeutige Handbewegung. Sie sollte aussteigen.

Ana griff zur Türschnalle und drückte die Tür einen Spalt auf.

»Steig sofort aus, oder muss ich dich holen?« Haralds Stimme dröhnte hart, richtig bedrohlich. Ana stieg aus dem Wagen und wich blitzartig drei Schritte zurück.

»Was wird das? Was treibt ihr zwei vor meinem Haus?«

»Es tut mir leid.« Das klang jämmerlich. Sie räusperte sich und fing nochmals an. »Ich entschuldige mich, wenn wir euch gestört haben. Ich habe einen Privatdetektiv beauftragt, Manuela zu finden, deshalb sind wir hier.«

Harald sah sie entgeistert an. Was auch immer er geglaubt hatte, das war es nicht. »Du suchst Manuela bei mir?«

»Äh. Nicht nur bei dir, aber auch bei dir.« Mein Gott, war das peinlich, sie schwafelte völligen Schwachsinn. Was konnte sie ihm Sinnvolles sagen?

»Wieso sollte sie bei mir sein?«

»Es geht ja nicht darum, dass sie im Wohnzimmer sitzt. Es geht darum, dass du eventuell weißt, wo sie ist.«

»Ich bin nicht gerade ein Fan von Manuela, wieso soll ausgerechnet ich wissen, wo sie sich verkrochen hat?«

Als Ana keine Antwort gab, veränderten sich seine Gesichtszüge von Neuem. Aus der Verwunderung entwickelte sich erneut Wut. »Verstehe ich das richtig, du vermutest, dass ich ihr etwas angetan habe? Dass ich an ihrem Verschwinden schuld bin?«

Genau genommen kam ihr die Vorstellung im Moment lächerlich vor. Die Situation war unangenehm, irgendwie musste sie sich rasch herauswinden. »Hör mal, ich möchte mich nochmals entschuldigen. Es ist nicht persönlich gegen dich gerichtet. Wir machen uns furchtbare Sorgen um Manuela und lassen keine Möglichkeit ungenutzt, sie zu finden.«

»Jetzt hör mir einmal gut zu«, Haralds Gesicht war zu einer Fratze verzerrt und es rückte zentimeterweise näher. »Du magst in der Firma eine wichtigere Position haben als ich, aber das gibt dir kein Recht, mir etwas zu unterstellen. Ich werde mich mit einem Rechtsanwalt in Verbindung setzen und schauen, was ich gegen dich unternehmen kann. Worauf du dich auf alle Fälle schon gefasst machen kannst:

Ich beschwere mich bei der Geschäftsleitung über dich. Ob das Beleidigung oder Belästigung oder Mobbing ist, wird sich zeigen. Ich bin bereits gespannt, was Pat zu deinem Verhalten sagt. Und jetzt verschwindet, bevor ich meine gute Kinderstube vergesse.«

Er drehte sich auf dem Absatz um und eilte im Laufschritt über die Straße. Dort riss seine Frau die Haustür auf und er verschwand im Inneren.

Kaum war er fort, tauchte Ronald auf.

»Komm, steig ein, lass uns hier wegfahren.« Ana hatte es eilig wegzukommen.

»Bist du okay?«, fragte er.

»Na ja. Er droht mir mit einem Anwalt und mit der Geschäftsleitung.«

»Den Anwalt kann er vergessen. Wir haben nichts Unrechtmäßiges getan. Was will er mit der Geschäftsleitung?«

»Ihm ist anscheinend bewusst, dass die CEO derzeit schlecht auf mich zu sprechen ist. Vielleicht versucht er, mich loszuwerden. Aber lass es gut sein, du kannst nichts dafür.«

Ana dirigierte ihn zu ihrem Cabrio. »Trotz allem frage ich mich, ob Harald etwas über Manuelas Aufenthaltsort weiß. Kurz ist es mir absurd vorgekommen, ihn zu verdächtigen. Aber wenn ich nun darüber nachdenke, war er überdimensional wütend. Was hat ihn so ungeheuer gereizt?«

»Er bleibt weiter auf meiner Liste der Verdächtigen, ich werde ihn noch genauer überprüfen.«

Bedrückt verabschiedeten sie sich und Ana fuhr gedankenverloren davon.

KAPITEL 21

Eine Stunde vor der Verabredung mit Rudi Soldo piepste der Alarm, den Ana auf ihrem Handy gestellt hatte. Obwohl sie intensiv an Manuelas Notizbuch herumgerätselt hatte, war sie kein bisschen klüger. Enttäuscht schlug sie das Buch zu. Sie hatte so gehofft, dass ihr schlagartig eine Erleuchtung kommen würde.

Sie erfrischte sich, schminkte sich neu und kleidete sich sorgfältig, aber betont leger. Er sollte nicht glauben, dass sie sich wegen ihm herausputzte. Schwarze Jeans und eine rote Bluse, von der sie wusste, dass sie ihr gut stand. Dazu ein dezentes Goldhalsband. Mit zufriedenem Blick musterte sie sich im Spiegel.

Fein, dass man ihr nicht ansah, wie es in ihrem Inneren aussah. Noch zeigte sich die nagende Unruhe nicht im Gesicht. Sie sah überraschend erholt und entspannt aus.

»Passt«, dachte sich Ana, »dann schauen wir einmal, wie der Herr Soldo so ist. Es wäre schon nett, wieder eine Beziehung zu haben. Es musste ja nichts Ernstes sein.« Sie verbesserte sich in Gedanken. »Es soll nichts Ernstes werden.«

Intensive Beziehungen, die früher oder später in ein Beziehungsdrama ausarteten, hatte sie ausreichend erlebt. Sie hatte sich geschworen, Wiederholungen zu meiden.

Gerade als sie die Eingangstür verschloss, läutete das Handy. Anni war dran. »Hi Ana, ich hoffe, ich störe dich nicht. Ich will dir nur Bescheid geben, dass ich herausgefunden habe, was Giocare ist.«

Sie musste kurz überlegen, wo sie den Ausdruck Giocare gehört hatte. Da fiel ihr ein, dass er auf dem Feuerzeug stand, das Anni in der Garage aufgehoben hatte.

»Grüß dich. Sekunde noch, ich sperre die Haustür ab. Du störst mich nicht, ich bin gleich mit dem Auto unterwegs. So, geht. Also, was hat es mit Giocare auf sich?«

»Das ist ein Lokal im Prater. Es besteht aus zwei Teilen. Der eine ist eine Spielhölle mit Maschinen, der andere ist eine Bar. Ohne Frage seltsam, wie dieses Feuerzeug in die Garage kommt, oder?«

Eigentlich fand Ana diese Erkenntnis bedeutungslos. Wie oft trug sie selbst Kugelschreiber oder Feuerzeuge bei sich, deren Herkunft ihr schleierhaft waren. Das waren Gegenstände, die sie sich ausborgte und zurückzugeben vergaß. Aber sie wollte Anni die kindliche Freude über ihre Entdeckung nicht zerstören.

»Toll, Sherlock Holmes. Und was machst du mit dieser Enthüllung?«

»Na, was wohl. Ich bin bereits auf dem Weg in den Prater. Ich werde mir das Lokal genau ansehen. Endlich etwas Spannenderes als das Kaufhaus Steffl. Praterlokal klingt für mich megaaufregend und verrucht.«

»Okay. Dann wünsche ich dir einen schönen Nachmittag im Prater. Pass auf dich auf und verspiel nicht dein ganzes Gehalt.« Damit beendete Ana das Telefonat.

Bald näherte sie sich dem Schwedenplatz. Auf der Straße war samstagnachmittags freie Fahrt. Ihr Cabrio lenkte sie in die Tiefgarage.

Öffentliche Garagen waren nicht gerade ihre Lieblingsparkplätze, aber in diesem Teil der Stadt war es aussichtslos, einen Abstellplatz in den Gassen zu finden. Sie hatte Glück und entdeckte einen gekennzeichneten Damenparkplatz. Dieser war hell erleuchtet und in der Nähe des Ausgangs.

Drei Minuten später stand sie am Schwedenplatz, einem ihrer Lieblingsorte in Wien. Dieser Platz am Donaukanal hatte sich zu einem lebhaften Treffpunkt entwickelt. Die Katamarane legten mehrmals täglich an und der Flughafenbus brachte laufend Gäste. Besonders mochte Ana das hervorragende Eisgeschäft und die kleinen Boutiquen.

Obwohl das Wetter düster war und es nieselte, waren eine Menge Leute unterwegs. Der Kleidung nach zu urteilen war es eine bunte Mischung aus Touristen und Einheimischen. Straßenmusikanten saßen auf dem Boden, um mit ihrer Musik ein paar Euro zu verdienen.

Ana blieb wenig Zeit, dem fröhlichen Treiben zuzuschauen. Herr Soldo hatte sie bereits entdeckt und kam freudig winkend auf sie zu. Auch diesmal dachte sie, dass er auffallend attraktiv war. Heute trug er Freizeitkleidung, schwarze Jeans und einen blassrosa Sweater, darüber eine dezente graue Lederjacke.

»Hallo Frau Rubin, das ist schön, Sie zu treffen. Ich fall jetzt gleich mit der Tür ins Haus: Darf ich Ana sagen? Ich bin der Rudi.«

Ana lachte ihn an. »Hallo Rudi, ich bin die Ana. Aber das weißt du ja schon.«

Gemütlich spazierten sie quer durch die Altstadt. Während sie am Stephansdom vorbei über die Kärntner Straße bis zur Oper schlenderten, unterhielten sie sich über den Herbst und über Wien.

Mittlerweile hatte das Nieseln aufgehört und erste Sonnenstrahlen erhellten die alten Gassen. Sie bogen in Richtung Burggarten ab und flanierten durch die Burg zum Volksgarten. Ihre Unterhaltung verlief angenehm, doch sie diskutierten weiterhin nur oberflächliche Themen, wie den Pantomimen, der auf dem Michaelerplatz von einer Gruppe Japaner umringt wurde. Im Volksgarten war es still und sonnig und sie beschlossen, auf einer Parkbank Platz zu nehmen.

»Erzähl mir über dich. Bis jetzt weiß ich: Du arbeitest in der IT-Firma, bist die Chefin von Anni und liebst schöne Autos. Und du suchst hartnäckig nach deiner verschwundenen Arbeitskollegin«, begann Rudi. »Hast du Familie?«

»Meine Eltern sind verstorben, aber ich habe zwei Geschwister. Einen älteren Bruder, Thomas. Zu ihm habe ich kaum Kontakt, wir haben unterschiedliche Wellenlängen. Zwei Mal pro Jahr sehe ich ihn trotzdem, weil er mein Zahnarzt ist.«

»Das ist aber schade, Familie ist so wichtig«, er schaute betroffen drein.

»Ich habe noch eine Schwester, Regina, die ist ein Jahr älter als ich. Mit ihr verstehe ich mich blendend, wir haben ein enges Verhältnis. Sie ist Künstlerin, hauptsächlich malt sie. Leider sehen wir uns derzeit selten persönlich. Sie hat nach dem Studium eine lange Reise gemacht und ist in Kanada hängen geblieben. Zurzeit ist ihr Wohnsitz eine Ranch in Québec. Ich kann mir Regina kaum mit Rindern und Pferden vorstellen. Aber wo die Liebe hinfällt …«

Rudi nickte zufrieden. »Eine enge Verbindung mit deiner Schwester finde ich gut. Erzählst du mir auch, wie du wohnst und was du so in deiner Freizeit unternimmst?«

»Aber dann bin ich mit dem Fragen an der Reihe. Also, ich wohne alleine in einem Haus im Weinviertel.« Ana erzählte, wie sie das Haus gekauft hatte, als die Beziehung mit ihrem Ex-Lebensgefährten zerbrochen war und sie aus seiner Wohnung ausziehen musste. Sie hatte das Verkaufsschild bei einer Radtour entdeckt und sich sofort in den großen Garten verliebt.

Diese Entscheidung hatte sie noch nie bereut. Sie schätzte die Beschaulichkeit, die das Dorf ausstrahlte. Das war ein Ausgleich zu ihrer hektischen Arbeitswelt.

Dann führte sie noch ein wenig ihre liebsten Freizeitaktivitäten aus. Sie erzählte von luftigen Cabrio-Fahrten und vom Sport. Über ihr geliebtes Radfahren und speziell das Mountainbiken kam sie ins Schwärmen.

»Autos und Mountainbiken, eine spannende Kombination«, lachte er. »Das sind zwei attraktive Hobbys.«

»Du bist dran, erzähl mir von dir. Was machst du, wenn du nicht gerade in der Bank arbeitest?«, fragte Ana nach. Wie es bei ihr häufig der Fall war, fühlte sie sich unwohl, wenn sie über sich selbst sprach. Sie hörte lieber zu, wenn andere von sich erzählten.

»Ich wohne in einer Altbauwohnung in der Böcklinstraße, die liegt im Pratercottage. Ich schätze die Wohngegend. Da erreiche ich zu Fuß die Innenstadt und habe mit der Praterau eine riesige Grünfläche ums Eck. Ich gehe aber meistens laufen, selten Rad fahren.«

»Das ist eine schöne Gegend, die kenne ich. Lebst du allein oder hast du Mitbewohner?« Das musste Ana jetzt wissen. Sie wollte vermeiden, dass sie sich weiterhin mit Rudi verabredete und dann stellte sich heraus, dass er verheiratet war.

»Ich lebe auch allein. Meine jüngere Schwester hat einige Monate bei mir gewohnt, weil sich ihre Beziehung aufgelöst hat. Es ist schwierig, ein schönes Apartment zu finden, und wir haben eines in der unmittelbaren Nähe der Uni gesucht. Mittlerweile besitzt sie wieder eine eigene Bleibe und besucht sporadisch ihren alten Bruder. Denn der ist zu langweilig.«

»Wie alt ist denn deine Schwester?«

»Sie ist bloß vier Jahre jünger als ich. Trotzdem glaube ich manchmal, sie gehört zu einer anderen Generation. Das hat vielleicht mit unserer Vergangenheit zu tun. Jetzt erzähl mir doch von deiner Recherche. Hast du irgendeine Spur zu deiner Kollegin?«

»Außer in Fettnäpfchen zu treten und meine Chefin zu verärgern, habe ich noch nicht viel erreicht. Dabei helfen alle zusammen. Aber das funktioniert leider anders als in einem Krimi, wo die Ermittler Schritt für Schritt weiterkommen.«

»Mit Helfer meinst du die junge Frau Maier? Sie ist nicht gerade die unauffälligste Detektivin. Wenn die auftaucht, schauen zumindest die Männer alle hin«, grinste er. »Was genau unternimmt sie denn außer Bohnenstangen jagen?«

»In diesem Moment schleicht sie vermutlich unauffällig durch den Wurstelprater«, lachte Ana ebenfalls. »Aber vielleicht ist sie so auffällig, dass das die beste Tarnung ist.«

»Was macht sie im Prater? Die Geisterbahn durchsuchen?«

»Wenn notwendig, filzt Anni jeden Meter der Geisterbahn und überredet das Gespenst, mit ihr auszugehen. Aber nein, sie besucht ein Lokal namens Giocare. Von dem hat sie ein Feuerzeug in der Garage gefunden, ganz in der Nähe von deinem Parkplatz. Das hat sie dir gezeigt, hat sie mir erzählt.«

»Ja, ein Feuerzeug mit einer Aufschrift hat sie mir gezeigt, mir hat das nichts gesagt. Das ist also der Name von einem Praterbeisl. Und jetzt sucht sie eure Kollegin dort?«

»Was sie genau im Giocare macht, ist schwer zu sagen. Sie ist wild entschlossen herauszufinden, wieso das Feuerzeug in der Garage lag und ob es einen Zusammenhang mit Manuelas Verschwinden gibt.«

»Findet ihr es nicht viel zu gefährlich, im Prater herumzuschnüffeln?«, er sah sehr besorgt aus.

»Du hast vermutlich recht, aber Anni lässt sich von mir nicht vorschreiben, wo sie hingehen darf. Die setzt ihren Willen durch.«

Er warf einen Blick auf die Armbanduhr. »Wir müssen leider aus dem Park hinaus, er wird demnächst gesperrt.

Darf ich dich zum Abendessen einladen? Es ist zwar noch ein wenig früh, ich hoffe, dich stört das nicht.«

Ana schaute ihn prüfend an. Sie war unschlüssig, ob eine Essenseinladung eine gute Idee war.

KAPITEL 22

Ana streckte sich auf der Parkbank und sagte zu Rudi: »Zu früh für ein Abendessen ist es mir nicht. Aber mir wäre lieber, wir teilen uns die Rechnung.«

Er strahlte sie an: »Abgemacht. Wenn du glaubst, mich stört, wenn wir uns Rechnungen teilen, irrst du dich. Irgendwie habe ich dich ohnehin so eingeschätzt, dass du dich nicht gleich einladen lässt. Willst du auch das Lokal aussuchen? Ich kenne eine kleine Osteria in der Nähe der Burg, die durchgehend warme Küche hat.«

»Italiener klingt perfekt, das machen wir.« Sie stand auf.

»Sekunde bitte. Ich muss noch rasch was in meinen Kalender eintragen, mir ist gerade etwas eingefallen. Andernfalls vergesse ich das wieder.« Rudi blieb sitzen und drückte auf seinem Handy herum. Anscheinend funktionierte der Kalender schlecht, denn das Tippen dauerte etliche Minuten. Ana musste sich beherrschen, um ihm nicht Unterstützung anzubieten. Das würde vermutlich nicht gut ankommen.

»Erledigt, gehen wir.«

Die Osteria war nur wenige Minuten von ihnen entfernt. Sie betraten einen winzigen Raum mit drei Tischen und stiegen eine Holztreppe hinunter. Der Gastraum war klein und gemütlich eingerichtet. Hier war Platz für maximal 20 Personen, an zwei Tischen saßen Gäste.

Der Kellner grüßte untertänig und Ana kam es so vor, als ob er Rudi kannte. Sie wurden zu einem Ecktisch geführt, in perfekter Lage, um sich zu unterhalten. Sie schaltete ihr Handy stumm, denn sie wollte den Aufenthalt genießen.

Rudi zeigte sich als Mann von Welt. Er studierte die Weinkarte und fragte sie nach ihren Wünschen. Nach kurzem Austausch mit dem Ober bestellte er Prosecco und eine Flasche Wein aus Apulien.

»Ich darf nicht viel trinken, mein Auto steht am Schwedenplatz.«

»Wir trinken wenig, und das ganz langsam. Dann müssen wir länger hierbleiben.« Er grinste sie breit an. Er war ein richtiger Charmeur. Ana fragte sich, ob ihr das immer besser gefiel oder ob es ihr zu viel war. Sie schob den Gedanken beiseite. Es ging hier nicht um die Partnerwahl fürs Leben, bloß um einen Abend.

»Du bist dran«, forderte sie ihn auf. »Was hast du zuerst gemeint mit ›das hat vermutlich mit unserer Vergangenheit zu tun‹, dass deine Schwester dir so jung vorkommt?«

Rudi hörte zu grinsen auf. Er sah unerwartet ernst und angespannt aus. »Das ist eine alte Geschichte. Meine Familie ist nicht hier geboren. Wir sind aus Mostar, das liegt in Bosnien-Herzegowina.«

»Echt? Aber Rudi hört sich so österreichisch an.«

»Unsere Vornamen wurden eingedeutscht, ich habe ursprünglich Rudin geheißen. Unsere Eltern haben uns nach Ausbruch des Balkankriegs zu Verwandten nach Wien geschickt. Meine Schwester war sehr jung, ein Kleinkind. Vermutlich sehe ich sie deshalb noch immer als Babyschwester.«

Ana war betroffen. »Ich wollte dir nicht zu nahe treten. Das klingt furchtbar, als Kind aus der Umgebung gerissen zu werden und in einem fremden Land aufzuwachsen. Warst du sehr unglücklich?«

»Es war schwierig. Wir waren stets die armen Verwandten, die für alles dankbar sein mussten. Zweifellos waren wir das auch. Wir besaßen bei unserer Ankunft nichts außer zwei Taschen, vollgestopft mit Kleidungsstücken. Die Familie hat uns Essen und Wohnen geschenkt und darauf geschaut, dass wir die Schule besuchen und die Hausaufgaben erledigen. Aber das ist alles lang her und jetzt ist alles gut.«

»Deine Schwester studiert noch?«

»Ja, sie studiert Medizin, sie wird Kinderärztin. Außerdem spricht sie vier Sprachen fast perfekt. Und sie ist wunderschön.«

»Du bist unheimlich stolz auf sie«, lachte Ana. »Das ist schön!«

»Ich bin sehr stolz und ich würde alles für sie tun.«

»Du hast ihr ohnehin gerade mit einer neuen Wohnung geholfen, wenn ich das zuerst richtig verstanden habe?«

»Die Wohnung war notwendig. Sie hatte sich in den Falschen verschaut und ist voreilig bei ihm eingezogen. Dabei hat sie liebesblind ihre alte Bleibe gekündigt. Ich habe ihr von Anfang an gesagt, dass der Kerl keinen Sinn macht, aber sie wollte nicht auf mich hören. Leider hatte ich recht. Egal, das Problem mit dem jungen Mann ist endgültig erledigt, lass uns bitte von etwas anderem reden. Erzähl mir von der verschwundenen Kollegin. Bist du so engagiert, weil sich die Polizei zu wenig kümmert oder ist sie eine Freundin von dir?«

Das war auch für Ana leichteres Gesprächsterrain. »Beides. Manuela ist meine Vertreterin und durch die enge Zusammenarbeit hat sich eine wirkliche Freundschaft entwickelt.«

»Weil sie deine Freundin ist, misstraust du der Polizei?«

»Wenn ich den Eindruck hätte, dass die Polizei alle Möglichkeiten der Suche ausschöpfen würde, hätte ich mich herausgehalten. Aber die glauben, dass sie mit einem Freund am Strand liegt. Das ist völliger Schwachsinn. Deshalb muss ich alles unternehmen, was mir möglich ist.«

»Hast du nie daran gedacht, dass das gefährlich werden kann?«

Ana horchte in sich hinein und überlegte. »Gefährlich? Das klingt so abstrakt und dramatisch. Glaubst du wirklich, dass ich in Gefahr bin?«

Rudi blickte ihr intensiv in die Augen.

»Falls du recht behältst und deine Freundin nicht in der Sonne urlaubt, hat ihr vielleicht jemand etwas angetan. Wenn derjenige merkt, dass du ihm auf der Spur bist, wehrt er sich bestimmt. Der Gedanke ist alarmierend. Es wäre besser, wenn ihr eure Suche abbrecht.«

»Aufhören würde bedeuten, Manuela im Stich zu lassen. Dass es bereits zu spät für Hilfe ist, weigere ich mich zu glauben. Ich bin überzeugt, dass sie sich in Schwierigkeiten befindet und ich dazu beitragen kann, dass sie gefunden wird.«

»Hast du denn eine konkrete Idee, wer sie versteckt hat oder wo sie sich aufhält?«

»Noch nicht, aber das ändert sich hoffentlich bald.«

»Sei bitte vorsichtig und nimm meine Hilfe an, ich möchte dich beschützen.«

Danach plauderten die beiden über eine Menge Themen, von Politik über Wirtschaft bis zu Büchern. Es war eine angeregte Unterhaltung.

Als sie sich auf den Heimweg machten, war es spät. Rudi begleitete sie bis in die Tiefgarage. Er bewunderte das Cabrio und wünschte sich, Ana demnächst bei einer Ausfahrt Gesellschaft zu leisten.

Beim Verabschieden fühlte sie sich nervös und verlegen. Rudi zog sie kurz an sich und kam ihrem Gesicht ganz nahe. Aber als er merkte, wie sich Ana versteifte, ließ er sie los und trat einen kleinen Schritt zurück. »Entschuldige bitte. Ich wollte dich nicht überrumpeln. Ich möchte, dass du weißt, dass ich dich für eine begehrenswerte Frau halte. Und dass die Gespräche mit dir fantastisch sind. Ich hoffe, du hattest einen netten Abend und wir sehen uns wieder.«

Ana atmete merkbar ein. »Bitte lass mir mehr Zeit. Es war ein wunderschöner Nachmittag und Abend und ich möchte dich auch wiedersehen.« Sie gab ihm rasch einen Kuss auf die Wange und stieg in ihren Wagen.

»Herrje«, dachte sie wenig später am Nachhauseweg. »Hoffentlich habe ich ihn nicht vergrault. Keine Ahnung, warum ich nicht mit ihm mitgegangen bin. Manchmal bin ich kompliziert.« Sie begann, sich über ihre Grübelei zu ärgern.

»Na und? Weil er gut aussieht und nett ist, muss ich nicht gleich beim ersten Date mit ihm ins Bett gehen. Aus jetzt, denk an etwas anderes. Ich werde schon merken, ob sich das entwickelt oder einschläft. Heute hat es sich jedenfalls noch nicht richtig angefühlt.«

Als Ana zu Hause einen Blick auf ihr Telefon warf, entdeckte sie, dass Anni abends angerufen hatte. Sie hatte kein Klingeln gehört. Kein Wunder, sie hatte den Ton für den Restaurantbesuch abgeschaltet und danach darauf vergessen. Was ihre Mitarbeiterin in einer Samstagnacht wohl von ihr wollte? Vielleicht hatte sie beim Giocare etwas Interessantes gefunden? Unwahrscheinlich, sonst hätte sie ein WhatsApp geschickt.

Jetzt war es jedenfalls zu spät für einen Rückruf. Den hob sie sich für Sonntag auf.

KAPITEL 23

Am Sonntagmorgen beschloss Ana, endlich Bewegung an der frischen Luft zu machen. In der vergangenen Woche hatte sie sich zu wenig Zeit für Sport genommen, und das tat ihr nicht gut. Ordentliche Anstrengung würde die ständige Anspannung abbauen. Sie kochte sich rasch einen Tee und aß eine Scheibe trockenes Brot.

Bald darauf saß sie auf ihrem Fahrrad. Sie schätzte die Auswahl an Touren in der Umgebung. An diesem Tag entschied sie sich, die Donau entlangzufahren. Wenn im Herbst die Temperaturen unter 15 Grad fielen, wurde es auf der im Sommer bei Hobbysportlern beliebten Strecke ruhig.

Ana düste am Kommissariat vorbei durch die Unterführung der Donau-Ufer-Autobahn und war wenige Minuten später an der Donau. Noch war die Fähre vor der Wintersperre in Betrieb und sie entschied, auf dem gegenüberliegenden Donau-Ufer zu fahren. Der Treppelweg neben den Schrebergärten war eine nette Route.

Auf der Überfahrt blies ihr kalter Wind ins Gesicht, aber sie genoss die unbeschwerten Momente und die Aussicht auf den sich verfärbenden Auwald. Gleich nach der Ankunft machte sie sich flussaufwärts auf den Weg und trat mit erhöhtem Tempo in die Pedale. Sie fühlte, wie sich ihre Muskeln aufwärmten und ihr Geist sich durch die regelmäßige Bewegung entspannte.

Neben ihr floss die Donau gemächlich dahin. Sie wusste aus Erfahrung, dass das nicht immer der Fall war. Es passierte beinahe jedes Jahr, dass der Fluss anschwoll und an einigen Stellen auf dieser Uferseite über den Damm trat. Erst letzten Sommer hatten die armen Anrainer neben dem Radweg wochenlang den hart getrockneten Schlamm aus ihren Gärten geschaufelt.

In Tulln angekommen, schlängelte sich Ana durch die engen Gassen bis zur Fußgängerzone, wo sie ein nettes Kaffeehaus kannte. Dieses hatte geöffnet und sie setzte sich trotz der kalten Luft ins Freie.

Die Kellnerin merkte bei der Bestellung eines Espressos trocken an, dass sie wohl zu viel Hitze hätte. Im Café heizten sie ordentlich ein. Ana ignorierte die Bemerkung mit einem Schmunzeln und trank zufrieden ihren Kaffee. Anschließend begab sie sich auf den Heimweg. Dafür überquerte sie die Tullner Brücke und radelte auf der linken Donauseite den Radweg zurück.

Als sie eine Stunde später vor ihrem Haus ankam, stand ein Polizeiauto auf dem Vorplatz. Anas Magen verkrampfte sich. Irgendetwas Schlimmes musste passiert sein. Hatten sie Manuela gefunden?

Sie stieg von ihrem Rad ab und lehnte es gegen den Zaun. Dadurch wurde der Polizist, der bei ihrer Eingangstür lehnte, auf sie aufmerksam.

»Frau Ana Rubin?«, fragte er mit lauter Stimme.

»Ja, das bin ich. Ist etwas passiert?«, antwortete sie und hörte, wie atemlos sie klang.

»Dürfen wir hereinkommen? Wir müssen mit Ihnen

sprechen«, sagte der Polizist und zeigte auf einen Mann, der durch einen Strauch verdeckt gewesen war.

»Chefinspektor Heinz Müller«, der Mann streckte ihr ein Abzeichen entgegen. Das war offenbar seine Dienstmarke.

Ana nestelte aus ihrer Radjacke den Hausschlüssel heraus, sperrte die Tür auf und hielt sie für die Beamten offen. Sie bekam schlecht Luft und hatte das Gefühl, sich selbst zu beobachten. Was würden ihr die zwei gleich eröffnen?

»Bitte setzen Sie sich«, Ana deutete auf den Esstisch. Sie wollte den beiden nichts zu trinken anbieten, sondern so schnell wie möglich erfahren, was passiert war.

»Was ist geschehen? Haben Sie Manuela gefunden?«

Die Beamten sahen sich kurz an. Dann setzte einer von ihnen an. »Frau Rubin, wir müssen Ihnen leider mitteilen, dass Frau Anna Maier tot aufgefunden wurde.«

Vor ihren Augen begann sich alles zu drehen. Was hatte der Polizist gesagt? Sie ballte ihre Hand zu einer Faust, sodass ihr die Fingernägel in den Handballen schnitten. Sie musste sich konzentrieren. Anni. Anni lebte nicht mehr. Hatte er gesagt, Anni war tot?

»Anni ist tot?«

»Frau Maier wurde in den Morgenstunden im Wiener Prater tot aufgefunden. Die Eltern haben wir bereits benachrichtigt. Wir sind im Anschluss zu Ihnen gekommen, weil der letzte Telefonanruf an Sie ging. Ihre Aussage ist uns deshalb wichtig. Was machte Frau Maier im Prater?«

Der verpasste Anruf gestern. Ana wurde schwarz vor den Augen und ihr wurde übel.

»Frau Rubin, ich bringe Ihnen ein Glas Wasser!«

Sie hörte Hantieren in ihrer Küche und gleich darauf stellte jemand ein Glas vor ihr ab. Die kalte Flüssigkeit schmeckte fahl. Sie spürte, wie ihr die Tränen aus den Augen traten und die Wangen hinunterrannen. Kein Laut kam aus ihrem Mund, aber die Tränen flossen.

»Der Tod von Frau Maier trifft Sie sichtlich hart. Können Sie uns bitte sagen, in welchem Verhältnis Sie zu ihr standen?«

»Ich bin ihre Chefin. Wir arbeiten beide in einer IT-Firma. Was ist passiert?«

»Wir müssen leider von einem Gewaltverbrechen ausgehen. Ich stelle Ihnen jetzt ein paar Fragen. Lassen Sie sich Zeit mit der Beantwortung. Niemand drängt Sie. Die Befragung ist zu unserem Bedauern heute notwendig, damit wir keine unnötige Zeit verlieren.«

Ana nickte. »Aber sagen Sie mir bitte vorher, was mit Anni passiert ist. Wo wurde sie gefunden?«

»In der Nähe der Remise der Liliputbahn.«

»Wer hat das getan?«

»Das wissen wir noch nicht. Wir haben erst mit den Ermittlungen begonnen. Deshalb muss ich Sie jetzt ersuchen, unsere Fragen zu beantworten.«

»Wurde sie … vergewaltigt?«

»Nein, es war keine Vergewaltigung. Ich kann Ihnen derzeit keine näheren Informationen über die Umstände geben. Bitte lassen Sie uns anfangen.«

Zuerst erfassten sie die Personalien und Daten von Ana und der Firma. Sie forderten sie auf, frei über Anni zu erzählen. Wie sie so war und was sie genau arbeitete, alles, was ihr spontan einfiel. Ana redete vor sich hin und konnte sich im nächsten Augenblick nicht mehr erinnern, was sie eigentlich erzählt hatte. Die Unterhaltung rauschte an ihr vorbei, obwohl sie selbst teilnahm, bis der Polizist abrupt sagte: »Wieso haben Sie den Anruf von Frau Maier gestern Abend nicht angenommen?«

»Ich habe das Telefon überhört, weil ich in einem Restaurant essen war und das Klingeln abgestellt hatte.«

»Warum ruft Frau Maier Sie so spät am Samstag an? Für mich ist es ungewöhnlich, seine Chefin in der Nacht zu stören. Machte sie das regelmäßig? Kann das ein dienstliches Telefonat gewesen sein?«

»Sicher weiß ich es nicht. Vermutlich hat sie etwas im Prater ausfindig gemacht, was sie mir berichten wollte.«

»Etwas im Prater ausfindig gemacht? Wie meinen Sie das?«

»Wir sind auf der Suche nach unserer Kollegin. Die ist am Mittwoch nach der Arbeit verschwunden. Anni wollte sich gestern bei einem Praterbeisl umsehen. Von dem Lokal hat sie ein Feuerzeug in der Garage unserer Firma gefunden. Sie war überzeugt, da könnte es einen Zusammenhang mit Manuela geben.«

Die beiden Polizisten sahen sich abermals an, diesmal runzelte einer die Stirn. Dann meinte der andere: »Ich denke, das müssen Sie uns jetzt genau erklären. Und wer ist Manuela?«

»Das ist die verschwundene Kollegin Manuela Prince.«

Ana fing an zu erzählen, von dem nächtlichen Anruf des Ehemanns und über ihre Vermisstenmeldung. Über die Beratungen in der Firma und die Ansicht der Polizeibeamten, dass Manuela selbstbestimmt auf Urlaub gefahren war. Genauso über die Meinung von Ana und dem Team, dass ihr etwas zugestoßen sein musste, weil sie nicht davongelaufen wäre. Zuletzt über Anas Entscheidung, deshalb einen Privatdetektiv anzuheuern. Als sie aufhörte zu berichten, war sie vollkommen erschöpft. »Ich glaube, ich schaffe das jetzt nicht mehr.«

»Kurz noch. Welche Rolle spielte Frau Maier bei der Suche nach Ihrer Arbeitskollegin?«

»Anni hatte keine Zweifel, dass wir Manuela helfen müssen, und hat sich voll engagiert. Sie hat mit Leuten geredet, die Garage abgesucht und Rechnungen überprüft, die sie gefunden hat. Ich kann mich nicht mehr konzentrieren. Bitte, ich will mich rasch hinlegen.«

»Ja, ist in Ordnung. Wir überprüfen Ihre Angaben und melden uns wieder. Bitte schauen Sie, dass Sie am Handy für uns erreichbar sind.«

Beide Beamten legten Visitenkarten auf den Tisch und standen auf. »Wir sprechen auf alle Fälle weiter, sobald es Ihnen besser geht. Wenn Ihnen etwas Wichtiges einfällt, rufen Sie uns sofort an.« Die zwei gingen zur Tür. »Noch einen Satz. Während wir hier bei Ihnen sind, läuft eine Pressekonferenz über den Mord an Frau Maier. Die Meldung über das Verbrechen wird jetzt in allen Medien gebracht.«

»So schnell?«

»Wir wollen verhindern, dass mögliche Zeugen abreisen, bevor wir sie ausforschen können. In der Gegend gibt es mehr Touristen als Einheimische, da können nur die Medien helfen. Sollten Reporter bei Ihnen auftauchen, lehnen Sie ab, mit ihnen zu sprechen. Wir drängen darauf, dass Ihr Name nirgends genannt wird, aber erfahrungsgemäß kann das trotzdem passieren.«

Ana nickte nur und ließ die Beamten hinaus. Kaum hatte sie hinter ihnen zugesperrt, sank sie auf den Stufen in sich zusammen und brach in Tränen aus. Anni war tot. Anni. Die Tränenflut kam krampfartig. Irgendwann schleppte sie sich die Stiegen hinauf und fiel ins Bett. Sie döste vor sich hin, zeitweise schlief sie ein, dann wieder schüttelte sie ein Weinkrampf.

Von fern hörte sie das Telefon klingeln. Sie ließ es läuten, weil sie sich außerstande fühlte, ein Gespräch zu führen. Als sie das nächste Mal aufwachte, war sie kräftiger. Sie schaute auf den Radiowecker, es war gleich 14 Uhr.

KAPITEL 24

Ana schaltete den Fernsehapparat ein, der Nachrichtensprecher begann gerade die aktuellen Meldungen vorzulesen. Der erste Beitrag war ein internationaler Bericht über ein Busunglück in Kroatien. Laut Polizei war der Bus auf dem Weg von Deutschland in den Kosovo gewesen. Zehn Menschen waren ums Leben gekommen, etliche verletzt worden. Der Fahrer soll am Steuer eingeschlafen sein.

Danach wurde ein Bild von Anni eingeblendet mit dem Titel »Mord in Wien«. Ihre Augenpartie war von einem Streifen verdeckt, aber sie war eindeutig erkennbar.

Der Sprecher erzählte, dass die Leiche einer jungen Frau in den frühen Morgenstunden im Wiener Prater gefunden worden sei. Hintergründe seien noch unbekannt, die Bevölkerung werde um ihre Mithilfe gebeten. Jeder, der die Frau im Prater gesehen habe, solle sich umgehend bei den Sicherheitsbehörden melden. Dafür wurde eine Telefonnummer bekannt gegeben.

Auch wenn sich Ana bisher gegen die Wahrheit gewehrt hatte, jetzt war sie brutale Realität. Anni war tot, sie war ermordet worden.

Sie nahm ihr Handy, fünf Telefonanrufe in Abwesenheit. Bevor sie nachschauen konnte, welche Anrufe sie versäumt hatte, begann das Telefon in ihrer Hand zu läuten. Sie fuhr so heftig zusammen, dass sie es beinahe fallen ließ. Als sie sah, dass der Anrufer Bert war, drückte sie zitternd auf ›annehmen‹.

»Bert, es tut mir so leid.«

»Ana, sind wir schuld? Hat jemand Anni umgebracht, weil wir Manuela suchen?«

»Das weiß ich nicht. Wenn jemand schuld ist, bin ich es, nicht du.«

»Das ist nicht wahr. Ich habe ständig Druck gemacht, du warst überlegter als ich. Sogar in der Nacht habe ich dich noch sekkiert.« Bert war völlig aus der Fassung, so hatte sie ihn noch nie erlebt.

»Bitte hör auf, dir Vorwürfe zu machen. Du wolltest nur das Beste, nämlich Manuela finden«, versuchte ihn Ana zu beruhigen.

»Ja. Aber jetzt ist Anni tot und Manuela noch immer weg. Ich lasse alle im Stich. Sag mir, wie ich damit fertig werden soll.«

»Wir hätten gemeinsam den Prater besuchen sollen, dann wäre Anni noch am Leben.«

»Denkst du, wir haben jemanden unter Zugzwang gesetzt?«, fragte Bert.

»Möglich. Vielleicht ist ihr wer gefolgt und hat die Gelegenheit genutzt.«

Ana und Bert redeten noch lange. Es tat ihnen beiden gut. Als sie sich verabschiedeten, klang Bert wesentlich ruhiger.

Die nächste Zeit verbrachte sie mit Anrufen. Obwohl sie sich am liebsten im Bett verkrochen hätte, informierte sie jeden Einzelnen von ihrem Team persönlich über Annis

Tod. Die meisten hatten die Nachricht ohnehin schon aus den Medien mitbekommen.

Zwischendurch meldete sich Ronald. »Hi Ana, das ist so schrecklich. Können Marion und ich etwas für dich tun?«

Ana holte Luft. Sie war sich bewusst, dass sie ihn mit ihrer Antwort gleich überraschen würde.

»Ja, Ronald, du kannst etwas für mich machen. Versprich mir, dass du mit den Recherchen weitermachst. Wir finden dieses Schwein, das Anni auf dem Gewissen hat. Ich bin sicher, dass derjenige auch weiß, was aus Manuela geworden ist.«

»Ana, jetzt ist die Polizei dran, das ist ein Mordfall!«

»Das ist mir klar. Aber was auch immer wir beide beitragen können, machen wir. Sag bitte Ja, ich brauche deine Unterstützung. Ohne dich habe ich es noch viel schwerer.«

Ein kurzes Zögern und die Heiserkeit der Stimme verrieten seine Anspannung. »Ich bin einverstanden, aber nur unter einer Bedingung. Du gibst mir dein Wort, dass wir jeden Schritt vorher genau besprechen. Ich will jederzeit wissen, wo du bist und was du tust.«

»Einverstanden.«

»Und außer dir und Manuelas Ehemann lassen wir niemanden mitmachen. In Ordnung?«

»Den Max habe ich völlig vergessen! Den rufe ich sofort als Nächsten an. Und dann fahre ich zu Annis Eltern. Das bin ich ihr schuldig. Ich muss ihnen mein Beileid aussprechen und ihnen die Möglichkeit geben, ihre Wut an mir auszulassen. Weil ich für den Tod ihrer Tochter mitverantwortlich bin.«

»Du redest über einen erwachsenen Menschen. Erwachsene entscheiden selbst für sich. Du warst ihre Chefin, keine Erziehungsberechtigte.«

»Ich hätte sie nicht allein in den Prater gehen lassen dürfen. Sie zu begleiten, wäre richtig gewesen. Ich muss zu ihren Eltern. Anni ist ein Einzelkind, sie haben ihre einzige Tochter verloren.«

»Du übertreibst deine Schuldgefühle. Aber wenn du die Familie nicht anrufen willst, sondern persönlich besuchen musst, führe ich dich. In deinem Zustand lass ich dich nicht Auto fahren. Ich komme, so schnell ich kann. Bis dahin rührst du dich keinen Zentimeter aus dem Haus. Ciao.« Ronald legte auf.

Es war ein Trost, Freunde zu haben, die für einen da waren. Erneut griff sie zum Telefon. »Hallo Max.«

»Hello Ana. Ich habe dich heute schon mehrmals angerufen, du hast nie geantwortet. Hast du Neuigkeiten?«

»Von Manuela weiß ich nichts, aber ich habe grauenhafte Nachrichten. Meine Assistentin Anni, die mir bei der Suche geholfen hat, wurde in der Nacht ermordet. Sie ist tot.« In der Leitung blieb es still, er zeigte keine Reaktion.

»Max?«

»Ja, Ana, ich habe dich verstanden. Deine Assistentin ist tot.«

»Max, ich verspreche dir, wir geben nicht auf. Wir suchen so lange nach deiner Frau, bis wir sie finden.«

»Es ist besser, du hörst sofort auf zu suchen.«

»Was? Warum sagst du das?«

»Deine Assistentin wurde bestimmt getötet, weil sie Manuela gesucht hat. Mach Schluss, bitte. Sonst passiert noch etwas Schlimmes.«

»Aber ich will sie finden, bevor ihr etwas zustößt. Es muss noch nicht zu spät sein.«

»Lass die Polizei arbeiten. Du hör auf mit deiner Suche. Und der Detektiv soll ebenfalls aufhören. Alle müssen sofort abbrechen. Schluss damit!«

»Max, was ist los mit dir? Ich verstehe, dass du Angst hast. Du meinst es sicher gut. Aber ich lasse Manuela nicht im Stich. Und diesen Mörder lassen wir auch nicht davonkommen.«

»Zum letzten Mal, stop it, Ana. Please!«, dann legte er einfach auf.

Ana war fassungslos. Was war in Max gefahren? Zuerst hatte er schreckliche Angst um seine Frau und holte ihre Hilfe und jetzt bettelte er sie an, aufzuhören. Hatte er so große Angst um Ana oder um sich selbst, dass er die Suche aufgeben wollte?

KAPITEL 25

Schwarze Hose, eine schwarze Bluse und ein schwarz-weißer Blazer. Aus dem Spiegel starrte sie ihr verheultes Gesicht an. Ihre verschwollenen Augen funkelten wütend. Sie fühlte, wie sich aus der Erregung Kraft in ihr bildete. Sie sah ihr Spiegelbild fest an und sagte laut: »Ich schwöre dir, ich finde dich.«

Abermals läutete das Telefon, diesmal war Rudi in der Leitung. »Einen wunderschönen guten Tag, schöne Frau. Ich möchte mich noch einmal für den fabelhaften Abend bei dir bedanken. Geht es dir gut?«

»Grüß dich. Nein, es geht mir schlecht. Hast du Nachrichten gehört?«

»Nein, heute noch nicht. Ich musste Verschiedenes arbeiten und bin soeben erst fertig geworden. Was ist denn los?«

»Anni ist tot. Sie wurde ermordet.«

»Frau Maier wurde umgebracht? Das gibt es doch nicht! Was ist passiert?«

Ana sagte leise: »Bisher weiß ich lediglich, dass sie tot bei der Liliputbahn aufgefunden wurde. Und dass die Polizei davon ausgeht, dass sie ermordet wurde.«

»Das ist ja grauenvoll. Hängt das mit eurer Suche zusammen?«

»Ich nehme es an.«

»Hör zu, Ana, ich weiß überhaupt nicht, was ich sagen soll. Es tut mir schrecklich leid. Das muss furchtbar sein für dich. Aber eines steht für mich außer Zweifel: Du musst auf der Stelle mit den Nachforschungen aufhören. Sonst stößt dir auch etwas zu. Überlass die Suche den Behörden, die kümmern sich jetzt bestimmt um alles. Einen Mord ignorieren sie nicht.«

»Ach, Rudi. Ich bin nicht nur todtraurig, sondern genauso zornig. Das Einzige, was ich hundertprozentig weiß, ist, dass ich alles unternehmen werde, um Manuela zu finden. Wenn Anni wegen unserer Suche getötet wurde, bin ich es beiden schuldig.«

»Bitte sei doch vernünftig!«

»Ich bin normalerweise obervernünftig. Aber ich habe Schuldgefühle und bin wütend. Mich treibt der blanke Zorn. Ich werde meine Angst überwinden und tun, was getan werden muss.«

»Du klingst grauenhaft. Ich will nicht, dass du in deiner Verfassung allein bist. Ich komme sofort zu dir, sag mir, wo du bist.«

»Ich bin gerade am Weggehen. Ein Freund holt mich ab und wir besuchen Annis Eltern, um ihnen unser Beileid auszusprechen. Ich bin vermutlich schuld am Tod ihres Kindes.«

»Ana. Das ist so entsetzlich. Okay, dann bist du zurzeit nicht allein. Bitte ruf mich sofort an, wenn du zurückkommst. Ich möchte dich noch hören.«

»Okay. Bis später.«

Die Fahrt zu Annis Familie verlief schweigend. Ana war hochgradig beklommen, manchmal fing sie zu weinen an.

Immer wieder schüttelte sie energisch den Kopf und wischte die Tränen weg. Sie hatte gefälligst stark zu sein und nicht bemitleidenswert.

Die Wohnung lag im dritten Wiener Gemeindebezirk in einer Einkaufsstraße. An diesem Sonntag waren nur vereinzelte Spaziergänger unterwegs.

Auf ihr Läuten an der Gegensprechanlage meldete sich eine Männerstimme. Ohne weiteren Kommentar öffnete sich das Tor. Bedrückt stiegen sie die zwei Stockwerke in dem gediegen renovierten Haus hinauf. Eine der Wohnungstüren stand einen Spalt offen und sie traten vorsichtig ein.

Ana zog die Schuhe aus, ließ aber die Jacke an. Sie ging langsam ins Wohnzimmer. Auf einer Couch mitten in dem großen Raum saßen zwei Frauen. Eine hatte den Arm um die andere gelegt, die leise vor sich hin weinte. Keine der Frauen sah auf.

Annis Vater, den sie flüchtig kannte, stand mit dem Rücken zu ihr am Fenster und blickte hinaus. Außer dem leisen Wimmern seiner Frau war kein Geräusch zu hören. Leichter Zigarettengeruch zog durch die Luft. Annis Vater rauchte und am Fensterbrett stand ein gläserner Aschenbecher mit einem Haufen Zigarettenstummeln.

Ana grüßte leise, stellte sich vor und sagte: »Es tut mir so schrecklich leid, was mit Anni passiert ist. Ich möchte Ihnen mein Beileid aussprechen.« Sie quetschte das Ende des Satzes gerade noch heraus, bevor ihr die Stimme wegbrach. Wieder liefen ihr Tränen über die Wangen, diesmal wischte sie sie nicht weg.

»Danke, Ana, dass Sie zu uns gekommen sind. Wir wissen das sehr zu schätzen.« Annis Vater drehte sich zu ihnen. Er war blass und hatte dunkle Ringe um die Augen. »Anni hat immer gut von Ihnen gesprochen.«

»Ist unsere Anni abermals in schlechte Gesellschaft geraten?« Ana zuckte zusammen. Diesmal redete die Frau, die Annis Mutter im Arm hielt. Ihre Stimme klang laut, sogar schrill.

»Darüber weiß ich nichts. Überhaupt nichts«, sagte Ana leise. »Anni war eine sehr liebe und engagierte Mitarbeiterin.«

»Sie hat sich womöglich wieder mit den falschen Männern eingelassen«, sagte die Frau.

Daraufhin begann Annis Mutter lauter zu schluchzen. »So eine war Anni nicht. Sie war total brav und lieb.« Sie schaute Ana direkt an. »Habe ich recht? Sie war doch eine ganz Brave.«

»Ja, das war sie. Lieb und brav«, antwortete Ana.

»Was wollte sie denn im Prater? War sie in Begleitung? Hat das was mit dem Detektivspielen zu tun?« Das war jetzt Annis Vater.

»Hat sie Ihnen etwas erzählt?«, fragte Ana retour.

»Am Freitagabend, da hat sie uns besucht. Sie hat gesagt, dass sie mit Ihnen und einem Kollegen gemeinsam eine verschwundene Kollegin sucht.«

»Wieso suchte sie eine Kollegin?«, mischte sich die schrille Frauenstimme ein. »Waren Sie mit Anni im Prater?«

»Wissen Sie, was meinem Kind zugestoßen ist?«, fragte jetzt auch die Mutter.

»Es tut mir so leid. Ich habe wirklich keine Ahnung. Nein, ich war nicht mit im Prater. Aber mir war bekannt, dass sie dorthin wollte.«

»Sie wussten, dass sie im Prater alleine herumspioniert und haben es nicht verhindert? Das war leichtsinnig.« Nun klang die Stimme der Mutter ebenfalls schrill. »Wieso haben Sie sie nicht abgehalten? Dann würde mein Kind noch leben!«

Ana machte den Mund auf, aber eine Bewegung von Annis Vater ließ sie stoppen. Er wollte nicht, dass sie etwas antwortete. Also klappte sie den Mund zu und stand wie ein begossener Pudel da.

Da ertönte die Stimme von Ronald aus dem Hintergrund, ganz beherrscht klang sie. »Ana, ich denke, wir sollten uns verabschieden. Annis Familie will ungestört trauern.« Er nahm sie am Ärmel und begann sie sanft nach hinten zu ziehen.

Da fing sie sich. »Ja klar, wir gehen. Ich möchte nochmals sagen, wie sehr es mir leidtut. Anni war ein ganz besonderer Mensch, sie wird mir und allen ihren Freunden und Bekannten schrecklich fehlen.«

Sie nickte den Anwesenden zu und ging aus dem Zimmer. Annis Vater folgte ihnen in den Flur und hielt sie am Arm fest. »Nehmen Sie sich die Vorwürfe bitte nicht zu Herzen. Wir geben Ihnen keine Schuld. Ich kenne doch meine Tochter. Wenn die sich etwas in den Kopf setzte, war sie durch nichts abzubringen. Wenn sie den Prater besuchen wollte, hätte sie es auf jeden Fall durchgezogen. Ganz egal, was Sie ihr raten.«

»Nur, ich habe es nicht einmal versucht, sie abzubringen.«

»Das macht keinen Unterschied, Anni war ein Dickschädel. Sie hat oft und richtig begeistert von Ihnen gesprochen. Sie sind gerecht und Sie geben ihr eine Chance, sich weiterzuentwickeln. Meine Tochter hatte Sie sehr gern. Ich denke, Sie waren ihr großes Vorbild. Sie wollte so werden wie Sie.«

Er nahm Ana in den Arm und beide weinten. Dann trat er einen Schritt zurück und sagte: »Alles Gute. Es wäre schön, wenn Sie zum Begräbnis kommen, das würde uns alle freuen. Auch Anni.«

Sie weinte den gesamten Weg bis zum Auto. Ronald setzte sie hinein und fuhr los.

Unterwegs versuchte Ana sich zu beruhigen. Nach ein paar Minuten hoffte sie, ihre Stimme unter Kontrolle zu haben.

»Ich möchte in den Prater gehen«, verkündete sie.

»Okay, wir fahren in den Prater. Aber nicht in dieser Kleidung«, antwortete Ronald und deutete auf ihre schwarze Hose.

»Richtig. Fahren wir bitte zuerst umziehen und danach in den Prater.«

»Wäre es nicht besser, als Erstes in Ruhe nachzudenken? Was hat die Tante damit gemeint, ob Anni erneut in schlechter Gesellschaft war? Hast du irgendetwas davon gehört? Vielleicht hat sie sich mit kriminellen Typen eingelassen und ihre Ermordung hat nichts mit Manuela zu tun.«

»Da weiß ich nichts darüber. Mir hat sie nur erzählt, dass sie vor einigen Jahren keine Lust mehr hatte, das brave kleine Mädchen zu sein und rebelliert hat.«

»Und aus der jüngeren Vergangenheit?«

»Dass ihre Mutter seit Monaten darauf drängt, dass sie heiratet und Kinder bekommt. Anni war das zu früh, sie hatte berufliche Pläne. Aber sonst weiß ich offenbar gar nichts von ihr.«

»Jetzt fang nicht so an. Du weißt für eine Chefin verdammt viel von deiner Mitarbeiterin. Und du hast soeben von ihrem Vater gehört, wie gern sie dich hatte. Selbstvorwürfe bringen nichts. Du holst Manuela zurück und ich helfe dir.«

Ronald war ein richtiger Freund. Dabei nahm sie sich zu selten Zeit für ihre Freunde. Anas Gedanken kreisten, aber sie fühlte, wie sich Gelassenheit in ihr ausbreitete.

Während der Fahrt telefonierte er mit Marion. Er erzählte von dem Kondolenzbesuch und dass Ana in den Prater wolle. Sie entnahm dem Gespräch, dass Marion skeptisch war, was das heute bringen sollte. Es wäre vermutlich überall Polizei und womöglich war das Areal abgesperrt. Der Mörder würde sich bestimmt nicht zeigen. Sie sollten sich besser ablenken und ausruhen.

»Richte bitte liebe Grüße von mir aus«, unterbrach Ana das Telefonat. »Sie braucht sich keine Sorgen zu machen. Ich möchte ein einziges Mal durch den Prater gehen und schauen. Nichts Bestimmtes suchen. Vielleicht will ich nur noch einmal Anni nahe sein. Wir kommen bald zurück.«

KAPITEL 26

Gegen 18 Uhr parkte Ronald seinen Wagen im Parkhaus beim Wiener Messegelände. Ana hatte die Adresse des Praterlokals Giocare im Internet herausgefunden. Es lag gleich hinter dem Calafatiplatz.

Der Jahreszeit entsprechend hielt sich die Besucheranzahl auch am Sonntag in Grenzen.

»Macht der Wurstelprater keine Winterpause?«, fragte Ana und sah sich um. Die Buden und Gaststätten waren großteils geöffnet.

»Es gibt keine verordnete Winterpause. Die Fahrgeschäfte und Lokale bestimmen die Öffnungszeiten individuell und viele nutzen die letzten warmen Herbsttage«, erklärte ihr Ronald.

Ana nahm die positive Stimmung des Praters wahr. Trotz ihrer Trauer erinnerte sie sich an die glücklichen Stunden, die sie hier in ihrer Kindheit verbracht hatte.

Entgegen Marions Erwartungen waren keine Polizisten auf den Wegen zu entdecken. Das Giocare war ein einstöckiges weißes Gebäude, dessen Glasfront größtenteils offen stand. Sie musterte Spielautomaten wie Flipper, Fahrsimulatoren und Wuzler. Am Ende des Saales standen Airhockey-Tische und Touchscreen-Maschinen. An manchen Geräten spielten Besucher, aber die Halle war schlecht ausgelastet.

Ana und Ronald schlenderten aus der Halle, daneben stand die Tür zu einer kleinen Bar offen. Drinnen hockten junge Burschen und tranken Bier. Als sie Ana bemerkten, fingen sie zu grölen an, woraufhin sie sich sofort zurückzog.

Ana und Ronald gingen bis zur nächsten Kreuzung und setzten sich auf eine Bank. Von dort hatten sie freien Blick auf das Giocare. Außer dass einer der Männer alle paar Minuten aus der Bar in die Spielhalle hinüberging und nach kurzer Zeit wieder zurückkam, tat sich nichts.

»Lass uns noch eine Runde drehen und die Remise aufsuchen. Mit etwas Glück entdecken wir, wo sie Anni gefunden haben, anschließend fahren wir heim.«

Sie spazierten an Ringelspielen, Schießständen und Imbissstuben vorbei, bis sie vor dem Schweizerhaus eine Pause einlegten. Bei diesem Lokal herrschte Trubel wie in der Hochsaison. Leute kauften bei einem Glasfenster Chips und Pommes, überall lungerten kauende Menschen herum. Im Garten war der Großteil der Tische besetzt und Kellner schleppten Bierkrüge zu den Gästen.

»Lass uns bitte noch zum Riesenrad gehen und dann zurück zum Auto.«

Kurz bevor sie zu den beiden Hochschaubahnen kamen, fielen ihnen die Polizeisperrbänder auf. Die Liliputbahnstrecke war abgesperrt. Dahinter lag die Remise der Bahn. Ein Polizist trat auf sie zu. »Gehen Sie bitte weiter. Heute fährt keine Liliputbahn. Es gibt da nichts zu sehen.«

»Guten Tag, Herr Inspektor«, meldete sich freundlich Ronald, »ist da ein Unglück passiert?«

»Bitte verlassen Sie den Platz. Wie gesagt, es gibt nichts zu sehen.«

Sie schritten ein Stück weiter und blickten dann zurück. Also musste es an dieser Stelle passiert sein.

Wieso bei der Liliputbahn? Sie gingen in Richtung Riesenrad und bogen knapp davor in die kleine Gasse ein, in der Hoffnung, von hinten an das Gebäude heranzukommen.

Aber auch dort stoppte sie ein Absperrband. Und wieder winkte ein Polizist sie weg.

»Wen haben wir denn da?«, fragte unerwartet eine laute männliche Stimme. »Die Frau Rubin, sieh einer an. Was machen Sie hier?«

Ana fuhr herum. Hinter ihr stand einer der beiden Beamten von heute Vormittag. Seinen Namen hatte sie vergessen. Er starrte sie an.

»Ich wollte«, fing sie an. Was wollte sie eigentlich? Den Platz untersuchen, an dem Anni ermordet worden war? Den Mörder entlarven? Sie kam sich auf einmal lächerlich vor.

»Ich wollte einfach hierher.« Das war zwar keine Erklärung, aber die Wahrheit.

»Haben Sie gesehen, was Sie sehen wollten?«, der Kommissar klang streng. Er betrachtete sie genau. Sie gab keine Antwort, ihr fiel nichts Passendes ein.

Da wandte sich der Beamte an Ronald: »Und wer sind Sie?«

»Ronald Jäger, Privatdetektiv. Ich bin von Frau Rubin engagiert, um ihre Suche nach der verschwundenen Manuela Prince zu unterstützen.«

»Das ist Ihnen ja bisher prächtig gelungen.«

Das war aber unfreundlich, fand Ana. Wobei er allerdings recht hatte.

»Mit wem haben wir das Vergnügen?«

»Chefinspektor Heinz Müller, ich leite die Ermittlungen im Mordfall Maier.«

»Wir haben nichts Unrechtmäßiges getan«, fuhr Ronald fort. »Ana ist vom Tod ihrer Mitarbeiterin Anni Maier geschockt. Sie war zuerst Beileid bekunden bei den Eltern und danach wollte sie hierher. Ich glaube, das ist verständlich.«

Sie war dankbar. Ronald blieb souverän gelassen. Sie nahm ihren Mut zusammen: »War es hier, wo sie Anni gefunden haben?«

»Sie können sich denken, dass ich Ihnen das nicht beantworten darf. Aber Sie haben Augen im Kopf«, bestätigte Herr Müller.

Der war trocken, doch eigentlich sehr sympathisch. Eventuell brachte es Vorteile, wenn sie sich mit ihm unterhielt. Je mehr Informationen sie beschaffen konnte, umso besser.

»Sie sagten, Sie melden sich bald bei mir. Möchten Sie heute noch mit mir sprechen?«

Herr Müller überlegte kurz und meinte dann: »Wenn es für Sie in Ordnung ist, ja. Herr Jäger, von Ihnen will ich auch eine Aussage. Haben Sie Zeit, gleich auf das Kommissariat zu kommen und das zu erledigen?«

Ronald nickte, wandte dann aber ein: »Von Anni weiß ich nicht allzu viel, ich habe mich auf Manuela konzentriert. Ist für mich aber okay. Nur, wir sind gemeinsam mit einem

Fahrzeug da, ich habe Ana mitgenommen. Sollen wir beide auf das Kommissariat gehen?«

»Nein. Ich werde mir erlauben, Frau Rubin nach Hause zu bringen, da unterhalten wir uns ausführlich. Und Sie besuchen bitte das Kommissariat.« Er zupfte eine Visitenkarte heraus und reichte sie ihm. »Da steht die Adresse drauf. Ich informiere die Kollegen, dass Sie auf dem Weg sind.«

Der Kommissar befand es anscheinend nicht für notwendig, noch eine Antwort abzuwarten. Er zog sein Handy aus der Jackentasche und ging drei Schritte zur Seite. Er führte mehrere Gespräche. Als er sich von Ana beobachtet fühlte, drehte er ihnen den Rücken zu.

»Ana, bitte sei vorsichtig mit dem, was du erzählst. Bei der Polizei weißt du nie. Sollte es dir unangenehm werden, brich das Gespräch ab. Sag, dass du nur mehr in Anwesenheit eines Anwalts mit ihnen redest.« Ronald machte sich offensichtlich Sorgen, aber worüber genau?

»Ich habe nichts getan. Du glaubst doch nicht allen Ernstes, dass sie mich verdächtigen, Anni umgebracht oder Manuela entführt zu haben?«, wunderte sich Ana.

»Vermutlich hast du recht, aber wissen kannst du das nicht. Sei vorsichtig in deiner Wortwahl«, wiederholte er.

»Wir gehen«, verkündete der Kommissar. »Wir fahren noch beim Kommissariat in Korneuburg vorbei und holen den Kollegen Meixner ab. Den haben Sie schon kennengelernt. Ich hatte heute bereits eine Unterhaltung mit ihm. Wir haben vereinbart, dass wir Ihre Aussage gemeinsam aufnehmen.«

Danach adressierte er Ronald: »Und Sie vergessen bitte nicht, sich im Kommissariat einzufinden, die Kollegen erwarten Sie. Schönen Abend noch.«

Ana trottete schweigend hinter ihm her. Gut, dass er keine Uniform trug, das wäre ihr peinlich gewesen. Warum befragten die Kommissare sie nicht gleich in Korneuburg, wenn sie ohnehin dort vorbeifuhren? Waren sie rücksichtsvoll und dachten, dass sich Ana daheim wohler fühlte? Oder suchten sie mehr Einblick in ihr Leben? In diesem Fall würde sich bald einer auf die Toilette entschuldigen, um heimlich ihr Haus zu durchsuchen. Egal, sie hatte nichts zu verbergen.

KAPITEL 27

Kommissar Meixner kam ihnen bereits über den Platz vor der Polizeidienststelle entgegen und stieg hinten in den Wagen ein. Er grüßte und sah aus dem Fenster.

Der Nächste, der keine Lust zu sprechen hatte. Bei ihrem Haus angekommen, stellten sie das Polizeiauto auf dem Vorplatz ab. Fein, bald wüsste die ganze Nachbarschaft, dass sie Probleme hatte. Unwichtig.

Sie ließ die Beamten ein weiteres Mal beim Esstisch Platz nehmen. Diesmal fragte sie, ob Kaffee oder Tee gewünscht waren. Beide ersuchten um ein Glas Wasser, das sie ihnen brachte.

»Gut«, begann Herr Müller. »Sie haben am Donnerstag früh am Morgen mit Herrn Max Prince eine Abgängigkeitsanzeige für Frau Manuela Prince gemacht. Dabei haben Sie dem Kollegen Meixner Zusatzinformationen gegeben. Mir haben Sie heute Vormittag ebenso davon erzählt und eine Verbindung mit Frau Maiers Ermordung aufgezeigt. Ich schlage vor, wir starten damit, dass Sie uns alles noch einmal schildern. Von Anfang an.«

Das war mühsam. Ana hatte die Geschichte schon zu oft durchgekaut. Aber sie gab sich einen inneren Ruck, für Manuela riss sie sich zusammen. Sie begann damit, ihre Arbeitskolleginnen zu beschreiben und ihr Wesen darzustellen. Ergänzend sprach sie kurz über das Projekt, das sie alle beschäftigte. Danach schilderte sie alles, was ihr einfiel, seit dem Anruf von Max, dass seine Frau verschwunden war.

»Bleiben wir bitte bei Anna Maier. Wissen Sie, dass Frau Maier schon einmal mit dem Gesetz zu tun hatte?«

»Das kann nicht sein, weil die Firma bei der Aufnahme ein Führungszeugnis verlangt.«

»Es war eine Jugendstrafe und sie ist nicht mehr eingetragen. Das heißt, Sie haben keine Kenntnis, Frau Maier hat sich Ihnen nicht anvertraut.« Diese Feststellung machte Herr Meixner.

Ana schüttelte müde den Kopf. Es interessierte sie ehrlich nicht, ob Anni in der Pubertät irgendetwas angestellt hatte. Das war lange her, in der Arbeit war sie immer verlässlich gewesen.

»Gab es aus Frau Maiers Vergangenheit einen Ex-Freund, der sie bedrohte?«

»Sie hat nie einen angesprochen.«

»Hatte Frau Maier aktuell einen Freund? Kennen Sie den Bekanntenkreis von ihr?«

»Wir haben erst am Freitag darüber geredet. Sie hatte keinen festen Partner, aber …«, sie stockte.

»Was aber? Sie hatte Bekanntschaften, richtig?«, setzte Herr Meixner nach.

»Sie war eine auffallend hübsche Frau. Sie kleidete sich modisch und konnte sich gut ausdrücken. Natürlich interessierten sich Männer für sie. Das heißt nicht, dass sie mit jedem mitgegangen ist.«

»Vielleicht nicht mit jedem, jedoch mit einem zu viel«, legte er nach.

»Heißt das, Sie glauben, Anni wurde Opfer einer Zufallsbekanntschaft? Sehen Sie denn keinen Zusammenhang mit dem Verschwinden von Manuela und unseren Recherchen?«, Anas Tonfall wurde hörbar schriller.

Herr Müller machte eine beschwichtigende Geste. »Frau Rubin, wir ermitteln in jede Richtung. Wir schließen nichts aus.«

Herr Meixner räusperte sich. »Also noch einmal. Was wissen Sie über Männerbekanntschaften?«

Ana schaute ihn böse an. »Wir haben uns in der Firma nicht über Liebhaber ausgetauscht.«

»Wohin ist Frau Maier ausgegangen, um Männer aufzureißen? Hat sie öfter den Prater erwähnt?«

»Nein, ich habe keine Ahnung, wohin sie gegangen ist, um jemanden kennenzulernen. Ehrlich gesagt glaube ich, dass sie derzeit kein Interesse an Männern hatte. Sie wünschte sich lieber eine Katze. Sie war letztes Wochenende im Tierschutzheim Katzen anschauen, hat sie mir erzählt.«

»Und was ist mit dem Prater? Hat sie den regelmäßig besucht?«, fragte Herr Meixner nochmals.

»Schwer zu sagen, ich denke, nein. Gestern war sie dort, weil sie in der Garage das Feuerzeug mit der Aufschrift ›Giocare‹ gefunden hat. Sie hat im Internet herausgekriegt, dass das ein Lokal im Wurstelprater ist. Deshalb wollte sie hin. Sie hat auf Informationen über Manuela gehofft.«

»Warum sind Sie denn nicht ans Telefon gegangen, als Frau Maier sie am Samstagabend angerufen hat?«

Dieser Mensch ging ihr immer mehr auf die Nerven. Sie musste aufpassen, dass sie nicht aggressiv wurde. »Ich war mit einem Bekannten aus, bei einem Italiener in der Innenstadt. Ich habe den Anruf von Anni überhört, weil mein Handy stumm geschaltet war. Leider.« Sie kämpfte mit den Tränen. Aber sie wollte auf keinen Fall vor diesem Meixner zu heulen beginnen.

»Dann fasse ich Ihre Aussagen zusammen. Sie wissen über das Privatleben von Frau Maier nur, dass sie Männern gefiel und eine Katze wollte.« Herr Meixner klang süffisant.

»Wenn Sie Ihre Arbeit mit Manuela sorgfältig machen würden, hätten wir keine privaten Nachforschungen begonnen. Anni wäre möglicherweise noch am Leben«, entkam es Ana. So, jetzt war es heraußen. Der Meixner würde ohnehin kein Fan mehr von ihr werden.

»Jetzt hören Sie einmal gut zu. Sollte es zutreffen, dass Mord und Verschwinden zusammenhängen, hätten Sie verhindern können, dass Frau Maier ihren Mörder trifft«, fuhr er sie an.

Ana krampfte sich zusammen, wahrte aber ihre Haltung und zuckte mit den Schultern. Sie presste die Lippen aneinander und verlor kein weiteres Wort. Diesen Meixner ertrug sie nicht mehr lange.

Nach Minuten des Schweigens übernahm Herr Müller das Reden. »Die Schuldzuweisungen bringen uns nicht weiter, wir benötigen Fakten. Nehmen wir einmal an, dass Sie recht haben und Abgängigkeit und Mord zusammenhängen. Wer aller hatte Kenntnis darüber, dass Frau Maier und Sie nach Manuela Prince suchen?«

»Wir haben die Liste mit Bekannten von Manuela erstellt. Die wissen alle, dass wir nach ihr forschen, weil wir mit ihnen geredet haben.« Ana korrigierte sich. »Ganz stimmt das nicht, denn mit einigen Freunden und ihren Nachbarn hat sich ihr Ehemann in Verbindung gesetzt. Die haben vermutlich keine Kenntnis von Anni und mir.« Sie dachte intensiv nach.

»Es könnte auch noch interessant sein, dass Bert Ulram aktiv gesucht und mit mehreren Personen gesprochen hat. Das ist ein Arbeitskollege von uns. Bei ihm ist alles in Ordnung, wir haben heute telefoniert.«

Herr Müller legte die Namensliste vor sich hin und kritzelte drauf. »Lassen Sie uns jetzt über den Ehemann sprechen. Können Sie bestätigen, dass das Ehepaar nie gestritten hat?«

»Na ja. Die beiden verstehen sich wirklich gut. Freilich haben sie sich gelegentlich gezankt. Wie jedes Paar, das zusammenlebt.«

»Aber Herr Prince hat explizit ausgesagt, dass sie nie Streit hatten. Wieso behauptet er das?«, warf Herr Meixner ein.

»Weil er Brite ist und keinen Einblick in seine Privatsphäre geben möchte. Und schon gar nicht mit der Polizei über Streit mit seiner Frau reden will.«

»Wurde er in der Vergangenheit jemals seiner Frau gegenüber gewalttätig?«

Ana starrte ihn an. Plötzlich verdächtigten sie Max, häusliche Gewalt auszuüben?

»Ich glaube, nein. Jedenfalls hat Manuela kein einziges Mal etwas angedeutet und es gab keine Anzeichen. Damit meine ich Verletzungen oder Krankenstände. Als Führungskraft wurde ich geschult, Anzeichen auf Alkohol- oder

Drogenmissbrauch oder familiäre Gewalt zu erkennen und Hilfe anzubieten. Ich nehme das ernst. Nein, ich schließe aus, dass ihr Mann gewalttätig gegenüber Manuela ist.« Sie verdrängte rasch den Gedanken daran, wie Max auf Alex eingeprügelt hatte.

»Hat Herr Prince sich der Suche persönlich angeschlossen? Läuft er auch in der Gegend herum?«, meldete sich abermals Herr Meixner.

»Wir haben gemeinsam den Privatdetektiv Ronald Jäger beauftragt.«

»Das habe ich nicht gefragt. Sie haben Herrn Jäger ebenso beauftragt und streunen dennoch durch den Prater, obwohl dort der Mord an Ihrer Mitarbeiterin verübt wurde«, setzte Meixner nach. »Herr Prince sitzt einstweilen daheim im Trockenen und lässt es sich gut gehen?«

Bevor Ana Kontra geben konnte, griff Herr Müller ein. »So kommen wir nicht weiter. Mit Herrn Prince reden wir morgen.« Er schaute sie beschwichtigend an.

»Spielen Sie ›good cop, bad cop‹ mit mir?«, fragte Ana. Sie fügte leise hinzu: »Mir geht es nur darum, Manuela zu finden. Ich denke immer noch, dass wir sie heil nach Hause bringen können. Das sagt mir mein Bauchgefühl.«

»Ich glaube auch, dass sie gesund zurückkehrt. Weil sie von ihrem englischen Angetrauten genug hatte und sich mit ihrem Geliebten auf einer Urlaubsinsel vergnügt, während wir hier so nett plaudern. Sie hat keine Idee, dass Sie sie verzweifelt suchen. Oder es ist ihr gleichgültig.« Meixner hörte nicht auf zu provozieren.

»Was ist Ihr Problem? War Ihre Frau untreu? Lassen Sie mich in Frieden. Ich habe Ihnen alles gesagt, was mir einfällt. Für heute habe ich genug.« Sie war stolz auf sich, dass das gelassen klang. Täuschte sie sich, oder unterdrückte Herr Müller ein Grinsen?

»Bevor Sie gehen, möchte ich aber erfahren, ob Sie endlich aktiv beginnen, nach Manuela zu suchen. Oder warten weiterhin alle, dass sie von allein auftaucht?«

Herr Müller übernahm die Antwort. »Wie gesagt, ermitteln wir in alle Richtungen. Ich bin noch nicht überzeugt, dass die beiden Vorfälle miteinander zu tun haben. Aber wir können es nicht ausschließen und deshalb untersuchen wir auch diese Möglichkeit.«

Mit fester Stimme fuhr er fort: »Über das digitale Schengener Informationssystem wurden Sie bereits informiert. Wir haben die Daten von Frau Prince und ihrem Fahrzeug eingegeben, damit sind sie im gesamten Schengenraum abrufbar. Zusätzlich werden wir uns mit Leuten auf Ihrer Liste unterhalten. Allen voran dem Ehemann.«

Na super. Der Amtsschimmel wieherte wieder. Alles, was sie mit ihrem Einsatz zusammengebracht hatte, war, dass Max verdächtig erschien. Tolle Leistung.

Der Kommissar las von ihrem Gesichtsausdruck ab, dass sie mit seiner Aussage unzufrieden war, und ergänzte: »Wir werden das Garagenpersonal befragen und die Kameraüberwachung anfordern, wenn eine existiert. Ergeben sich Verdachtsmomente, setzen wir Zielfahndungen auf, aber so weit sind wir noch nicht. Und nun lassen wir Sie für heute in Ruhe.« Er stand auf, sein Kollege machte es ihm nach.

»Mindestens einer der Portiere ist vorbestraft und es besteht keine sinnvolle Videoüberwachung. Aber Sie interessiert ja nur das Schengener Informationssystem.« Ana riss die Haustür auf.

Als die beiden ihr Heim verlassen hatten, schlug sie voller Wut mit der Hand auf den Tisch. Dann brüllte sie laut los. Das tat gut. Mit ganzer Kraft stieß sie noch einen Schrei aus. Sie war unendlich wütend, sie musste sich abreagieren.

Obwohl sie keine begeisterte Joggerin war, beschloss sie, eine Runde zu laufen. Fürs Radfahren war es ihr zu finster und zu kalt.

KAPITEL 28

Eingepackt in warme Sportkleidung lief Ana aus dem Garten. Entlang am Nachbarhaus, wo sie hinter den Fenstern die beiden Kinder herumtoben sah. Vorbei am nächsten Nachbarn. Sein Garagentor stand offen und die Garagenbox war beleuchtet. Im Vorbeilaufen rief sie einen Gruß hinein, obwohl sie nicht sicher war, dass der Nachbar drinnen war. Langsam fand sie in den Laufrhythmus und ihre Atmung beruhigte sich.

Sie rannte an drei geparkten Fahrzeugen entlang, in einem saß ein Mann im schwach beleuchteten Innenraum. Er starrte auf sein Handy und beachtete sie nicht.

Die Straßenlaternen beleuchteten den Weg gerade ausreichend. Sie durchquerte auf der ihr gut bekannten Strecke den in völliger Stille liegenden Ort.

Der Rhythmus des Joggens half ihr, sich zu entspannen. Ihre Gedanken wurden ruhiger und ihr Zorn verflog. Beim Zurücklaufen kam ihr der Fahrer mit dem Handy ins Gedächtnis. War das ein Nachbar? Ein wenig war er ihr bekannt vorgekommen, aber genau hatte sie ihn nicht gesehen. Sie hielt Ausschau nach ihm, aber es standen nur mehr zwei Fahrzeuge da, der Typ mit dem Handy war fort.

Daheim kontrollierte sie ihr Telefon und hatte wieder unbeantwortete Anrufe. Von Bert erfuhr sie, dass er am Montagvormittag für eine Aussage auf dem Kommissariat vorsprechen sollte. Ob das mit Anni oder Manuela oder beiden zusammenhing, war unklar.

Er bot Ana mehrmals an, die Suche nach Manuela aktiv fortzusetzen. Auch er hoffte, dass sie noch lebte und von ihnen gefunden werden konnte. Sie nutzte die Gelegenheit und fragte ihn nach den Mails von Manuela, die er durchgesehen hatte. Der Großteil war beruflich gewesen und die wenigen privaten Nachrichten brachten keine neuen Erkenntnisse. Nochmals versuchte Bert mit Ana ein weiteres Vorgehen festzulegen. Aber es kam für sie nicht infrage, ihn einer zusätzlichen Gefahr auszusetzen. So hatte sie es mit Ronald vereinbart.

Sie beschwichtigte ihn mit den polizeilichen Untersuchungen, die endlich für Manuela aufgenommen worden waren. Bert klang beim Verabschieden verärgert. Hoffentlich unternahm er nichts auf eigene Faust.

Als letzten Rückruf hatte sie sich Rudi Soldo aufgehoben. Er nahm sofort den Anruf entgegen. »Wie geht es dir, Ana?«

»Es geht halbwegs. Die Polizei war nochmals bei mir. Sie bezweifeln, dass es einen Zusammenhang zwischen dem Verschwinden von Manuela und der Ermordung von Anni gibt.«

»Die Kommissare haben sicher viel Erfahrung mit solchen Dingen«, bekräftigte Rudi.

»Eigentlich schon. Ich hoffe, sie schauen sich mögliche Verbindungen trotzdem an, denn für mich existiert dieser Zusammenhang. Das war speziell mit der Polizei, ich bin mir wie im Film vorgekommen. Der eine hat den guten und der andere den bösen Cop abgegeben.«

»Und lassen sie Informationen aus, was sie zu dem Mord bereits herausgefunden haben?«

»Nicht wirklich. Der eine hat Anni als leichtes Mädchen hingestellt, das an den falschen Mann geraten ist.«

»An den falschen Kerl zu gelangen, ist in dieser Gegend nicht auszuschließen. Die meisten Leute im Prater sind ganz normale Bürger. Aber es treibt sich auch Gesindel herum, wie in jedem Vergnügungspark.«

»Ich weiß. Ich hätte niemals zulassen dürfen, dass Anni ohne unsere Begleitung herumstreicht. Ich bin jedenfalls heute nicht allein hingegangen, sondern habe mir von einem Freund Gesellschaft leisten lassen.«

»Du warst heute im Prater?«, fragte Rudi fassungslos.

»Wir haben nur eine Runde gedreht. Als wir zur Absperrung der Polizei kamen, hat uns der Kommissar erwischt und die Verhöre organisiert.«

»Was wolltest du denn dort?«

»Das fragen mich alle, aber ich kann es nicht erklären, das war ein innerer Zwang. Immerhin ist Anni wegen des Feuerzeugs zu dem Giocare gegangen.«

»Ich will dir keine Ratschläge erteilen, aber ich mache mir echt Sorgen um dich, wenn du im Prater herumschnüffelst. Womöglich steigst du jemandem auf die Zehen. Bitte lass das endlich.« Rudi klang unglücklich. Er seufzte halblaut und fragte: »Sag, wäre es nicht schön, wenn ich jetzt noch zu dir käme? Ich möchte dich so gern sehen.«

Ana dachte kurz nach. Es war schon verlockend. Rudi könnte sie sicher hervorragend ablenken. Andererseits war sie im Ausnahmezustand.

»Bitte sei mir nicht böse und versteh das nicht falsch. Ich schaffe das heute nicht mehr. Ich bin total schlapp.«

»Schon gut, ich bin dir selbstverständlich nicht böse. Du hattest einen schlimmen Tag. Ich habe das ohne Hintergedanken gemeint.« Nach einer kurzen Pause lachte er. »Na, möglicherweise doch mit einem winzigen Hintergedanken. Wäre andernfalls auch völlig unverständlich. Jedenfalls wünsche ich dir eine erholsame Nachtruhe. Wir hören uns morgen.«

Es blieb doch nicht das letzte Telefonat. Kaum hatte sie aufgelegt, meldete sich Marion. Ronald war zu Hause eingetroffen und hatte ihr die Ereignisse des Tages nacherzählt. Jetzt fragte sie fürsorglich, ob Ana allein zurechtkam, und bot ihr an, bei ihr zu übernachten. Ana bedankte sich für die Umsicht, überzeugte sie jedoch, dass sie ohnehin nur mehr schlafen wollte.

Als sie schlussendlich im Bett lag, fühlte sie wieder Dankbarkeit, dass sie gute Freunde hatte. Diese Situation wäre ohne sie unerträglich.

Und eventuell könnte es sein, dass Rudi … Ana lächelte sich in die Traumwelt.

Sie schreckte in die Höhe. Es war stockfinster. Sie griff zu ihrem Handy, es war wenige Minuten nach Mitternacht. Sie hatte gerade mal eine Stunde geschlafen. Was hatte sie geweckt? War jemand im Haus?

Sie lauschte, hörte aber nichts. Leise kletterte sie aus dem Bett und schlich zum Fenster. Nichts zu sehen. Das automatische Licht hatte sich nicht eingeschaltet. Das würde es aber tun, egal ob ein Mensch oder ein Tier draußen herumschlich.

Ana tappte geräuschlos durch die Räume und schaute auf der anderen Seite aus dem Fenster. Der Garten lag in grauer Dunkelheit. Möglicherweise war es bewölkt oder es herrschte Hochnebel.

Wieso brannte keine Lampe, was war denn mit der Straßenbeleuchtung los? Am Ende ihres Grundstückes stand eine Straßenlaterne, aber die war von Schwärze umgeben.

»Sei kein Angsthase«, sagte sie sich. Sie wohnte schon so lange allein in dem Haus, und ausgerechnet heute begann sie sich zu fürchten. »Du hast überspannte Nerven, das ist alles. Trink Wasser und leg dich wieder nieder.« Sie musste grinsen, weil sie sich selbst mit küchenpsychologischen Tricks behandelte.

Plötzlich erstarrte sie. Diesmal hörte sie das Geräusch deutlich. Sie stand wie angewurzelt und horchte in die Dunkelheit. Ein paar Sekunden brauchte sie, bis sie herausfand, was sie gehört hatte. Jemand war an einen der Gartensessel angestoßen und dieser war verrutscht.

Es war dieser scharrende Laut, den sie untertags nur wahrnahm, wenn sie bewusst hinhörte. Doch in der Stille der Nacht klang es klar und deutlich. Ana hatte eine extra schwere Terrassengarnitur gekauft, damit der Wind sie nicht verblasen konnte. Deshalb musste das ein Mensch auf der Terrasse sein, eine Katze oder ein Marder besaßen nicht genug Körpergewicht.

Sie schlich in ihr Schlafzimmer zurück. In einer Glasschüssel lag ein Paniktaster für ihre Alarmanlage auf dem Nachtkästchen. Den legte sie sich vorsichtig in die linke

Hand, in die rechte nahm sie das Handy. Dann ging sie die Holzstiege ins Erdgeschoß. Barfuß und angestrengt bemüht, dass kein Laut entstand.

Sie kannte jeden Quadratmeter in ihrem Zuhause. Auch ohne Licht fand sie sich hier zurecht. Auf Zehenspitzen erreichte sie die Wohnzimmertür, ein Türflügel stand ständig offen. Bloß nicht anstoßen, die Tür mit den Glasscheiben klirrte sonst sofort.

Mit höchster Konzentration erkannte sie die Fenster und die Terrassentür vor sich. Ihre Augen waren mittlerweile dermaßen an die Finsternis gewöhnt, dass sie Schatten ausnahm. Behutsam streckte sie den Kopf vor. Sie wollte niemanden auf sich aufmerksam machen.

Ana starrte auf die dunkle Terrasse. Sie konnte die Umrisse vom Tisch und die Silhouetten der Sessel erkennen. Nirgends war ein Lebewesen zu entdecken. Aber dieses scharrende Verschieben eines Sessels hatte sie sich nicht eingebildet. Verwirrt und noch immer mit klopfendem Herzen tapste sie zurück. Da! Aus ihrem Büro schien Licht. Das war keine Täuschung. Zentimeter für Zentimeter schob sie ihre Beine nach vorne, bis sie im Zimmer stand. Da wurde ihr klar, dass nicht das Licht im Büro eingeschaltet war. Der Bewegungssensor vor ihrem Eingang war aktiviert worden und die Außenleuchte hatte sich angeschaltet.

So schnell sie konnte, bewegte Ana sich die Holzstiegen erneut nach oben und lief über den Teppich zum Schlafzimmerfenster. Der Vorplatz und ein Teil der Straße waren vom Lichtkegel hell erleuchtet, aber es war niemand zu sehen.

Frustriert wartete sie am Fenster. Sie begann zu frösteln. Nach endlosen Minuten hörte sie, wie in der Ferne eine Autotür zuschlug und ein Motor startete. Das konnte aber auch eine Einbildung sein, weil sie so intensiv lauschte.

Irgendwann zitterte sie vor Kälte und zog sich wieder ins Bett zurück. An Schlaf brauchte sie nicht mehr denken. Während sie seufzend eine halbwegs entspannte Stellung suchte, grübelte sie.

War Annis Mörder zu ihr gekommen? Wollte er sie ebenfalls umbringen? Aber das machte keinen Sinn. Sie wusste nichts, was ihm gefährlich werden konnte. Und wenn er jetzt eine weitere Frau umbrachte, wäre in den Medien und bei der Polizei die Hölle los. Das vervielfachte sein Risiko und brachte ihm keine Vorteile.

Aber wenn derjenige sie nicht töten wollte, was führte ihn sonst zu ihr? Besaß sie etwas für ihn Wertvolles? Wollte er sie ebenfalls entführen? Sie zermarterte sich das Gehirn, fand aber keine ihrer Ideen brauchbar. Ging es darum, sie von der Suche nach Manuela abzuschrecken?

Irgendwann musste Ana doch eingedöst sein, denn plötzlich läutete der Wecker. Es war Montagmorgen und der erste Arbeitstag nach dem Mord an Anni. Wie sollte sie diesen Tag überstehen?

KAPITEL 29

Ana nahm einen Umweg auf der Fahrt in die Firma. Beim Eingang zum Stadtpark lag ein kleines Blumengeschäft, das früher als die anderen Innenstadtgeschäfte aufsperrte. Verloren stand sie in einem Blütenmeer. Die Gebinde erschienen ihr alle zu bunt und fröhlich. Zögernd entschied sie sich für einen Strauß weißer Rosen.

Im Büro angekommen, holte sie ein Wasserglas aus der Teeküche und stellte den Rosenstrauß hinein. Mit schweren Schritten ging sie zu dem Arbeitsplatz im Großraumbüro, den Anni oft verwendet hatte. Auf dem Tisch stand ein Bild von Anni. Eine elegante junge Frau in einem rosa Kostüm und hohen Schuhen lachte sie an. Eine strahlende Schönheit, an einem sonnigen Tag im Freien fotografiert. Ana hatte diese Aufnahme noch nie gesehen, aber sie fand, es war die perfekte Wahl. So heiter war Anni gewesen, so wollte sie sie auch im Gedächtnis bewahren.

Vor dem Foto brannte eine dicke blassrosa Kerze. Vorsichtig stellte Ana den Rosenstrauß neben das Licht. Da spürte sie hinter sich eine Bewegung. Bert trat an ihre Seite und legte den Arm um ihre Schulter. Ana umarmte ihn und ließ ihren Tränen freien Lauf. Nach einigen Minuten hatte sie sich wieder unter Kontrolle.

»Sie fehlt mir schrecklich«, flüsterte sie.

»Mir auch.«

Die nächste halbe Stunde verbrachte Ana in ihrem Zimmer. Sie drehte das Licht nicht auf und saß im Halbdunkel an ihrem Schreibtisch. Was für ein Mensch war das, der eine harmlose junge Frau auslöschte? Wo war Anni da hineingeraten? Sie fasste eine endgültige Entscheidung.

Pünktlich betrat sie den Besprechungsraum. Normalerweise war ihr Teammeeting am Montagmorgen ein Planungsgespräch. Jeder Teilnehmer berichtete über die Prioritäten seiner kommenden Arbeitswoche und konnte um Unterstützung fragen.

Heute fehlte das fröhliche Geplauder. Rund um den Besprechungstisch saß still ihr Team. Einen Platz hatten sie leer gelassen. Dort brannte eine weiße Kerze. Ana setzte sich und sagte leise: »Grüß euch.« Die Antwort war gedämpftes Gemurmel. Das Licht schien der Mittelpunkt des Raumes zu sein. Schweigend saßen sie eine Zeit lang da und hingen ihren Gedanken nach.

Schließlich sagte Ana mit sanfter, fester Stimme: »Wir haben unsere liebe Kollegin Anni verloren. Sie war von uns allen geschätzt und geliebt. Anni, wenn du uns hören kannst, wir denken an dich und behalten dich ewig in Erinnerung. Danke für alles, was du uns gegeben hast, und danke dafür, dass du warst, wie du warst.« Ana senkte den Kopf und schwieg.

Ohne Aufforderung schlossen sich die Anwesenden an. Sie sprachen ein paar Sätze, bedankten sich und verabschiedeten sich von Anni. Als schließlich Schweigen eintrat, räusperte sich Ana. »Wer sich außerstande sieht, den heutigen Tag in der Arbeit zu verbringen, dem steht es frei, nach Hause zu gehen. Wer will, kann die nächsten Tage auch Urlaub nehmen.«

»Das macht es nicht besser«, meldete sich Bert. »Im Gegenteil, ich will nicht allein in meiner Wohnung hocken.« Zustimmendes Murmeln bestätigte seine Sichtweise.

»Lasst uns lieber über Manuela reden«, fuhr Bert fort. »Müssen wir damit rechnen, dass sie ebenfalls ermordet wurde?«

An den erschrockenen Gesichtern erkannte Ana, dass etliche noch nicht so weit gedacht hatten. Sie zögerte keinen Moment. »Solange mir niemand beweist, dass sie tot ist, gehe ich fest davon aus, dass sie am Leben ist. Dass sie lebt und Hilfe braucht.«

»Was unternimmt denn jetzt die Polizei?«, fragte Bert. »Ich habe für Mittag eine Vorladung auf das Kommissariat.«

Da surrte Wolframs Telefon. Nach einem Blick darauf verließ er den Raum.

Alex meinte: »Ich habe noch keine Ladung, aber ich rechne damit, dass sie mit jedem von uns sprechen wollen. Es kann kein Zufall sein, dass zwei Frauen, die zusammenarbeiten, innerhalb weniger Tage von einem Verbrechen betroffen sind. Das muss auch die Polizei erkennen.«

»Was du sagst, spricht dafür, dass die Vorfälle mit unserer Arbeit zusammenhängen. Damit wären wir ein weiteres Mal bei unserer Konkurrenzfirma Advice. Der gute Geschäftsführer hat zwar Ana und mich am Freitag kalt lächelnd abserviert, aber vielleicht haben wir in ein Wespennest gestochen«, sinnierte Bert vor sich hin.

»Dann knöpfen wir uns den Herrn Schmitt nochmals vor.«

Wolfram war in der Zwischenzeit wieder ins Zimmer gekommen und verkündete, dass er jetzt ebenfalls eine Vorladung zur Polizei hatte. »Ich bin nicht eurer Meinung, dass die Advice damit zu tun hat. Das habe ich noch nie gehört, dass wer wegen eines verlorenen Projekts umgebracht wurde. Ich denke, wir sollten die Portiere und die Banker unter die Lupe nehmen. Vielleicht haben die bei näherer Betrachtung nicht so eine weiße Weste, wie sie tun. Lasst uns ihre Alibis überprüfen.«

»Was machen wir mit unserem morgigen Präsentationstermin? Abhalten oder absagen?«, fragte Ana.

»Absagen« kam unmittelbar von Wolfram und Bert retour und der Rest des Teams nickte einhellig.

»Ich bin heilfroh, dass ihr das auch so seht, das wäre für mich irgendwie ...«, Ana suchte vergeblich nach einem Ausdruck.

»Pietätlos«, ergänzte Wolfram.

Bert bot sich an, mit dem Kunden zu sprechen, und verließ sofort das Sitzungszimmer. Kaum war er draußen, sprang die Tür schon wieder auf und Harald stürmte herein.

»Nein, bitte nicht«, dachte Ana. »Ich halte deine Beschwerden im Augenblick nicht aus.« Harald schwenkte einen Zettel und zeigte mit dem Zeigefinger auf Ana.

»Ich habe eine Ladung zur Polizei und daran bist sicher du schuld«, sagte er mit eisiger Miene. »Behauptest du jetzt, dass ich nicht nur Manuela habe verschwinden lassen, sondern auch Anni umgebracht habe?«

Alle wandten sich zu Ana und sahen sie erstaunt an. Sie wussten nicht, was sich am Samstag zwischen Harald und ihr abgespielt hatte.

»Harald, bitte beruhige dich. Ich beschuldige dich gar nicht. Eine Vorladung haben schon einige von uns bekommen und wir nehmen an, dass jeder befragt wird. Eine Arbeitskollegin wurde getötet, da ist es doch klar, dass die Polizei mit uns redet.«

In der nachfolgenden Stille ging die Tür nochmals auf und Bert kehrte zurück. »Ich habe mit dem CEO des Kunden gesprochen. Der ist nicht happy. Er hat gestern in den Nachrichten vom Mord erfahren und war bestürzt, dass das eine Mitarbeiterin von uns ist. Noch dazu eine, die in seinem Projekt arbeiten sollte. Er stimmt zu, den Termin auf nächsten Montag zu verschieben. Aber eine weitere Verzögerung akzeptiert er aus wirtschaftlichen Gründen nicht. Andernfalls überlegen sie sich einen anderen Lieferanten.«

»Das halte ich aber bloß für eine Drohgebärde, damit wir Gas geben«, warf Wolfram ein.

»Seid ihr von allen guten Geistern verlassen?«, platzte Harald heraus. Bert hatte ihn völlig ignoriert.

»Ihr könnt doch nicht einfach so ein wichtiges Kundenmeeting verzögern! Ihr seid unendlich dumm! Was denkt ihr euch nur?« Harald wartete keine Antwort ab. Kopfschüttelnd rauschte er aus dem Zimmer und knallte die Tür zu.

»Das ist ein Scheißkerl«, stellte Bert fest und niemand widersprach ihm.

Das Team begann durcheinander zu spekulieren, wer ein Motiv hatte, die beiden Frauen zu beseitigen. Ana beteiligte sich an der Diskussion nicht, hörte aber die verschiedenen Meinungen an. Sie hoffte auf einen Hinweis darauf, was tatsächlich passiert war. Da brummte erneut ein Telefon, diesmal war es Anas.

Sie erkannte die Nummer von Elisabeth, machte eine Handbewegung, dass die Anwesenden still sein sollten, nahm ab und lauschte. Eine Minute später legte sie auf, ohne ein einziges Wort gesprochen zu haben.

»Das ging schnell. Ich bin um zwölf Uhr bei Pat vorgeladen.« Sie horchte in sich hinein und sagte dann im Flüsterton: »Ich hoffe, sie nimmt mir nicht das Projekt weg.«

»Dann kündigen wir alle«, verkündete Bert.

»Nein, das macht ihr nicht. Ich versuche mit Pat zurechtzukommen und sie zu beruhigen. Aber auch falls sie einen drastischen Schritt unternimmt: Ihr begeht keine Kurzschlusshandlung. Keiner von euch kündigt, okay?«

»Das verspreche ich nicht«, gab sich Bert weiterhin kämpferisch.

Ana grinste ihn an. »Tief durchatmen und gründlich nachdenken, bevor wir reagieren. Haben wir doch in den Managementseminaren gelernt, stimmt's? Jetzt wenden wir das praktisch an. Schaut, wir befinden uns in einer Tragödie, wie sie keiner von uns bisher erlebt hat. In dieser Krisensituation soll niemand wichtige Entscheidungen für seine Zukunft treffen. Ich bitte alle abzuwarten und zu schauen, was kommt. Keine voreiligen Aktionen, die ihr später bereut!«

Sie sah einem Mitarbeiter nach dem anderen so lange tief in die Augen, bis sie ein Nicken als Zustimmung bekam.

Im Aufstehen sagte sie: »Ich gehe mich jetzt auf das Gespräch mit Pat vorbereiten. Bis später.« Sie winkte ihnen zu und eilte hinaus.

In ihrem Büro rief sie sofort Ronald an und erzählte ihm, dass die Angestellten der Reihe nach vorgeladen wurden. Wie konnte sie herausfinden, was die Polizei unternahm? Sollte sie Kommissar Müller anrufen? Oder kannte Ronald einen diskreteren Weg, etwas in Erfahrung zu bringen?

Ronald murmelte etwas über eine Quelle und versprach sich umzuhören. Er hatte auch eine interessante Neuigkeit. Der unfreundliche Brauner war stark verschuldet. Er war ein Zocker und hatte anscheinend mehr Geld verspielt, als er besaß. Ronald wollte als nächsten Schritt klären, bei wem er die Spielschulden hatte.

Während des Telefonats war ein neuerlicher Anruf hereingekommen. Rudi. Ana drückte ihn weg. Sie hatte im Moment andere Sorgen. Um Rudi würde sie sich später kümmern.

Die verbleibende Zeit nutzte sie für Internetrecherchen. Besonders interessierten sie Beiträge zum Prater. Diese durchsuchte sie nach Geschichten über das Lokal Giocare. Die Informationen waren spärlich, aber sie fand einige Aufnahmen, die anlässlich eines Jahrestages gemacht worden waren. Sie stellte einen Praterplan und Fotos vom Giocare in einer Datei zusammen und schickte sie zum Drucker.

Im Druckerraum traf sie Bert, der einen neugierigen Blick auf ihren Ausdruck warf. Sein Angebot, ihr zu helfen, wehrte Ana ab. Sie hatte den Entschluss gefasst, niemanden vom Team in die weitere Suche zu involvieren. Es war ab sofort ihre alleinige Aufgabe.

Bert ersparte sich jeden Kommentar, sah aber missmutig drein und schlug die Tür lauter als notwendig zu. Sie unterdrückte den Wunsch, ihm nachzulaufen, ihr Vorsatz stand fest. Nur die Dienste von Ronald wollte sie in Anspruch nehmen, es war sein Beruf und er war ein Profi, der sich zu helfen wusste. Aber darüber hinaus wollte sie niemanden mehr in diesen Schlamassel hineinziehen. Das war zumindest der Plan.

KAPITEL 30

Pünktlich betrat Ana das Vorzimmer von Pat und wurde von der Assistentin umgehend durchgewunken. Sie grüßte laut und deutlich. Sie würde auch hier ihr Bestes geben und bei der CEO ihren Standpunkt klarlegen. Sollte sie verlieren, wollte sie es zumindest mit Anstand und Haltung tun. Aber womöglich konnte sie ihre Karriere noch retten.

Pat kam gleich zur Sache. »Was fällt dir ein, den Kundentermin zu verschieben? ›E.C.H.O.‹ hat für die ganze Firma höchste Priorität. Du hattest nicht das Pouvoir, den Termin im Alleingang zu verlegen. Du gefährdest das Business und unseren Gewinn!«

»Mir ist die Wichtigkeit des Projektes vollkommen bewusst. Aber unsere Kollegin ist gerade gestorben. Unser Team ist außer sich vor Entsetzen und Trauer. Kein normaler Mensch kann sich in den nächsten Stunden auf diese Präsentation konzentrieren. Es wäre falsch und unmenschlich, jetzt ohne Unterbrechung weiterzumachen. Die Terminverschiebung war eine Notbremse und sie ist notwendig.«

»Willst du mir mit deinem Vortrag sagen, dass ich unmenschlich bin? Das ist eine richtige Frechheit!«

»Ich sage nur, dass es herzlos wäre, von den Kollegen zu verlangen, so weiterzuarbeiten, als wäre nichts passiert.

Jeder von uns braucht unbedingt ein paar Tage, in denen er trauern darf.«

»Und ich brauche einen Verantwortlichen, der sich zu hundert Prozent für das Projekt einsetzt!«

Sie starrten sich gegenseitig an. Da brummte Anas Telefon. Für gewöhnlich ignorierte sie es, wenn sie bei Pat saß. Heute nahm sie es in die Hand. Es war Max und sie hob ab.

»Ana, this is Max. Ich bin bei der Polizei. Die verdächtigen mich. Sie sagen, ich soll mir einen Anwalt nehmen. Hilf mir bitte.«

»Max, ich rufe dich zurück. Gib mir einen Augenblick, ich helfe dir.« Sie legte rasch auf und sah Pat an.

»Siehst du, das meine ich. Dir ist alles andere wichtiger als deine Arbeit! Du hast absolut falsche Prioritäten!«, fauchte Pat.

»Das ist nicht wahr. Das war der Ehemann von Manuela. Kannst du dir vorstellen, wie es ihm geht? Seit Tagen ist seine Frau abgängig. Ich finde, dass es unsere Pflicht ist, ihm zu helfen.«

»Schön, dass du wenigstens zum Ehemann nett bist. Dein Verhalten gegenüber Harald Strauss scheint weniger liebenswert zu sein. Kann es sein, dass du ihn schlecht behandelst?«

Ana schüttelte nur leicht den Kopf. Es war augenscheinlich nicht der Moment, um zu Pat durchzudringen. Mit ruhiger Stimme sagte sie: »Pat, ich möchte dir einen Vorschlag machen. Ich nehme mir bis Freitag Urlaub. Ich habe das den Mitarbeitern ebenfalls angeboten. Nächste Woche halten wir den Kundentermin mit voller Konzentration ab.

Ich bin weiterhin zuversichtlich, dass wir erstklassige Resultate bringen werden. Danach reden wir beide in Ruhe, wie es weitergeht.«

Die CEO starrte sie noch immer an. Sie schien intensiv nachzudenken. Dann begann sie langsam zu nicken. »Am Vormittag war die Kriminalpolizei bei mir. Sie fragten eine Menge über Anni, dich und dein Team. Danach habe ich Annis Eltern angerufen und mein Beileid ausgesprochen. Ihr Vater erzählte mir, dass du persönlich bei ihnen warst. Das finde ich stark.«

Sie hielt für eine kurze Pause inne und sah sie an. »Er hat mir berichtet, wie sehr Anni von dir geschwärmt hat. Also in Ordnung, machen wir es, wie du vorschlägst. Du hast in der Vergangenheit eine Reihe guter Dinge für die Firma erreicht. Ich habe meine Zweifel, dass es eine erfolgversprechende Zukunft gibt. Aber schau, dass du wieder ins Gleichgewicht kommst, und mach die Kundenpräsentation. Dann sehen wir weiter.«

Ana erhob sich, verabschiedete sich korrekt und verließ Pat. Bert wartete bereits vor ihrer Tür und löcherte sie mit Fragen, wie es bei der CEO gelaufen war. Sie beschrieb ihm das Gespräch im Detail und wie sie verblieben waren.

Er meinte erleichtert, dass zumindest noch nicht alles verloren war. Für ihn war sonnenklar, weshalb Pat zugestimmt hatte. Ana und ihre Mannschaft waren beim Auftraggeber beliebt und in der Firma konnte ihr bei Großprojekten kaum jemand das Wasser reichen. Wenn Pat sie kurzfristig auswechselte, wäre es denkbar, dass sich der Kunde zurückzog und versuchen würde, aus dem Vertrag auszusteigen. Das wollte sie nicht riskieren und deshalb hatte sie eingewilligt.

Aus seiner Sicht war das Arrangement akzeptabel. Ana solle die kommenden Tage freinehmen und tun, was sinnvoll sei. Er plante, mit dem Team die Präsentation weiter zu verbessern und sie zu einem Erfolg zu machen. Er schloss seine Rede: »Und dann hör ich mir an, was Pat zu dir sagt. Sie wird dich anbetteln, dass du bleibst.«

Bert umarmte sie kurz und wünschte ihr alles Gute. Er würde die Kollegen informieren. Und weg war er. Ana lief ihm noch hinterher.

»Bert, du hattest doch ein juristisches Problem mit deinem Wohnungsvermieter und hast dir einen Rechtsanwalt genommen, mit dem du zufrieden warst. Kennt sich die Kanzlei auch mit Strafrecht aus? Gib mir bitte den Ansprechpartner. Max hat sich bei mir gemeldet, die Polizei schlägt vor, er soll einen Anwalt zuziehen, und er kennt keinen.«

Nachdem er ihr den Namen der Kanzlei verraten hatte, ging sie in ihr Zimmer zurück. Als sie die Nummer von Max wählte, kam ihr das letzte Telefonat mit ihm in den Sinn. Er hatte vehement gefordert, mit den Nachforschungen aufzuhören, die Polizei würde wissen, was zu tun sei.

Den aufkommenden Ärger erstickte Ana im Keim. Es stand ihr nicht zu, sein Verhalten zu verurteilen. Er hatte schreckliche Angst um seine Frau. Es war unvorstellbar, wie sie selbst unter so einem Stress reagieren würde.

»Hi, jetzt kann ich reden. Ich habe bereits einen Kontakt von einer guten Anwaltskanzlei, aber erzähl mir als Erstes, was auf dem Kommissariat vorgefallen ist.«

Max sprach schneller als normal, seine Stimme klang atemlos. In einer Mischung aus Englisch und Deutsch schilderte er ihr die Befragung. Es waren ein Mann und eine Frau gewesen. Die Polizistin hatte viel zur Ehe von Manuela und Max gefragt. Wie oft sie sich sahen, was sie als Paar unternahmen. Ob es Streit gab. Welche gemeinsamen Bekannten sie hatten. Warum sie so wenig Freunde hatten. Ob es ihn störte, dass Manuela eine Karrierefrau war. Ob er glaubte, dass sie einen Liebhaber hatte.

Wenn Ana ihn richtig verstand, hatte er weiterhin nur Positives über seine Ehe gesagt. Sie konnte nachvollziehen, dass das den Beamten verdächtig vorkam. Eine Beziehung ohne Meinungsverschiedenheiten vermochte sich niemand vorzustellen.

Aus den Erzählungen Manuelas wusste sie, dass sich die beiden hervorragend verstanden, es aber dennoch hin und wieder krachte. Beide arbeiteten viel und waren zeitweise gestresst. Da konnte ein einziger falscher Satz eine Diskussion entzünden.

Später hatte der Polizist minutiös erfragt, wo er gewesen war, während seine Ehefrau verschwunden war und als Anni ermordet worden war. Dass sie Alibis zu beiden Vorfällen von ihm verlangten, wühlte ihn hörbar auf und verunsicherte ihn zutiefst. Er war durchgehend zu Hause gewesen, wo er sowieso war, wenn Manuela weg war.

Diese Aussage irritierte die Polizisten zusätzlich und sie diskutierten eine Ewigkeit über seinen Terminkalender. Irgendwann hatte Max geäußert, dass er aufhören wollte. Der Beamte hatte gemeint, er könne ihn nicht zwingen.

Aber er werde ihn nochmals offiziell vorladen. Vermutlich sei es besser, wenn er bei dieser Befragung einen Rechtsanwalt dabeihabe.

Ana hatte sich die ganze Geschichte angehört und nur dazwischengefragt, wenn sie absolut nicht mehr verstand, was er ausdrücken wollte. »War das alles, oder gab es noch etwas, das dich gestört hat?«

Es blieb still in der Leitung, Max zögerte merklich.

»Ja. Die Polizistin hat betont, dass Frau Maier mich mehrmals angerufen hat in den letzten Tagen. Welche Verbindung ich zu ihr habe. Geschaut hat sie, wie wenn wir ein Verhältnis hatten. Dabei hat Frau Maier mich nur angerufen, um mir Fragen über Manuela zu stellen. Ihr habt doch zusammengearbeitet! Aber diese Begründung war für die Beamtin unlogisch. Sie war der Ansicht, da du und ich ohnehin täglich miteinander gesprochen haben, wären zusätzliche Telefonate unnötig gewesen.«

»Ich habe genauso wenig Erfahrung mit Befragungen durch die Polizei wie du, meine Unterredung war ebenfalls unangenehm. Deshalb solltest du dem Rat wegen eines Rechtsanwalts folgen. Das kann nicht die Welt kosten, wenn er dich berät und zum Verhör begleitet. Ich schicke dir sofort den Namen und die Adresse einer Anwaltskanzlei, die einen guten Ruf hat. Verweise auf Bert Ulram, er ist Klient«, riet ihm Ana.

»Wenn du wirklich meinst, dass ich einen Rechtsanwalt notwendig habe, beauftrage ich einen.«

»Ja, bitte, mach das. Ich habe ab sofort diese Woche frei, weil ich mich nicht ausreichend auf die Arbeit konzentrieren kann. Dadurch habe ich jetzt Zeit, nochmals ausgiebig über Manuelas Verschwinden nachzudenken und gemeinsam mit Ronald nach ihr zu suchen.«

»Nein! Ana, bitte. Ihr müsst die Suche stoppen!«

»Max, ich verstehe dich nicht. Zuerst sagst du mir, dass du ein Hauptverdächtiger bist, und im nächsten Augenblick lehnst du ab, dass wir nach deiner Frau suchen? Was soll das sein?«

»Bitte hört mit der Suche auf. Ich bin der Auffassung, dass ihr die Situation noch verschlimmert. Ich habe den Vertrag mit dem Privatdetektiv unterschrieben. Ich kündige, dann muss er Schluss machen.«

»Vergiss es. Wenn du kündigst, unterzeichne ich eine neue Vereinbarung mit Ronald. Ich begreife nicht, wieso du deine Meinung geändert hast. Ich bin entschlossener denn je, alles zu tun, um Manuela zu finden.«

»Nein!«

»Bevor du wieder auflegst: Wir reden ab sofort nicht mehr über die Recherchen, okay? Aber wir bleiben in Kontakt und wenn du etwas benötigst, melde dich.«

Seine Zustimmung klang alles andere als glücklich. Was war bloß in ihn gefahren? War das ebenfalls irgendeine englische Marotte? Sein Verhalten gab ihr Rätsel auf.

Gedankenverloren packte sie ihre Sachen zusammen und steckte Unterlagen ein. Womöglich benötigte Bert ihre Unterstützung für die Präsentation. Dann steckte sie noch die Kopie der Kontaktliste in Manuelas Notizbuch. Als sie auf den Gang trat, änderte sie kurzfristig ihr Ziel und kehrte zu Manuelas Büro zurück.

Ein weiteres Mal schob sie alle Türen und Laden auf und betrachtete den Inhalt. Was sollte der große Schlüsselanhänger mit dem Golfball ohne Schlüssel? Sie hatte den vorher nie bei Manuela gesehen. War das ein Andenken? Oder gehörte der Anhänger jemand anderem? Sie verstaute den Golfball, die Fotos und die übrigen Zettel aus der Sammellade in ihrer Tasche. Ein abschließender Blick und sie verließ das Zimmer endgültig.

Ana war bereits die untere Garagenrampe hinaufgefahren, als sie auf die Bremse sprang. Wenige Meter vor ihr eilte ein Mann in Portiersuniform mit schnellem Schritt über die schlecht beleuchtete Parkfläche. Was hatte der mitten im Gebäude verloren? Im Nu stellte sie das Auto auf einen freien Platz und schaltete das Licht ab. Vom Portier war keine Spur mehr zu entdecken.

Also stieg sie aus und marschierte los. Sie bog um die erste Ecke und hielt in diesem Teil der Garage Ausschau. Nur zwei geparkte Autos, kein Portier zu sehen. Sie rannte immer schneller und erreichte den nächsten Abschnitt. Abermals hielt sie Ausschau nach dem Mann, aber außer einer Handvoll Fahrzeuge war hier niemand. Wieder lief sie los.

Wie aus dem Nichts trat eine Gestalt in ihre Laufbahn. Sie schrie vor Schreck und Schmerz laut auf, als sie gegen sie prallte.

KAPITEL 31

»Was ist los?«, herrschte eine männliche Stimme Ana an und packte sie am Arm.

»Entschuldigung. Ich habe Sie übersehen«, quetschte sie heraus.

»Du rennst wie eine Irre durch die Gegend, wirst du verfolgt?«

Ana hatte mittlerweile ihr Gleichgewicht gefunden und zog ein Bein langsam zurück. Jetzt erst war sie in der Lage, den Mann vor sich genauer anzusehen. Es war der unfreundliche Portier, der Schulden hatte. Sein Name fiel ihr nicht ein. Stehend reichte sie ihm knapp bis an die Schulter, ihren Oberarm hielt er noch fest.

»Sie sind das! Sie sind auf einmal vor mir gestanden!«

Der Portier legte den Kopf schief. »Bist du mir nachgelaufen?«

»Ja, ich habe Sie von hinten gesehen und wollte Sie erwischen. Ich möchte wegen der Bohnenstangen nachfragen. Haben Sie sie gefunden?«

»Hast du uns die Kieberer auf den Hals gehetzt?«

»Nein, die untersuchen einen Mord. Ich suche die Bohnenstangen.«

»Kauf dir lieber neue.«

»Was machen Sie in der Garage?«

»Geht dich nichts an. Lass mich endlich in Ruhe! Ich will

mit den Bullen nichts zu tun haben. Verdammt noch mal!«

»Schon gut, ich habe ganz höflich gefragt.« Ana versuchte den Rückweg anzutreten, aber er hielt sie weiterhin fest. Das Fünf-Punkte-Tattoo tanzte beängstigend nahe vor ihrem Gesicht. Einen Augenblick lang fürchtete sie, dass der Kraftprotz sie angreifen würde, und suchte hektisch nach einem Ausweg.

»Hau ab und lass dich nie mehr anschauen!« Er gab ihr einen Stoß und sie taumelte nach hinten.

Sie nahm ihren ganzen Mut zusammen und machte einen Schritt nach vorne. Trotz seines bohrenden Blicks fragte sie: »Wissen Sie etwas über Frau Prince? Was ist mit Ihrem Kollegen?«

»Das gibt's doch nicht! Du zipfst mich echt an! Hau dich über die Häuser!« Blitzschnell riss der Mann die Hand nach oben und zeigte ihr die Faust.

Im Auto versuchte sie vergeblich, Ronald zu erreichen, und rief dann seine Frau an. »Hallo Marion, ich bin es. Ab sofort habe ich den Rest der Woche frei. Die Pat will mich nicht mehr sehen, aber sie hat mich nicht hinausgeschmissen.«

»Oha, Ana, das klingt unerfreulich. Aber sie wird sich bald beruhigen, schließlich kannst du für die ganze Misere nichts.«

»Hoffentlich hast du recht, es fühlt sich schlimm an.«

»Kopf hoch, das wird wieder.«

»Warum ich anrufe: Richte bitte Ronald aus, dass ich jetzt einkaufen fahre und dann zu Hause erreichbar bin. Ich freue mich, wenn er sich bald bei mir meldet. Noch besser wäre, wenn er zu mir kommt. Ich möchte alles nochmals durchdenken und ein weiteres Mal in den Prater. Da wäre er mir eine große Hilfe. Ich bin auf einmal ängstlich und habe keine Lust, allein zu gehen.«

»Also mit ängstlich hat das nichts zu tun. Ich nenne das vernünftig. Wobei … du und vernünftig? Passt ganz schlecht.« Sie kicherte. »Ich sage es Ronald. Er meldet sich bei dir. Bis später, meine Liebe.«

Auf ihrem Weg hielt Ana bei einem Supermarkt an. Ohne Interesse packte sie die unterschiedlichsten Lebensmittel in den Einkaufswagen. Quer durchs Sortiment, damit sie ausreichend im Kühlschrank hatte und in den kommenden Tagen nicht über Einkäufe nachzudenken brauchte. Danach fuhr sie heim. Kaum hatte sie ihre Haustür hinter sich verschlossen, klingelte die Türglocke.

Am Zaun stand die Besitzerin des Nachbarhauses. Sie hatte die jüngste Tochter bei sich. Ana grüßte sie herzlich. Sie schätzte das Ehepaar als nette Nachbarn. Jederzeit freundlich, wenn sie sich auf der Straße trafen. Manchmal plauderten sie über das Wetter, die Kinder oder üblichen Dorftratsch.

»Grüß dich, ich habe dein Cabrio kommen sehen. Können wir kurz sprechen?«, fragte die Nachbarin.

»Freilich, kommt doch bitte herein. Ich koche gerade Kaffee, hast du auch Lust auf einen?« Ein paar Minuten später saßen sie im Wohnzimmer mit einer Tasse Kaffee. Die Nachbarin hielt ihre kleine Tochter auf dem Schoß.

»Was kann ich für dich tun?«

»Mir ist das jetzt unangenehm, ich will nicht, dass du glaubst, dass ich spioniere. Aber ich habe am Vormittag einen Mann herumschleichen gesehen, der interessierte sich offensichtlich für dein Haus.«

Ana blickte sie überrascht an. Ihr fiel die Begebenheit von letzter Nacht ein. Die Nachbarin interpretierte ihr Schweigen falsch und erklärte rasch: »Ich habe heute meinen freien Tag. Weil die Kleine verkühlt ist, habe ich sie vom Kindergarten daheim gelassen.«

Das kleine Mädchen quietschte begeistert auf: »Kindergarten!«

»Genau. Wenn du brav bist, darfst du morgen wieder hin.« An Ana gewandt, fuhr die Nachbarin fort: »Unsere Tochter ist so von der Kindergruppe besessen, die würde am liebsten dort einziehen. Also weiter: Als wir nach dem Frühstück einkaufen gefahren sind, ist mir ein schwarzer Van entgegengekommen. Das ist selten in unserer Sackgasse und ich weiß doch, dass du untertags arbeitest.« Sie sah auf die Uhr, merkte, dass es erst früher Nachmittag war, und schaute irritiert. »Na, jedenfalls im Normalfall bist du tagsüber weg.«

»Als wir zurückgekommen sind, war der Van weg, aber ich habe am Ende unserer Gasse jemanden stehen gesehen. Ich musste als Erstes die Lebensmittel in die Küche tragen und habe die Gestalt vergessen. Als sie mir später wieder eingefallen ist, habe ich aus dem Fenster im ersten Stock Ausschau gehalten. Der ist über deine Terrasse geschlichen und hat sich umgesehen, ob ihn wer beachtet. Dann hat er alle Kellerfenster angedrückt. Für mich sah das aus, als würde er prüfen, ob sich eines öffnen lässt. Du beschäftigst derzeit keine Handwerker, oder?«

»Nein. Konntest du erkennen, wie der Mann aussieht?«, fragte Ana.

»So halbwegs. Er war jung, 25 bis 30 Jahre, dunkle Haare. Sie waren zum Teil durch eine Wollhaube verdeckt, aber sie haben hervorgeschaut, also muss er lange Haare haben. Und er war normal groß und schlank. Was machst du jetzt? Rufst du die Polizei?«

»Ich möchte noch darüber nachdenken, aber vermutlich ja.« Ana zögerte. »Vorher schau ich im Keller und im Garten, ob ich irgendetwas entdecke. Jedenfalls war er nur draußen, die Alarmanlage war scharf geschaltet.«

Die Nachbarin erhob sich und nahm ihr Kind in die Höhe. »Dann werden wir dich nicht länger aufhalten. Danke für den Espresso. Wenn du etwas brauchst oder die Polizei mit mir reden möchte, ich bleibe daheim.«

»Vielen Dank, dass du mir Bescheid gegeben hast, es geht nichts über aufmerksame Nachbarn.« Ana brachte die beiden hinaus.

Erschöpft setzte sie sich auf die Stiege. Was sollte sie jetzt machen? Da hatte jemand starkes Interesse an ihr oder an ihrem Haus. Zuerst nachts und nun auch untertags. Es war nichts passiert, aber eventuell war sie in Gefahr.

Rasch stieg sie in den Keller hinunter und kontrollierte die Fenster. Drinnen war alles in Ordnung, also trat sie auf die Terrasse hinaus. Sofort fühlte sie sich beobachtet. Bekam sie Verfolgungswahn oder war da jemand? Vielleicht beobachtete sie die Nachbarin, die wartete, was sie unternahm. Auch im Garten entdeckte sie nichts Ungewöhnliches.

Was machte es für einen Sinn, die Polizei zu rufen? Zusätzliche Aufmerksamkeit. Ob das höhere Sicherheit bedeutete, wusste sie nicht. Sie wollte bestimmt keinen Polizeischutz. Die Beamten glaubten ihr ohnehin kein Wort, vielleicht hielten die sie für hysterisch oder verrückt? Was für einen Nachteil hatte es, wenn sie nicht anrief? Dass sie sich in Zukunft womöglich Vorwürfe machen müsste?

Unentschlossen gab sie die Frage »Was unternehmen, wenn wer um das Haus schleicht?« in eine Internetsuchmaschine ein. Viele Treffer, viele Meinungen. Anscheinend war es häufig, dass herumschleichende Gestalten gesichtet wurden. Der allgemeine Tenor war: »Die Polizei informieren. Alle Fenster und Türen gut abschließen und wachsam sein. Wenn die Person ein weiteres Mal auftaucht, wieder die Polizei anrufen.«

Okay, dann würde sie das eben tun. Sie durchstöberte ihre Handtasche nach den Kärtchen, die sie in der letzten Zeit von den Kommissaren gesammelt hatte. Sollte sie sich den sympathischen Müller aussuchen, der für die Mordermittlung zuständig war, oder den unfreundlichen Meixner vom LKA? Oder einfach die Nummer der Korneuburger Wache?

Sie entschied sich für Herrn Müller. Sie hörte an seinem Ton, dass er überrascht war, von ihr angerufen zu werden. Er war freundlich und sprach ohne Eile mit Ana, die detailliert die Schilderungen ihrer Nachbarin wiederholte. Sie endete mit der Frage, ob sie etwas unternehmen solle.

Der Kommissar antwortete ihr, dass nichts zu tun sei, weil kein Einbruch erfolgt war. Er werde die Kollegen in

Korneuburg ersuchen, regelmäßig durch den Ort zu fahren und ihr Grundstück speziell zu kontrollieren. Er trug ihr auf, vorsichtig zu sein und ihn sofort zu kontaktieren, wenn ihr nochmals etwas auffiel. Sie brauche sich keine Sorgen machen. Es seien häufig zwielichtige Leute unterwegs, um Objekte für Einbrüche auszuspionieren. Das müsse nichts mit dem Verbrechen an Frau Maier zu tun haben.

Jetzt war sie nicht schlauer, aber hatte ein gutes Gewissen, weil sie die Begebenheit gemeldet hatte. Sie sah, dass ihr Ronald ein WhatsApp geschickt hatte. Er war auf dem Weg zu ihr.

Da erinnerte sie sich an Rudi Soldo. Um Zeit zu gewinnen, schrieb sie ihm: »Bin unterwegs, kann mich erst am Abend melden, lG.«

KAPITEL 32

Kaum hatte Ronald die Jacke in ihrem Vorzimmer abgelegt, erzählte sie ihm von der Gestalt in ihrem Garten. Sie wollte es rasch hinter sich bringen. Aber ihn regte der Vorfall wider Erwarten nicht auf. Im Gegenteil, er beruhigte sie auf ähnliche Weise wie der Kommissar. Er meinte, untertags beschütze er sie und ihr passiere am helllichten Tag sowieso nichts. In der Nacht solle sie sich einschließen.

Erleichtert schlug sie Ronald vor, den Praterbesuch vorzuziehen und danach alle Erkenntnisse nochmals gemeinsam auszusortieren. Sie sprach ihre Hoffnung aus, dass sie bereits im Besitz der Information waren, wo Manuela war oder was ihr passiert sein könnte. Sie vermutete, dass sie sich zu wenig Zeit genommen hatten, alle Daten zu analysieren und die richtigen Schlüsse zu ziehen.

Ronald war einverstanden, also fuhren sie gleich los. Beim Prater angekommen, parkten sie sein Auto im gleichen Parkhaus wie am Vortag.

Ana äußerte ihren Wunsch: »Ich möchte gern so tun, als ob ich Anni wäre. Es waren ihre letzten Stunden. Ich versuche, mir vorzustellen, was sie im Prater gemacht und gesehen und gehört hat.«

»Einverstanden, wo legen wir los?«

»Sie ist wahrscheinlich mit der U-Bahn angereist, also ist sie vom Praterstern losgegangen. Ich nehme an, dass sie sich nicht gut in der Gegend auskannte. Deshalb hat sie das Giocare in ihr Handy eingegeben und sich von der Navigationsapp hinleiten lassen.«

Ana tippte die Adresse in ihre App ein und zeigte ihm das Ergebnis. Es waren drei Routen ausgewiesen, die kürzeste zehn Minuten zu Fuß zum Lokal. Sie entschieden, am Riesenradplatz zu beginnen. Auf dem Platz lag links von ihnen ein bekanntes Speiselokal, daneben waren Imbissbuden verstreut, Gerüche von heißem Öl und orientalischen Gewürzen drangen in ihre Nase. Rechts überragte das Riesenrad die Gebäude.

Weil es ein Wochentag war, hielt sich die Zahl der Praterbesucher in Grenzen. Dennoch überholte sie ein weißer Miniaturzug, der vier offene Anhänger zog. Kleinkinder in Begleitung von Erwachsenen kreischten und jubelten ihnen zu.

Langsam ging sie die ›Straße zum ersten Mai‹ entlang. Überall beobachtete sie buntes Treiben, die Szenerie wirkte ausgelassen und ungefährlich. Hatte Anni das Gleiche gesehen?

Eine Bude reihte sich an die nächste, nur wenige waren bereits für die Winterpause geschlossen. Sie marschierten an einer Geisterbahn vorbei. Ein Angestellter langweilte sich ohne Kunden und betrachtete Ana neugierig. Als er ihren Begleiter entdeckte, schwand das Interesse und er drehte sich weg.

Sie kreuzten eine enge Passage, die verlassen und düster dalag. Ana schauderte, als sie rasch den Durchgang durchquerten.

An der nächsten Ecke waren sie im munteren Treiben zurück und Ana erblickte den ›Wiener Freifallturm‹. Der war beim Stromausfall im Vormonat in die Schlagzeilen geraten, weil die Insassen über eine Stunde auf ihre Befreiung hatten warten müssen. Mit dem Rücken zum Mittelteil saßen ein Dutzend Personen, hauptsächlich Jugendliche, angegurtet auf Plastiksitzen. Langsam kreiste das Gestell um den Turm und die Leute baumelten mit den Beinen, winkten und riefen. Plötzlich wurden sie angehalten und blitzartig hinaufgezogen.

»Der ist 85 Meter hoch«, kommentierte Ronald.

Oben angekommen, drehte sich das Gestell wieder. Das musste ein super Ausblick sein. Abrupt sauste das Teil nach unten und die Passagiere brüllten auf. Knapp über der Erde bremste es mit einem Ruck und schwebte langsam zu Boden. Die automatische Gurtsicherung hob sich und die Meute kletterte johlend heraus.

»Na, Lust auf eine Fahrt?«, Ronald grinste sie breit an.

»Eher nein. Ich habe mich gerade gefragt, wie viel Adrenalin jemand braucht, der sich das antut und dafür bezahlt.« Ana schüttelte sich.

»Also ich fahre gerne damit. Ich sehe schon, da muss ich mir eine andere Begleitung anlachen.«

»Untersteh dich, ich verpetze dich bei Marion.«

Weiter trotteten sie an der Grottenbahn vorbei. Sie landeten in der Straße mit dem Giocare und sprachen sich ab. Ronald plante, die Spielhalle und die Bar zu besuchen, Ana wollte sich außen umschauen. Sie nahm ihr Telefon in die Hand und holte sich seine Nummer auf das Display. »Sicher ist sicher. Wenn etwas vorfällt, läutet dein Handy.«

Ronald bewegte sich zielgerichtet zum Zugang des Spiellokals und verschwand drinnen. Ana tat, als ob sie auf ihrem Handy spielte, und schlenderte ganz langsam voran.

Als Erstes kam sie zum Eingang der Bar. Das Tor stand auch heute offen. Sie hörte klopfenden Bass und männliche Stimmen. Eine Handvoll Burschen saß um einen Tisch herum, einer lungerte an einem Stehtisch. Ein anderer sagte etwas zu den Männern, woraufhin diese laut grölten. Der Typ lachte zufrieden und trat heraus. Er beachtete Ana nicht und ging bei der Spielhalle wieder hinein.

Sie bummelte bemüht unauffällig weiter. In der Halle sah sie vereinzelte Besucher an Maschinen stehen. In einer Nische mit Überblick über den Raum hantierte Ronald an einem Flipper.

Sie spazierte bis zur Kreuzung und bog nach links in eine Gasse ein, in der es keine Buden gab. Das war nur ein Zufahrtsweg zu den Hintereingängen der Bauten. Sie bewegte sich hier völlig unbemerkt.

Schon erreichte sie den Hintereingang des Giocare. Sie sah einen Zaun mit einer alten Eisentür und einen Weg mit aufgebrochenem Asphalt in einem verwilderten Garten. Der Pfad führte zu einer grünen, abgeblätterten Holztür.

War Anni am Samstag an derselben Stelle gestanden? Hatte sie sich getraut und war in das Haus hineingegangen?

Ana schaute sich um, sie sah niemanden. Vorsichtig drückte sie die Schnalle am Zauntor hinunter. Das Eisen war kalt und das Tor schwang sofort auf. Ihr schlug das Herz bis zum Hals.

Vielleicht war das Haus nicht abgesperrt und sie schaffte es hinein? Sie hatte keine Ahnung, was sie erwartete. Aber sie wollte es unbedingt wissen.

Mit wenigen Schritten war sie an der grünen Tür. Ihre Finger zitterten, als sie die Türschnalle anfasste. Sie merkte, dass sie die Luft anhielt, und atmete bewusst tief durch. Im Zeitlupentempo drückte sie den Griff hinunter und zog an. Das Holz knarrte ohrenbetäubend, als die Tür aufsprang.

Vor ihr lag ein unbeleuchteter Gang, der braun verfliest war. An beiden Wänden standen Kistenstapel. Am Ende des Ganges erkannte sie eine dunkle Stahltür, die geschlossen war. Rechts von ihr führten Stiegen nach unten. Ana horchte. Unangenehmer Geruch nach nassen Wänden und abgestandener Luft drang in ihre Nase. Die Stufen endeten im Dunkel, sie konnte nichts wahrnehmen. Da sprang mit einem Ruck die Stahltür vor ihr quietschend auf.

KAPITEL 33

Ana hielt noch die Türschnalle von der Eingangstür fest. Mit einem Satz war sie aus dem Giocare und schmiss die Tür mit einem Knall zu. Sie konnte sich nicht dazu bringen, dem Haus den Rücken zuzukehren, und tapste rückwärts los. In dem Moment, als sie mit der Schulter an den Zaun stieß, wurde die Haustür aufgerissen und ein Mann sprang heraus.

»Was zum Teufel machst du da?«, brüllte er sie an. Er war groß, hatte dunkle Augen und war unrasiert. Unter einer grauen Wollmütze schauten lange schwarze Haare hervor. Sie starrte ihn wie hypnotisiert an und bewegte sich keinen Millimeter. Der Kerl hob den Arm, auf der geballten Faust blitzte ein goldener Siegelring auf.

Der Anblick des Siegelrings beendete Anas Erstarrung. »Äh. Entschuldigung, bitte. Ich dachte, ich kann von hinten in die Halle gehen. Ich wollte nicht stören und bin schon weg.« Sie drehte sich um, schnappte die Gartentür und riss sie auf. Sie stürmte los.

»Scheiße! Bist deppert? Bleib stehen! Ich werd's dir zeigen!«

Sie hastete um die Ecke und vom Lokal weg. Panisch drückte sie auf ›Wählen‹ am Handy und rannte und rannte. Atemlos erreichte sie eine breitere Straße und bog nochmals ein.

»Ana, was ist?«, hörte sie aus dem Telefon.

»Der hat mich erwischt, ich flüchte!«

»Shit, wo genau bist du?«

»Ich vermute, ich laufe Richtung Ausstellungsstraße«, schnaufte sie. »Warte, da kommt ein Schild.« Sie versuchte ihre Atmung unter Kontrolle zu bringen. »Zufahrtsstraße heißt das.«

»Ist der Typ hinter dir her?«

»Keine Ahnung, ich düse, so schnell ich kann, und dreh mich sicher nicht um.« Kurz darauf meldete sie: »Rechts von mir ist jetzt ein großes Sportwetten-Café.« Wieder schnappte sie tief Luft: »Aber da sind keine Leute, ich bin völlig allein.«

»Keine Panik, ganz ruhig bleiben. Du läufst auf direktem Weg zur Ausstellungsstraße, die Richtung passt. Schau auf den Boden, wo du hintrittst, damit du nicht stürzt. Du landest an der Stelle, wo wir mit dem Auto in die Garage gefahren sind. Bleib draußen! Hörst du, auf keinen Fall in das Parkhaus laufen! Halt dich rechts und stopp erst an der Kreuzung, gut sichtbar. Da tut dir um diese Uhrzeit niemand was. Ich bin in fünf Minuten bei dir.«

Als Ana die Ampel erreichte, spürte sie das rasende Seitenstechen. Keuchend blickte sie zurück. Jetzt wollte sie wissen, ob der Kerl sie noch verfolgte.

Sie war allein, niemand kümmerte sich um sie. Erschöpft lehnte sie sich an ein Verkehrsschild. Der Puls pochte in den Schläfen und sie schnappte nach Atem.

Da entdeckte sie schon von Weitem Ronald. Heftig winkte er ihr und sie freute sich maßlos, ihn zu sehen. Fest drückte sie ihn an sich.

»Dich kann ich keinen Augenblick allein lassen. Was ist denn passiert?«, fragte er.

»Ich bin von hinten in das Gebäude hineingegangen und da hat mich der Typ mit dem schwarzen Pferdeschwanz überrascht. Der hat mich beschimpft und wollte mir den Hals umdrehen. Aber offenbar laufe ich besser als er.« Allmählich kam ihr Humor zurück.

»Das war der Boss, so ein richtiger Prater-Strizzi. Der kontrolliert regelmäßig die Spielhalle, ansonsten ist er bei seinen Spezis in der Bar. Das war Pech, dass er nach hinten gegangen ist. Hast du in dem Haus etwas Interessantes entdeckt?«

Ana dachte kurz nach. »Nein, er ist zu rasch aufgetaucht. Da war ein Gang mit Kisten und es gibt ein Untergeschoß, da führt eine Stiege hinunter. Mehr konnte ich nicht erkennen, denn dann ist er schon dahergekommen.«

»Das hilft uns nicht weiter.«

»Meinst du, wir können zurückgehen und uns den Keller gemeinsam anschauen? Wenn sie dort unten etwas verstecken, ist Anni vielleicht darübergestolpert und wurde dabei geschnappt.«

Ronald sagte: »Ich denke, das reicht fürs Erste. Wir fahren jetzt zu dir.«

»Warte!«

»Was ist?«

»Der Boss, das könnte der heimliche Besucher sein, den die Nachbarin auf meiner Terrasse beobachtet hat!«

»Woher soll der wissen, wo du wohnst?«

»Da hast du auch wieder recht. Im Prater bin ich sonst

nie. Kann ihm Anni meine Adresse verraten haben?«

»Und warum soll sie das gemacht haben? Mit dir geht die Fantasie durch! Lass uns zu dir fahren.«

»Ich wollte doch nochmals zur Remise von der Liliputbahn.«

»Ana, bitte. Du musst diese Typen nicht herausfordern. Der kennt nun dein Gesicht. Ob er mitgekriegt hat, dass wir zusammengehören, weiß ich nicht. Ich schau am Abend noch einmal bei der Remise vorbei. Aber dich bringe ich erst mal nach Hause.«

Um sie abzulenken, erzählte Ronald während der Fahrt, was er an diesem Tag alles herausgefunden hatte. Er besaß Informationen von den polizeilichen Ermittlungen, rückte aber nicht heraus, wie er sich diese beschafft hatte.

Es waren bereits zahlreiche Hinweise aus der Bevölkerung eingetroffen. Anscheinend war Anni bei Tageslicht allein durch den Prater spaziert, ohne Begleitung. Bisher gab es keinen Zeugen, der sie in der Nähe des Giocare beobachtet hatte.

Die Behörde hatte unterdessen endlich die Abgängigkeitsanzeige von Manuela auf dem Radar. Es gab nach wie vor keine Kontobewegungen. Sollte ihr Verschwinden tatsächlich gegen ihren Willen erfolgt sein, könnten die beiden Fälle zusammenhängen. Diese Theorie wurde zurzeit geprüft. Und wenn sie zusammenhingen, hielt die Polizei den Ehemann für den Hauptverdächtigen. Max war derzeit der Mittelpunkt der Recherchen.

Die Beamten hatten einige Praterlokale durchsucht, darunter das Giocare. Sie hatten im Keller Rückstände von

Drogen gefunden, aber bloß eine winzige Menge. Der Besitzer hatte behauptet, dass das nur Reste von Eigenverbrauch waren. Er nehme hin und wieder eine Prise oder eine Tablette. Drogenhandel in seinem Betrieb hatte er kategorisch ausgeschlossen und bei der Spurensuche waren keine gegenteiligen Hinweise aufgetaucht. Harald hatte ein bombensicheres Alibi, auch von den übrigen Arbeitskollegen erschien keiner der Polizei verdächtig.

Ana stöhnte auf. Die Geschichte entwickelte sich immer unerfreulicher. Max war im Visier der Ermittler und bei Harald hatte sie sich blamiert und ihn sich auf ewig zum Feind gemacht.

»Ob die Polizei den Brauner noch näher durchleuchtet, habe ich bisher nicht herausgefunden.« Als er ihren fragenden Blick spürte, spottete er. »Du und dein Namensgedächtnis, das ist der unfreundliche Portier.«

»Den habe ich niedergerannt. Ist aber nicht wichtig.«

»Verstehe ich nicht. Jedenfalls hat er mit der Nachtschicht ein Alibi, aber ob das lückenlos ist, möchte ich überprüfen. Denn ich habe herausgekriegt, dass seine Schulden so enorm sind, dass er seit Monaten gehaltsgepfändet ist.«

Daheim richtete Ana rasch Brote her und kochte ihnen Tee. Mehr Zeit wollte sie nicht vergeuden. Sie hängte ein Flipchart an die Wohnzimmertür und begann zu schreiben, wobei sie laut mitsprach.

»Also, was haben wir? Variante eins ist, dass Manuela ermordet und samt Auto versteckt wurde. Falls sie tot ist, ist alles zu spät und deshalb überlassen wir diese Möglichkeit der Polizei.«

»Sehe ich genauso.«

»Nummer zwei ist, Manuela wurde gekidnappt. Wer hat sie entführt und warum meldet sich derjenige nicht mit Forderungen?«

»Schreib dazu ›Forderungen?‹ Eventuell gibt es ja welche, aber Max verheimlicht sie uns. Was könnte sein Beweggrund sein?«, fragte Ronald.

»Gute Frage. Wir haben noch eine dritte Möglichkeit, nämlich dass sich Manuela versteckt hält. Aus welchem Grund macht sie das und wo ist sie?«

Er nickte bestätigend und fasste zusammen. »Für uns stehen also Kidnapping und Verbergen im Zentrum der Untersuchung.«

»Okay«, sagte Ana, »und jetzt noch unsere Verdächtigen: erstens der Giocare-Boss mit dem Pferdeschwanz. Zweitens der unfreundliche Portier.«

»Das wünschst du dir. Meine Reihung ist Max vor Brauner und dem Boss.«

Sie hatte keine Lust, die Reihenfolge zu diskutieren, und änderte sie wie von ihm gewünscht. Gemeinsam überlegten sie die nächsten Schritte und teilten sich die Aktivitäten auf.

Ronald übernahm das Thema Entführung. Er wollte das Alibi des Portiers näher unter die Lupe nehmen und sich eingehend mit Max beschäftigen. Dem Boss vom Giocare würde er morgen Kommissar Müller auf den Hals hetzen, indem er ihm den Hinweis gab, dass er vielleicht der Kerl war, den die Nachbarin auf Anas Grundstück entdeckt hatte. Wie versprochen würde er nochmals in den Prater fahren und sich bei der Liliputbahn umsehen.

»Klingt, als ob du mir keine Arbeit übrig lässt«, beanstandete Ana.

»Falsch. Nur die Außeneinsätze mach ich bis auf Weiteres ohne dich. Du nimm dir die Variante ›Manuela hält sich selbst versteckt‹ ernsthaft vor. Weil unter dieser Annahme müssen wir sie doch finden können. Sie kann nicht so viel schlauer sein als wir beide zusammen. Vor wem verkriecht sie sich? Vor ihrem Mann oder vor jemand anderem? Versuch, dich in ihre Lage zu versetzen, du kennst sie gut. Wo könnte sie untergetaucht sein?«

Ana stimmte zu. »Ja, das ergibt Sinn. Ich arbeite nochmals alle Notizen in ihrem Buch durch, irgendwann finde ich den entscheidenden Hinweis. Ein paar Punkte habe ich mir schon notiert. Da gibt es Einträge, die sinnlos klingen. Aber Manuela macht keinen Unsinn, also überprüfe ich sie nochmals. Und ich möchte den riesigen Schlüsselanhänger ohne Schlüssel verstehen.«

Gegen 21:30 Uhr verabschiedete sich Ronald und sie verabredeten sich für den nächsten Nachmittag.

Sie hörte die Autotür zuschlagen und seinen Wagen wegfahren. Endlich allein, jetzt wollte sie sich entspannen. Sie begann die Unterlagen zusammenzupacken. Da läutete die Türklingel.

Weil sie annahm, dass Ronald etwas bei ihr vergessen hatte, zog Ana, ohne zu schauen, die Haustür auf.

KAPITEL 34

Ana erstarrte in der Bewegung und klammerte sich an die Türschnalle. Vor ihr stand Rudi. Er hielt einen großen Strauß roter Rosen in der Hand und grinste verlegen.

Sie war hin- und hergerissen. Für gewöhnlich liebte sie solche Überraschungen nicht, noch dazu so spät am Abend. Andererseits sah Rudi so süß aus.

»Das ist aber eine Überraschung! Komm herein.« Ana hielt ihm die Tür auf.

»Bitte nicht böse sein, dass ich dich überfalle. Du bist ständig schwer beschäftigt und ich wollte schauen, ob es dir auch wirklich gut geht. Ich meine, den Umständen entsprechend gut.« Er betrat den Vorraum und zog seine Jacke aus.

»Als ich hergekommen bin, habe ich gesehen, dass du Besuch hast. Da wollte ich nicht stören.«

Überrascht musterte sie ihn. »Du hast draußen gewartet, bis Ronald gegangen ist?« Voller Verwunderung fragte sie nach. »Warum?«

»Ich kam mir aufdringlich vor. Ein bisschen Luft zu schnappen schadet mir nicht und es war das Warten wert.« Wieder grinste er sie an und überreichte ihr den Rosenstrauß.

Ob ihm bewusst war, wie unwiderstehlich sein Lächeln war? Ana ging ihm voraus zur Couch und bot ihm Wein an. Neugierig fragte sie ihn: »Woher weißt du denn, wo ich wohne?«

Er lachte und schaute sie treuherzig an. »Also in Zeiten des Internets war das keine besondere Leistung. Auf dich!« Er hob sein Glas und sie stießen sachte an.

Ana überlegte, ob sie wirklich so einfach zu finden war. Der Gedanke beunruhigte sie. Sie war doch mit ihren Daten vorsichtig, speziell in den sozialen Medien. Aber sie ersparte sich den Kommentar und nahm sich vor, sich demnächst selbst im Internet zu suchen.

Rudi entging ihre Verunsicherung, er war zu beschäftigt damit, von seinen Aktivitäten am Vortag zu erzählen. Er hatte mit einem Freund Stellagen in seinem Kellerabteil aufgebaut. Danach hatte er stundenlang Gegenstände aus den Wohnräumen in den Keller geschleppt.

»Ist zwar eine langweilige Tätigkeit, aber nachher war ich hochgradig zufrieden mit mir. Und in der Wohnung ist jetzt viel mehr Platz«, freute er sich.

Anschließend gab er ein paar Episoden aus seinem Bankleben zum Besten. Voller Stolz erzählte er ihr, dass seine Arbeitsgruppe die Quartalsziele übererfüllt hatte und Chancen hatte, Team des Jahres zu werden.

Rudi war ein einfühlsamer Unterhalter und Ana fühlte sich behaglich. Sein Besuch war eine angenehme Abwechslung. Einige Male lachte sie sogar herzhaft.

Schließlich schilderte sie ihm ihren Arbeitstag. Wie sehr es sie getroffen hatte, die Kerze und das Bild von Anni zu sehen und in der Besprechung dann den leeren Platz. Ausführlich berichtete sie von der aufrichtigen Trauer ihrer

Mannschaft. Später auch von der Unterhaltung mit ihrer CEO und davon, dass sie ab sofort auf nicht ganz freiwilligem Urlaub war.

»Die Frau klingt nach Eisberg«, meinte er. »Mir ist klar, dass ihr alle angeschlagen seid, wenn eine junge Kollegin vollkommen unerwartet ums Leben kommt. Die CEO hätte lieber mit euch mittrauern sollen, statt dir Vorwürfe zu machen.«

»Es ist halt ihre Pflicht, die Interessen der Firma zu wahren. Da zählt leider das Individuum weniger.« Ana schnitt verwundert eine Grimasse. »Habe ich sie soeben in Schutz genommen? Untertags wollte ich ihr noch den Kopf abreißen, so erbost war ich.«

»Wie wir alle bist du darauf getrimmt, deine Firma positiv zu sehen und gut über sie zu sprechen.«

Eine Weile unterhielten sie sich über das Verhalten, das für Angestellte von großen Firmen typisch war, bis Rudi wissen wollte, wie sie den Nachmittag und Abend verbracht hatte.

Sie ging über das Thema schnell hinweg und erwähnte, dass sie Recherchen erledigt hatte. Sie verriet ihm aber nicht, wo sie gewesen war.

»Und der männliche Besucher vorhin, spielt der eine wichtige Rolle in deinem Leben?« Er blickte sie aus seinen dunklen Augen intensiv an.

Sie schmunzelte ihn an. »Ja, total, der hat eine absolut wichtige Rolle in meinem Leben. Das ist ein langjähriger guter Freund von mir und außerdem ist er der Lebensgefährte meiner besten Freundin. Wenn das deine Frage beantwortet.«

»Das tut es, und es klingt gut. Nein, gut ist zu wenig, es klingt verheißungsvoll«. Rudi zwinkerte sie an.

Ana war sich auf einmal bewusst, dass sie bloß einen winzigen Schritt machen musste. Aber sie war noch nicht so weit. Deshalb begann sie ihm davon zu berichten, dass die Nachbarin jemanden ums Haus hatte schleichen sehen.

»Fürchtest du dich denn nicht?«, fragte er und runzelte sorgenvoll die Stirn.

»Freilich ist mir das unangenehm und macht mir Angst, aber was soll ich denn tun? Es ist ja nichts passiert.«

»Hast du eine Idee, wer dich belästigt?«

»Keine Spur. Hoffentlich wollte der nur Einbruchsmöglichkeiten auskundschaften und hat nichts Reizvolles gefunden, dann wird er mich nicht nochmals behelligen.«

»Ich könnte bei dir schlafen. Oder ich nehme dich mit zu mir, da kann dir genauso wenig passieren.«

»Da wäre ich mir aber nicht so sicher«, sagte Ana und zwinkerte ihn an.

»Zumindest nichts, was du nicht auch willst«, kam prompt retour.

Sie zögerte. Das war verlockend, aber es ging ihr zu rasch. Sie beschloss, das offen auszusprechen.

»Das geht mir zu schnell. Belassen wir es heute bei diesem sehr netten Besuch.« Ana räusperte sich und betrachtete ihre Uhr.

»Ja, ich geh schon. Es ist wirklich bereits spät. Die Zeit mit dir ist extrem rasch verflogen. Du musst mir schwören, dass du sofort anrufst, falls jemand herumschleicht oder dich belästigt. Versprichst du das?«

Ana war froh, so komplikationsfrei aus der Situation zu kommen, und sagte zu. Als sie die Haustür hinter Rudi abschloss, war sie sich unsicher, ob ihre Entscheidung richtig gewesen war.

Was war mit ihr los, dass sie neuerdings so wankelmütig war? Im Allgemeinen hielt sie sich für überlegt und entscheidungsstark. Davon merkte sie aber im Moment absolut nichts.

Ein Blick auf das Handy zeigte ihr zwei Sprachnachrichten und eine WhatsApp-Nachricht von Ronald an. »Alles ruhig und verlassen bei der Remise, da läuft nachts niemand herum. Aber sie vermieten das Dach als Eventlocation. Morgen checke ich, ob am Samstag ein Event war. Jetzt besuche ich das Giocare. Träum schön.«

Hoffentlich passierte ihm nichts bei Nacht allein im Prater. In Gedanken vertieft rief sie die erste Sprachnachricht ab.

»Grüß dich Ana, hier ist Gerald. Ich möchte dich in einer delikaten Angelegenheit sprechen, bitte ruf mich zurück.«

Alarmiert ließ sie ihr Telefon sinken. Gerald war der Personalchef der Firma. Sie arbeiteten intensiv zusammen und verstanden sich gut. Mit ihm konnte Ana sensible Personalthemen offen besprechen. Aber über welches Thema wollte er so dringend mit ihr reden und wieso nannte er es delikat? Dachte womöglich Pat über ihre Kündigung nach? Sie würde ihre Neugierde erst am nächsten Tag befriedigen können.

Unkonzentriert tippte sie auf die zweite Sprachmeldung.

»Guten Abend Frau Rubin. Hier spricht Chefinspektor Heinz Müller. Ich habe gute Nachrichten für Sie. Sie können mich jederzeit erreichen, bei uns wird der Arbeitstag heute lange dauern.«

»Haben Sie Manuela gefunden?«

»Ihnen ebenfalls einen schönen Abend, Frau Rubin. Zu Frau Prince habe ich leider keine Neuigkeiten, aber zu Frau Maier. Wir haben ihren mutmaßlichen Mörder am frühen Abend festgenommen. Das Verbrechen ist aufgeklärt. Ich wollte Sie das umgehend wissen lassen, damit Sie diese Nacht ruhig schlafen.«

»Sie haben den Mörder von Anni? Wer ist es?«

»Ein Obdachloser, der sich häufig in der Nähe der Liliputbahn herumtreibt. Wir haben einen Hinweis bekommen, dass er mit einer weiblichen Person diskutiert hat, und haben ihn ausgeforscht. Er war noch im Besitz persönlicher Dinge von Frau Maier.«

Ana ließ die Mitteilung auf sich einwirken. Erleichterung durchströmte sie. Immerhin ein schlimmes Kapitel konnte sie abschließen.

»Dann war der Mord an Anni ein schrecklicher Zufall? Sind Sie ganz sicher, dass es der Obdachlose war?«

»Wir müssen noch die letzten Ergebnisse der Überprüfung abwarten, aber es sieht danach aus. Frau Maier ist auf ihrer Suche an ihn geraten und die Situation ist eskaliert. Vermutlich hat sie sich geweigert, ihm ihr Geld auszuhändigen und wurde laut.«

»Hat er schon einmal jemanden umgebracht?«

»Der Mann ist vorbestraft und Alkoholiker.«

»Hat er … den Mord gestanden?«

»Er behauptet, er kann sich an nichts erinnern. Aber das

Verhör dauert noch an und die Beweislage ist eindeutig. Natürlich ist die Aufklärung nur ein kleiner Trost, aber Sie haben wenigstens Gewissheit. Und Sie brauchen keine Angst mehr haben, dass der Mörder auch hinter Ihnen her ist.«

»Gut zu wissen, ich glaube, ich habe schon einen leichten Verfolgungswahn entwickelt.«

»Ich möchte Sie eindringlich ersuchen, dieses Gespräch einstweilen für sich zu behalten. Wirklich noch niemandem davon erzählen! Sobald die Untersuchungen offiziell abgeschlossen sind, informieren wir die Presse. Ist nur mehr eine Frage von Stunden.«

»Versprochen, von mir erfährt es niemand. Vielen Dank für die Benachrichtigung.«

Als sie aufgelegt hatte, war ihr nach Lachen und Weinen gleichzeitig zumute. Die Mitteilung brachte keinen Trost, aber spürbare Erleichterung. Gedankenverloren zog sie sich ins Schlafzimmer zurück. Sie hoffte, endlich eine ungestörte Nachtruhe zu finden.

Auf ihrem Nachtkästchen lagen noch der Alarmknopf, eine Handsirene für höllischen Lärm, ihr Handy und ein Pfefferspray. Wenigstens konnte sie morgen dieses Zeug endgültig wegräumen.

KAPITEL 35

Die Mitteilung über die Verhaftung von Annis Mörder wirkte nicht schlafferdernd. Ana wälzte sich in ihrem Bett herum. Sie nickte kurz ein, schreckte immer wieder in die Höhe. So ging das auf die Dauer nicht weiter. Demnächst brauchte sie ordentlichen Schlaf. Schönheitsschlaf in ihrem Alter war unverzichtbar, hatte Marion gesagt.

Dazwischen träumte sie vom Prater. Massige Perchten liefen zwischen den Spielhallen herum. Sie bildeten eine Kette und kreisten Ana kreischend ein. Aber das waren gar keine Perchten, das waren Figuren aus der Geisterbahn!

Ein Monster in einem schwarzen Overall und mit zotteligen Haaren sprang auf sie zu und stierte sie an. Seiner Fratze fehlten die Augen, da waren nur dunkle Augenhöhlen. Nein, rote Löcher, die glühten. Das Untier hob die Pranke und streckte ihr einen riesigen Siegelring am Mittelfinger entgegen, ein blutiges Messer blitzte auf. Die funkelnde Klinge tanzte näher.

Wieder fuhr Ana in die Höhe. Sie spürte ihr Herz klopfen. Als sie sich auf die andere Seite drehte, erstarrte sie. Irgendetwas war da.

Sie lag regungslos auf der Matratze, die Augen aufgerissen, die Lippen zusammengepresst und horchte mit aller Kraft in die Stille hinein. Nichts. Geräuschlos stieg sie aus dem Bett und schlich zum Fenster. Der automatische

Bewegungsmelder hatte das Licht eingeschaltet. Jemand war bei ihrem Haus.

Das konnte genauso Nachbars Katze sein, sie durfte sich nicht hineinsteigern. Zu sehen war niemand, kein Mensch, kein Tier.

War wer in den Carport eingebrochen? Das machte keinen Sinn. Und dass ausgerechnet heute jemand ihr Auto stehlen wollte, wäre ein komischer Zufall.

Sie schlich zurück zum Bett. Sie hatte ihre Jeans, Socken und Sweater auf den Vorleger gelegt und zog sie jetzt schnell an. Vom Nachtkästchen griff sie sich den Pfefferspray und legte ihn in der linken Hand zurecht. In die rechte nahm sie den Paniktaster. Dann tappte sie in Socken in den Vorraum.

Vorsichtig hob sie den Kopf und schaute aus dem Dachflächenfenster. Dieses war in den Garten nach hinten ausgerichtet. Sie glaubte, den Schein einer Taschenlampe zu erkennen, am Ende des Grundstücks in der Nähe der Gartenhütte.

Da würde doch keiner ihr Fahrrad aus der Hütte klauen? Das war genauso unwahrscheinlich wie ein Diebstahl ihres Cabrios ausgerechnet heute. Ana zog eine Grimasse und schüttelte im Finsteren den Kopf über ihre merkwürdigen Ideen.

Befand sie sich noch in einem Traum? Mit festem Griff zwickte sie sich in den Oberschenkel. Das tat ordentlich weh. Sie schlief nicht, sie war hellwach.

Sie huschte auf Zehenspitzen zum nächsten Fenster. Dort lag alles in Finsternis. Das Straßenlicht war nach wie vor ausgefallen, sie hatte gestern vergessen, es der Gemeinde zu melden, sodass die notwendige Reparatur beauftragt werden konnte.

Schrittweise tastete sie sich zurück zur Stiege. Jetzt war die Nacht nicht mehr total finster, sie erkannte schemenhafte Umrisse. Ohne Geräusche kletterte sie behutsam die Stufen hinunter. Im Erdgeschoß mied sie die Fenster und die Terrassentür. Wenn jemand auf der Veranda stand, könnte er sie womöglich erspähen. Also schlich sie die Treppe nach unten in den Keller.

Ihr fiel ihre Werkzeuglade ein. Beim Tisch angelangt, schob sie den Paniktaster in ihre Jeans, fasste sachte in die Schublade und zog ein Stanleymesser heraus. Mit diesem zerschnitt sie üblicherweise Kartonagen. Der kühle Messergriff vermittelte ihr Sicherheit, sie drückte die Klinge ein Stück hinaus. Mit neuem Mut tappte sie zu den Kellerfenstern.

Welches von den dreien sollte sie aussuchen? Sie entschied sich für das am weitesten hinten gelegene. Dorthin gab es keinen Einblick von der Straße, vielleicht würde der Unbekannte es deshalb wählen. Zentimeterweise drückte sie die Fensterschnalle geräuschlos um. Jetzt war das Fenster offen. Wenn der Kerl dagegenstieß, würde es aufspringen und dann war der Überraschungseffekt auf ihrer Seite.

Obwohl sie ständig auf einen Einbrecher wartete, zuckte sie zusammen, als sie vor den Fenstern ein Knirschen hörte. Diesen Laut kannte sie. Es ging jemand auf den großen Schottersteinen!

Sie kauerte sich seitlich unter dem Kellerfenster nieder und zwang sich, regelmäßig zu atmen. Sollte sie mit dem

Panikknopf Alarm schlagen? Es würde Lärm ausbrechen, die Lichtorgel würde spielen und in fünfzehn Minuten wäre die Polizei von Korneuburg spätestens hier.

Da hörte sie ein Pochen am mittleren Kellerfenster. Also hatte sie die falsche Öffnung ausgesucht, der Typ würde neben einem unverschlossenen Fenster gewaltsam eindringen. Auf dem Boden kroch sie näher ans mittlere Fenster heran. Auf einmal quietschte es, das Geräusch erinnerte sie an den Zahnarzt. Bohrte jemand ins Glas? Das schleifende Quietschen ging durch Mark und Bein und sie spürte, wie sich ihre Körperhaare aufstellten.

Angestrengt starrte sie zu dem Fenster über ihr. Was kreiste auf der Glasscheibe? Das war ein Glasschneider, der Verbrecher schnitt ein kreisförmiges Loch in ihre Fensterscheibe!

Plötzlich hörte sie ein Klicken und sie glaubte, den Durchbruch in der Scheibe zu fühlen. Sollte er doch hereingreifen, sie würde ihn beißen. Mit ihrer ganzen Kraft! Kalte Luft fiel auf sie herunter.

Schlagartig kam ihr eine bessere Idee. In der Sekunde, in der die Hand nach innen zur Schnalle griff, schnellte Ana hoch, holte weit aus und stach mit Wucht zu. Die Klinge traf etwas Hartes und sie hörte einen unterdrückten Aufschrei. Ohne nachzudenken, sprang sie auf und spritzte eine Ladung Pfefferspray nach draußen.

Sie hörte mehrfaches lautes Klackern, dann war es ruhig. Der Kerl lief über die Kieselsteine weg! Ana raste zurück, schlug die Kellertür hinter sich zu und drehte den Schlüssel im Schloss um. So, das war eine Brandschutztür aus Eisen, die hielt jeden Eindringling zumindest kurzfristig auf.

Sie hastete die Kellertreppe nach oben und rannte zum Wohnzimmerfenster. Sie sah noch einen Schatten davonlaufen, aber vermutlich spielten ihr die Nerven einen Streich. Ihr Garten lag friedlich da, nichts regte sich. Irgendwie wusste sie, dass sie jetzt allein war.

Erschöpft sank sie auf die Stiege und begann leise zu weinen. Als sie sich etwas besser fühlte, schleppte sie sich ins Badezimmer und schaltete die Beleuchtung ein. Ein spitzer Schrei löste sich aus ihrem Hals, als sie Blutspritzer auf ihrem Handrücken und dem Ärmel sah. Sie riss sich den Sweater vom Körper und ballte ihn zusammen. Minutenlang schrubbte sie sich ihre Hände mit Unmengen heißem Wasser und Seife.

Sie setzte sich auf die Badewanne und grübelte vor sich hin. Was war, wenn der Angreifer zurückkam, und das auch noch mit Unterstützung?

Ana wollte nicht mehr allein sein und keine Angst mehr haben. Die Stille im Haus war mittlerweile erdrückend.

Sie griff nach ihrem Handy und zögerte noch einen Augenblick. Sekundenlang starrte sie das Display an. Dann gab sie sich einen Ruck, drückte auf Wählen und lauschte dem Klingeln.

KAPITEL 36

»Was ist passiert, bist du okay?« Ana hörte am Telefon die Angst in Rudis Stimme und freute sich darüber.

»Halbwegs okay. Entschuldige, dass ich dich mitten in der Nacht wecke. Aber du hattest recht. Es war keine gute Idee, allein zu Hause zu bleiben.«

»Bist du verletzt?«

»Nein, ich nicht, aber der Mistkerl, der ins Haus eindringen wollte.«

»Was? Wie stark verletzt? Hast du die Polizei gerufen?«

»Noch nicht. Meinst du, ich soll sie rufen? Die unternehmen doch ohnehin nichts. Ich habe dem Kerl nur in die Hand geschnitten, das wird ihn nicht umbringen.«

»Hast du den Einbrecher erkannt?«

»Nein, ich habe ihn nicht einmal gesehen. Er hat ein Loch in die Scheibe gemacht und versucht, das Kellerfenster aufzuschließen, da habe ich zugestochen. Getroffen habe ich ihn ganz sicher, er hat aufgebrüllt und mein Ärmel ist voll Blut.«

»Ist der noch beim Haus?«

»Ich glaube, nein. Aber ich habe Angst, dass er zurückkommt. Womöglich mit Unterstützung.«

»So. Jetzt reicht es. Ich hol dich sofort ab. Du bleibst am Telefon, bis ich bei dir bin. Wir gehen kein Risiko mehr ein. Wenn die Verbindung abreißt und ich dich nicht augenblicklich erreiche, ruf ich die Polizei.« Rudi klang ruhig, aber bestimmt.

Ana war froh, dass ausnahmsweise einmal jemand anderer für sie entschied. »Danke, Rudi. Ich zieh mich um und pack mir ein paar Sachen ein.«

Während sie wartete, schaltete sie das Licht in allen Zimmern an. Es war jemand daheim und wach, ein deutliches Signal an mögliche Einbrecher. Sie setzte sich wiederum auf die Stiege und dachte darüber nach, wie ihr Leben innerhalb einer Woche komplett aus den Fugen geraten war. Sie wünschte sich so sehr, dass alles wieder gut werden würde. Aber für Anni würde nichts mehr gut werden. Und was war Manuela zugestoßen?

Das Auto hörte sie schon von Weitem kommen. Bevor sie aufsperrte, überzeugte sie sich aus dem Küchenfenster, dass es Rudi und kein Einbrecher war. Sie aktivierte die Alarmanlage und ging mit ihrer Reisetasche in der Hand in die Kälte vor das Haus. Die Lichter ließ sie brennen.

Rudi sprang aus dem Wagen und war mit wenigen Schritten bei ihr. Er nahm sie in den Arm und drückte sie an sich. Ana stand ganz ruhig und genoss die Wärme der Umarmung. Eng umschlungen führte er sie zu seinem Auto und hielt ihr nicht nur die Türe auf, sondern half auch, den Gurt zu schließen.

Im Wagen saß sie still und schaute in die dunkle Landschaft. Schweigend knetete sie ihre kalten Finger. Rudi ließ sie in Ruhe und fuhr sichtbar konzentriert. Irgendwann dachte sie, dass er falsch abbog, und sah ihn fragend an. Er legte seine Hand auf ihre und meinte, dass er sichergehen wolle, dass ihnen kein Fahrzeug folgte. Sie brauche sich keine Sorgen machen, das sei nur zur Sicherheit. Seine Hand blieb auf ihrer liegen.

Die Wohnung lag in einer ruhigen Straße, den Wagen parkte er direkt vor dem Wohnhaus. Die Tasche in der Hand ging ihm Ana nach. Die Wohnung lag im ersten Stock eines alten Hauses, das nach Putzmitteln roch.

Rudis Wohnung strahlte eine angenehme Wärme aus. Er half ihr aus der Jacke und führte sie ins Wohnzimmer. »Whisky oder lieber einen Grappa? Ich mach dir aber auch gern einen Tee, wenn dir das besser tut.«

»Nein. Ein Whisky passt wirklich ausgezeichnet«, antwortete Ana leise.

»Mach es dir bequem und sag mir, wenn du irgendetwas brauchst.«

Sie ließ sich am Rand einer blütenweißen Ledercouch nieder und betrachtete das Wohnzimmer. Die hohen Wände waren weiß gestrichen, einige wenige Möbelstücke aus dunklem Holz und die riesige Couch wirkten in dem großen Raum richtig platziert. Eine Skulptur eines tanzenden Mädchens war ein hübscher Blickfang. Noch besser gefiel ihr die altmodische Pendeluhr an der Wand, sie konnte ihr leises Ticken hören. Das Wohnzimmer strahlte Luxus und Gemütlichkeit aus. Ana streckte ihre angespannten Muskeln und kuschelte sich tiefer in die Couch.

Rudi stellte Musik an. Es erklang leichter Jazz wie in einer exquisiten Bar. Dann goss er Whisky in zwei Gläser und setzte sich neben sie auf die Couch. Er drückte ihr ein

Whiskyglas in die Hand, legte seinen Arm um ihre Schulter und stieß mit den Gläsern leicht an.

»Auf dich. Wenn es dir nicht zu viel wird, erzähl mir, was passiert ist. Ich möchte verstehen, was bei dir vor sich geht.«

Der Whisky schmeckte herb. Rau rann er die Kehle hinunter. Der Gaumen fühlte sich samtig an. Ana empfand wohlige Wärme, die sich in ihrem Körper ausbreitete. Sie machte einen weiteren Schluck.

»Das ist Malt Whisky«, sagte sie, »der schmeckt mir.«

»Du bist immer für Überraschungen gut. Ich dachte nicht, dass du dich mit Whiskys auskennst. Das ist ein Single Malt von der Insel Skye, ein 18-jähriger Talisker.« Rudi schüttelte den Kopf. »Scheint, du erholst dich bereits, wenn wir über Whisky reden. Also schieß los, was ist passiert?«

»Ich habe unruhig geschlafen und Albträume gehabt, dann hat mich ein Geräusch aufgeschreckt. Ich habe mich bewaffnet und bin in den Keller hinunter. Eine Gestalt hat ein Loch in eine Fensterscheibe geschnitten. Auf die Hand, die hereingegriffen hat, habe ich mit dem Messer hingestochen. Pfefferspray habe ich auch noch aus dem Fenster gejagt. Damit habe ich den Kerl in die Flucht geschlagen.«

»Eine gefährliche Frau! Muss ich mich in Acht nehmen?«

»Hängt davon ab, was du vorhast.« Ana lächelte ihn an.

»Ich wage es.«

Rudi zog sie an sich und küsste sie. Sie erwiderte den Kuss und schmiegte sich an ihn. Als sie seine Hand unter ihrem Sweater spürte, begann sie entschlossen, sein Hemd aufzuknöpfen.

KAPITEL 37

Ana schnupperte, Kaffeegeruch schwebte in der Luft und machte sie munter. Sie öffnete die Augen und betrachtete verwundert ihren Ausblick. Sie schaute auf einen breiten Spiegelschrank mit einem dunklen Holzteil in der Mitte. Die Wand schmückte eine Fototapete mit einem riesigen Mond, der bedrohlich nah rückte. Sie lag auf einem geräumigen Doppelbett mit schwarzer Satinbettwäsche, das Bett neben ihr war leer.

Ach herrje. Die Erinnerung setzte ein. Rudi.

Sie schloss die Augen. Ihr schoss die letzte Nacht in den Kopf. Es war aufregend mit Rudi gewesen, aber sie war in einem emotionalen Ausnahmezustand. Anderenfalls hätte sie es noch nicht so weit kommen lassen. Das war nicht gut.

Mit einem Ruck setzte sie sich auf. War das jetzt eine Katastrophe, oder passte es am Ende ohnehin? Ihre letzten Beziehungen waren alle oberflächlich und kurzlebig gewesen. Ihre einzige richtige Partnerschaft hatte im Desaster geendet.

Und wie war das jetzt mit Rudi? Wieder eine Sinnlosbeziehung oder ein Mann, der mehr wollte und mit dem es dann eng wurde? Er sah blendend aus und benahm sich lieb und charmant ihr gegenüber. Dennoch irritierte sie etwas an ihm und verhinderte, dass sie sich einfach fallen ließ.

»Also, krieg dich wieder ein«, dachte Ana. »Das war eine einzige Nacht, er wird dir ja nicht gleich einen Heiratsantrag machen. Benimm dich normal, die Zeit wird schon zeigen, was sich daraus entwickelt.«

Entschlossen stand sie auf und zog ihre Kleidung vom Vortag an. Auf dem Boden neben dem Nachttisch fand sie ihre Handtasche und nahm die Haarbürste heraus. Energisch brachte sie ihr widerspenstiges Haar in Form und kontrollierte, ob sie kein verschmiertes Make-up um die Augen hatte. Sehr praktisch, so ein Spiegelschrank. Der zeigte einem gleich beim Aufwachen, wie man beisammen war.

Ana zwinkerte sich zu. »Na dann, los geht es«, sprach sie sich Mut zu und verließ Rudis Schlafzimmer.

»Ah. Guten Morgen, schöne Frau. Gut geschlafen?« Rudi zog sie lächelnd an sich und küsste sie.

»Ja, danke. Bist du schon lange auf?«

»Lange genug, damit das Frühstück fertig ist.«

»Der perfekte Hausmann. Super. Ich geh noch schnell ins Bad.« Ana zog sich zurück.

Das Badezimmer entpuppte sich als riesig und ultramodern ausgestattet. Eine Ecke war mit einem Whirlpool verbaut, der ihr sogar für zwei Personen zu groß erschien. Der Duft von Rudis Rasierwasser hing leicht in der Luft. Sie machte sich frisch.

Schon kamen ihr von neuem Bedenken. Sie kannte Rudi doch noch gar nicht. Wer weiß, was für Überraschungen auf sie zukamen. Das hätte sie sich früher überlegen können, schob sie ihre Gedanken beiseite und ging ins Wohnzimmer.

Rudi hatte sich Mühe gegeben. Auf dem Tisch lagen duftende Semmeln und Kornweckerl. Wo hatte er denn auf einmal frisches Gebäck her, oder hatte er es selbst aufgebacken? Daneben stand ein Teller mit Schinken und einer mit Käse. Sie sah Gläser mit Orangensaft und Espressotassen. Im Hintergrund spielte leise Musik, Ana glaubte, Emerson, Lake and Palmer zu erkennen.

»Ich bin beeindruckt. Du bist ein Frühaufsteher und Frühstücker?«, fragte sie ihn.

»Ja und ja. Während der Woche ist selten Zeit für eine großartige Mahlzeit. Aber wann immer ich es einplanen kann, vor allem am Wochenende, zelebriere ich ein langes, umfangreiches Frühstück. Ich lese dabei stundenlang Zeitungen. Ganz altmodisch auf Papier. Nimm bitte Platz und wir genießen das Frühstück gemeinsam. Sag mir, wenn du noch irgendetwas zusätzlich brauchst, damit es für dich perfekt ist.«

»Hast du so viel Zeit? Musst du nicht in die Arbeit?«

»Ich habe bereits telefoniert und alles geregelt. Heute gehe ich erst zu Mittag in die Bank. Leider sind am Nachmittag zwei Termine, die ich nicht so kurzfristig absagen kann. Aber ich werde es so einrichten, dass ich am frühen Abend zurück bin.«

Er zögerte ein wenig. Sie merkte, dass er noch etwas hinzufügen wollte, aber unsicher war, wie er es formulieren sollte.

»Na, komm schon. Was willst du mir beibringen?«

»Ich mache mir Sorgen um dich. Irgendein kranker Typ hat es auf dich abgesehen. Deshalb möchte ich dich ersuchen, dass du einstweilen in der Wohnung bleibst und nicht durch die Gegend ziehst. Ich will bloß nicht, dass du glaubst, ich sperre dich ein.«

»Mhm. Auf die Dauer ist das keine Lösung, mich bei dir zu verstecken.«

»Natürlich nicht. Nur einmal für heute. Es sind doch nur wenige Stunden. Ich kaufe uns beim Heimfahren etwas Gutes zum Kochen ein. Danach beratschlagen wir in Ruhe, wie es weitergeht.« Rudi sah sie mit seinem treuherzigen Blick an. »Es wäre wirklich sehr beruhigend für mich, wenn ich weiß, dass du in meinen vier Wänden bleibst. Du kannst dir Filme anschauen, Musik machen, was immer du brauchst, um dich wohlzufühlen. Ich besitze auch einen Hometrainer und ein Rudergerät.«

»Das klingt überzeugend«, lachte Ana. »Okay, für ein paar Stunden halte ich das schon aus. Was soll ich deiner Meinung nach mit der Polizei machen? Ich denke, ich sollte Anzeige wegen des Einbruchsversuchs erstatten.«

»Ich glaube auch, aber lass uns das am Abend entscheiden, vielleicht ist ein Sicherheitsdienst sinnvoller.«

»Oder beides«, spöttelte Ana.

»Vor allem musst du aufhören, herumzuschnüffeln und damit irgendwelche Verbrecher herauszufordern.«

»Das verspreche ich dir nicht. Ich suche weiter.«

»Was muss denn noch passieren, damit du vernünftig wirst und aufhörst?«

»Das hat nichts mit Vernunft zu tun. Ich würde es mir nie verzeihen, wenn Manuela etwas zustößt, weil ich untätig war. Ich muss die Wahrheit wissen, erst dann kann der Alltag weitergehen.«

»Dann besorge ich dir einen Bodyguard.« Rudi schaute besorgt und gereizt drein. Offenbar hatte er nicht erwartet, dass sie noch immer auf die Fortführung der Suche beharren würde. Ana beschloss, einem Streit aus dem Weg zu gehen. Sie griff nach seiner Hand.

»Von mir aus, dann eben ein Bodyguard.«

Er warf ihr einen prüfenden Blick zu und sie setzte ihr treuherzigstes Gesicht auf. Das brachte ihn zum Grinsen. »Na, du bist mir eine. Gut, ein Bodyguard.«

Nachdem sie das geklärt hatten, wirkte Rudi erleichtert. Sie ließen sich das Frühstück schmecken. Ab und zu plauderten sie. Dann wieder studierten sie beide die Zeitung. Sie unterhielten sich über interessante Artikel, tauschten die Tageszeitungen und vertieften sich erneut ins Lesen.

»Die Zeit verfliegt jedes Mal im Nu mit dir«, unterbrach er irgendwann die traute Zweisamkeit. »Ich muss mich bald auf den Weg ins Büro machen. Schade, dass heute nicht Wochenende ist.«

Bevor er sich verabschiedete, zeigte er ihr noch die restliche Wohnung. Auch das Gästezimmer, sein Büro und die Küche waren geräumig und geschmackvoll möbliert. Rudi verdiente offenbar sehr gut und investierte in seinen Lebensraum.

In einer Vitrine in seinem Büro standen Pokale, eingerahmte Zeugnisse und sogar zwei Zeitungsausschnitte. Als er ihren forschenden Blick sah, machte er eine wegwischende Handbewegung. Er erklärte, dass es hauptsächlich seine Schwester war, die auf seine Auszeichnungen großen Wert legte.

Der Kühlschrank war mit Köstlichkeiten prall gefüllt, beim Fernsehapparat kannte sie sich aus und die Hi-Fi-Anlage konnte Ana ebenfalls anstellen. »Geh schon, ich komme zurecht. Fahr du jetzt in deine Bank, sonst kriegst du auch noch Zores mit deinem Arbeitgeber, das wollen wir doch nicht.«

»Stimmt. Darüber reden wir am Abend auch, wie du deine Chefin wieder besänftigst. Die macht sich womöglich auch nur Sorgen. Wäre doch schade, wenn du deine Karriere gefährdest.«

Zum Abschied gab er ihr einen langen Kuss. »Nicht weglaufen, schöne Frau. Ich freue mich auf heute Abend.«

Als Rudi gegangen war, setzte sich Ana zurück zum Tisch. Das Frühstück zu zweit war ausgesprochen nett gewesen, dessen ungeachtet fühlte sie sich unruhig und fremd. Sie dachte über die Bemerkung von Rudi nach, dass er mit ihr über das Besänftigen von Pat reden wollte. Das fand sie merkwürdig. Ihr Arbeitsleben ging ihn nichts an und außerdem, wie konnte er das beeinflussen? Gehörte er zu den Männern, die alles genau wissen wollten und zu allem eine Ansicht äußerten? Und in der Folge darauf drängten, dass die Frau sich ihrer Meinung anschloss?

Und sie hatte einem Bodyguard zugestimmt, was für ein Schwachsinn. Weder Pat noch Rudi noch ein Bodyguard waren imstande, sie von der Suche nach Manuela abzubringen.

Vermutlich wäre es schlauer gewesen, gestern in der Nacht Marion oder Ronald anzurufen. Die beiden hätten ihr auf alle Fälle geholfen. Nach gemeinsamen Feiern hatte sie schon einige Nächte in ihrem Gästezimmer verbracht. Sie hätte dann jetzt nicht das Gefühl, Rudi irgendwie verpflichtet zu sein. Da hatte sie sich ganz schön was eingebrockt.

KAPITEL 38

Ana machte es sich mit ihrem Telefon auf der Couch in Rudis Wohnzimmer bequem. Ihre Gedanken an Marion und Ronald weckten neue Energie. »Hi Ronald, alles in Ordnung bei dir? Wie war es im Giocare?«

»Hi. Alles bestens. Die Spielhalle war spärlich besucht, einige Stammgäste und ein paar Touristen. Im Anschluss war ich in der Bar auf einen Drink und wurde bereits begrüßt. Das heißt, sie haben mich wiedererkannt. Ich habe erzählt, dass ich in meinem neuen Job als Vertreter öfter mal in Wien übernachte und im Prater abhänge, weil ich hier kaum Leute kenne.«

»Klingt schon nach besten Freunden.«

»Genau. Ich habe ein paar Runden ausgegeben und blöde Sprüche geklopft. Den mit dem Pferdeschwanz habe ich ebenfalls wiedergesehen. Er war nur kurz da, ist bald weg, um was zu erledigen.«

»Vielleicht hat er jetzt ein Loch in der Hand.«

Zögernd erzählte sie ihm die nächtlichen Erlebnisse. Auch, dass Rudi sie geholt hatte und sie zurzeit bei ihm in der Wohnung war.

»Ich erspare mir zu fragen, warum du uns nicht angerufen hast. Du hattest sicher gute Gründe. Aber bitte sei vorsichtig. Hochgradig verdächtig erscheint mir dein Banker nicht, doch du kennst ihn erst kurz.«

»Er hat keine Wunde an der Hand, sonst wäre ich nicht mit ihm mitgefahren«, lachte Ana. »Hast du neue Erkenntnisse? Wo bist du eigentlich im Moment?«

Da wurde Ronald plötzlich ernst. »Ich bin an etwas Merkwürdigem dran, vielleicht an einer Spur. Nach dem Praterbesuch habe ich diesmal die Nacht vor dem Haus von Max durchgemacht. An dem bleibe ich dran, bis ich konkrete Verdachtsmomente finde oder ausschließen kann, dass er am Verschwinden seiner Frau beteiligt ist.«

Anas Magen verkrampfte sich. Sie hörte ihre Stimme zittern, als sie fragte: »Und, da ist etwas Verdächtiges passiert? Willst du mir beibringen, dass Max ihr etwas angetan hat?«

»Warte. Als ich in der Nacht zu ihm kam, stand ein roter SUV in der Einfahrt. Später verließ ein alter Mann das Haus.«

»Das war Manuelas Vater, der bei ihm nach dem Rechten sehen wollte. Er ist ein hochgeschätzter Schwiegersohn.«

»Bis in die Früh ist nichts passiert. Als es gedämmert hat, habe ich mir die Beine vertreten. Nach unserem peinlichen Erlebnis in der Seestadt war ich doppelt vorsichtig und dabei habe ich es entdeckt.«

»Jetzt sag schon endlich, was los ist.«

»Es beschattet noch jemand das Haus von Max.«

»Was? Wer denn?«

»Keine Ahnung, aber ich werde es herausfinden. Es ist ein dunkler Van, das Kennzeichen muss ich erst entschlüsseln, dafür steht er zu weit weg von mir. Deshalb bin ich unsicher, ob er in der Nacht schon dagestanden ist. Er kann genauso gut in der Früh gekommen sein und mit einem anderen Fahrzeug Platz getauscht haben. Da sind etliche Autos gleichzeitig weggefahren und angekommen.«

»Interessant, ob das die Polizei ist, die Max verdächtigt, oder ein Verbrecher ihn beobachtet?«

»Das werde ich herausfinden. Wenn wir wissen, wer Max beschattet, sehen wir weiter.«

»Lass dich nicht erwischen, Ronald.«

»Deshalb schalte ich jetzt das Handy ab, sonst läutet es womöglich im blödesten Augenblick. Ich will an dem Van einen Sender anbringen, damit ich ihm unauffällig folgen kann. Also keine Sorge, wenn ich vorübergehend nicht erreichbar bin. Pass auf dich auf und viel Spaß mit deinem Banker. Ich melde mich später.«

»Bitte pass du gut auf dich auf. Mir kann schwerlich etwas zustoßen, während ich im Wohnzimmer auf Rudi warte.« Gedankenverloren legte sie auf.

Wer beschattete Max und vor allem wozu? Wollte bei ihm ebenfalls wer einbrechen? Das Gleiche galt für sie. Weshalb kam jemand immer wieder zu ihrem Haus?

Zur Ablenkung machte sie sich an die Aufgabe vom Vorabend. Sie sollte überlegen, wo Manuela sich versteckt hielt, falls sie das freiwillig tat. Gerade als sie beginnen wollte, schoss ihr der offene Rückruf an den Personalchef ein und sie wählte sofort seine Nummer. »Grüß dich Ana. Das hat ja lange gedauert, bis du mich rückrufst«, meldete er sich und klang säuerlich.

»Grüß dich Gerald. Entschuldige bitte, ich habe derzeit einige Turbulenzen und konnte nicht schneller. Was gibt es denn Delikates?«

»Dieses Telefonat ist vertraulich zwischen uns beiden. Du weißt, dass ich dich schätze und dir vertraue.«

»Ja, Gerald, ich vertraue dir ebenso. Was ist denn los?«

»Ein Mitarbeiter war bei mir, ich nenne dir keinen Namen, du wirst es dir denken können. Er ist keiner deiner Mitarbeiter und trotzdem hat er sich erkundigt, wie er sich über dich beschweren kann.«

»Was wirft er mir vor?«

»Zuerst nahm er das Wort ›Mobbing‹ in den Mund. Ich machte ihn darauf aufmerksam, dass das eine schwerwiegende Anschuldigung ist, der ich offiziell nachgehen muss und die Konsequenzen haben kann.«

»Ich mobbe niemanden!«

»Eine Untersuchung lehnte er daraufhin resolut, fast hysterisch ab und ruderte voll zurück. Auf einmal klang es nach ›Ich wurde bei Beförderungen übergangen‹.«

»Das verstehe ich jetzt nicht, was kann ich da dafür?«

»Nun, ich habe ihm erklärt, dass sein Vorgesetzter für seine Beförderung verantwortlich ist und nicht du. Daraufhin behauptete er, es halten alle gegen ihn zusammen und du hältst ihn für einen Mörder.«

»Mittlerweile weiß ich, um wen es geht. Wir haben uns nicht gegen ihn verschworen und er wird nicht gemobbt. Er will seine Karriere mit Gewalt beschleunigen. Was rätst du mir?«

»Ich habe ihn aufgefordert, nachzudenken und nochmals zu mir zu kommen. Falls er gemobbt wird, unterstütze ich ihn, aber er darf keine falschen Behauptungen machen. Mein Rat an dich ist, mit ihm das Gespräch zu suchen, vielleicht hilft eine Aussprache. Deshalb wollte ich dich wissen lassen, dass es ein Problem gibt.«

»Danke für dein Vertrauen. Ich rede mit ihm.«

Als Ana aufgelegt hatte, blieb sie versunken sitzen. Irgendwie lief alles aus dem Ruder. Die Probleme vermehrten sich ständig, die Situation drohte ihr zu entgleiten.

Sie beschloss, sich für den Moment auf Manuela zu konzentrieren, und las im Notizbuch. Sie stellte alles infrage und hakte eine Notiz erst ab, sobald sie überzeugt war, dass der Punkt unbedeutend war.

Nach der letzten Seite machte sie Pause. Sie holte sich eine Flasche Mineralwasser aus dem Kühlschrank und wählte Marions Nummer.

»Hallo, beste Freundin, ich muss dir was erzählen, hast du kurz Zeit?«

»Hallo Ana, passt gut. Ich bereite mich gerade vor. Ich habe Trainingsanfragen von potenziellen Kunden bekommen. Einen von ihnen besuche ich heute noch.«

»Ich halte dich nicht lange auf, ich weiß doch, dass deine Geschäfte immer besser laufen. Du hast schon eine Menge zufriedener Kunden, die dich weiterempfehlen.«

»Du hast mich doch nicht angerufen, um mich zu loben. Schieß los und spann mich nicht auf die Folter. Was ist so dringend?«

»Es ist nicht so weltbewegend. Aber ich möchte es dir erzählen, bevor du es von deinem Mann erfährst.«

»Hör auf, mit mir in Rätseln zu sprechen! Was weiß Ronald von dir, was ich noch nicht weiß?«

»Ich habe heute bei Rudi Soldo übernachtet. Das ist der Banker, von dem ich dir erzählt habe. Der mich angerufen hat, als wir den Film geschaut haben. Gestern war bei mir ein Einbruchsversuch, da wollte ich nicht allein im Haus bleiben und habe ihn geholt.«

Marion schwieg eine Zeit lang, schließlich sagte sie: »Interessant. Nun möchte ich den Herrn Banker aber auch kennenlernen. Ist es aus deiner Sicht etwas Ernsthaftes?«

»Weiß ich selbst nicht. Es ist einfach passiert, ich hatte das weder geplant noch durchdacht. Ich kann jetzt nur schauen, wie es weitergeht.«

»Na, schlimmer als deine letzten Beziehungen kann es kaum werden.«

»Danke, Marion, du bist eine wahre Freundin und so aufbauend.«

»Weiß ich. Du brauchst das. Wie war das mit dem Einbruchsversuch? Hast du den Einbrecher überrascht?«

»Dem habe ich aufgelauert und das Stanleymesser in die Hand gerammt. Wenn du einen Kerl mit Verband siehst, nimm dich in Acht.«

»Ana! Keine dummen Scherze, das war richtig riskant! Was hat der bei dir gesucht?«

»Darüber denke ich dauernd nach. Eventuell bemüht sich jemand, mich von der Suche nach Manuela abzubringen. Aber das kann er vergessen, ich bleibe dran. Mach dir keine Sorgen um mich, für heute bin ich bei Rudi außer Gefahr.«

»Bist du dir hundertprozentig sicher, dass er mit der Angelegenheit nichts zu tun hat? Du hast ihn genau zu dem Zeitpunkt kennengelernt, als diese Geschichte losging.«

»Rudi hat in seiner Bank ein Alibi für den Abend des Verschwindens von Manuela und am Samstag war ich mit ihm bis Mitternacht zusammen. Deshalb scheidet er als Verdächtiger aus.«

»Mhm, klingt einleuchtend, sei trotzdem vorsichtig. Dann wünsche ich dir weiterhin einen abwechslungsreichen Aufenthalt beim Banker. Und demnächst treffen wir uns und tratschen ausgiebig.«

Ana grinste vor sich hin, als das Telefonat beendet war. Ein Gespräch mit Marion tat ihr stets gut. Die Frau kannte sie und nahm sich kein Blatt vor den Mund.

Ihr Handy summte und zeigte ihr ein WhatsApp von Rudi: »Alles gut bei dir? Ich freue mich auf dich!«

Sie schrieb zurück: »Alles bestens! Freue mich auch.«

Dann konzentrierte sie sich auf ihre Notizen. Diesmal auf die noch rätselhaften Einträge. Sie las laut vor: »Putt träumen, Onkel Zwerg, Guntramsdorf vor Spillern, abholen Wagner, gießen Baguette.«

Sie starrte die letzten beiden Wörter an. Was bedeuteten sie? ›Gießen‹ hörte sich nach Blumengießen an. ›Baguette‹ nach einem französischen Bäcker oder Lokal.

Schnell tippte sie in die Internetsuchmaschine ein: ›Gießen Baguette‹. Als Erstes bekam sie ein Restaurant in Gießen in Deutschland. Hatte Manuela Verbindungen nach Gießen, war sie dort? Dann sah sie einen Eintrag für ein Wirtshaus am Wiener Westbahnhof. War ihre Kollegin mit dem Zug weggefahren und ihr Wagen in der Bahnhofsgarage? Darüber hinaus zeigte das Internet haufenweise Rezepte mit Baguettes. Da Manuela hervorragend kochte, war das eventuell ein Kochhinweis. Aber was hatte das mit ›gießen‹ zu tun? Ana blieb hartnäckig und blätterte im Internet weiter, bis sie ein Rezept für ›Baguette‹ beim Magazin brigitte.de fand.

Das löste eine vage Erinnerung aus. Was war da nur gewesen? Es musste ihr einfallen. Sie ärgerte sich über ihr schlechtes Namensgedächtnis und tippte verzweifelt ›Vorname Brigitte‹ ein.

Da! Vor ihr standen die Spitznamen von Brigitte und einer war ›Baguette‹!

Von einer Brigitte hatte sie gehört. Max hatte erzählt, dass ihre Golffreunde Brigitte und ihr Mann in den USA auf Urlaub waren.

Sie übersetzte ›Gießen Baguette‹ als ›Blumengießen bei Brigitte‹. Und dafür war der Schlüssel, der am Golfballanhänger fehlte. Manuela könnte dort sein. Freiwillig oder unfreiwillig.

Das war es! Sie hatte die Lösung! Na, zumindest war das eine Idee und sie musste sie dringend überprüfen. Den Namen fand sie auf der Kontaktliste von Max. Brigitte und Bernhard Brandtner in Obermallebarn.

Wie gelangte sie schnellstens nach Obermallebarn? Ihr Fahrzeug stand dummerweise zu Hause, weil sie gestern mit Rudi mitgefahren war. Sie konnte mit einem Taxi heimfahren und ihr Auto holen, aber der Gedanke an den Einbrecher schreckte sie ab.

Sie nahm ihr Handy, um Ronald anzurufen. Na super, der Akkustand war ganz niedrig. Außerdem hatte er angekündigt, sein Telefon abzudrehen.

Dann Marion, hoffentlich reichte der Akku für ein kurzes Telefonat. Aber schon während des Wählens ging das Handy aus.

Eventuell besaß Rudi ein Festnetztelefon. Sie machte eine Runde durch die Räume, da war nirgends ein Telefon. Wäre auch ein krasser Widerspruch zu seinem Auftreten, wenn er so ein altmodisches Ding hätte. Aber ein Ladegerät für sein Handy musste er haben. Mit etwas Glück lag es in der Wohnung und passte bei ihrem Telefon.

Sie machte sich in Rudis Büro auf die Suche. Hatte er ein ähnliches Handy wie sie? Sie erinnerte sich nicht. Minuten später war ihr Rundgang erfolglos beendet, frustriert setzte sie sich zum Tisch. Sie wollte nicht in seinen Sachen wühlen, daher war sie gezwungen, auf Rudi zu warten. Er konnte ihr bestimmt ein Ladegerät leihen oder sie rief mit seinem Handy an. Oder noch besser, er würde sie nach Obermallebarn führen.

Ihr wurde langweilig, es würde mindestens weitere zwei Stunden dauern, bis er zurückkam. Vielleicht fand sie doch ein Ladegerät.

In seinem Bürozimmer zog sie vorsichtig das erste Fach auf. Da türmte sich Papierkram. Sie ging zur nächsten Lade. Nach und nach schaute sie in alle Fächer und in den Kasten, wurde aber nicht fündig.

Trotz schlechten Gewissens setzte sie im Wohnzimmer fort. Die erste Lade war mit Autozeitschriften überfüllt, in der nächsten häuften sich Finanzzeitschriften. In der untersten lag eine Tageszeitung von vor ein paar Tagen, das erkannte sie an den Überschriften. Darunter blickte die

Rückseite eines Bilderrahmens hervor. Wieso bewahrte er denn ein Bild umgedreht im Schrank auf?

Die Neugier war geweckt und sie zog das Bild heraus. Aus einem altmodischen Rahmen grinste sie eine jüngere Ausgabe von Rudi an. Kaum verändert, nur ein wenig reifer sah er heute aus.

Daneben stand ein lachendes Mädchen, das die Hand auf den Arm eines jungen Mannes gelegt hatte. Sein Gesicht kannte Ana, er hatte sie erst gestern angestarrt. Dunkle Augen, unrasierte Wangen und schwarze, lange Haare, zu einem Pferdeschwanz zusammengebunden.

KAPITEL 39

Ana starrte auf das Foto in ihrer Hand. Der Prater-Strizzi von gestern. Ihr wurde heiß und die Hände begannen zu zittern, das Foto verschwamm vor ihren Augen. Sie schüttelte ihren Kopf, das musste eine Einbildung sein. Gebannt fixierte sie das Bild. Wieso war der Typ auf einem Foto mit Rudi?

Plötzlich ein Getöse und die Pendeluhr schlug zur vollen Stunde. Der Ton traf sie wie ein Peitschenhieb. Sie ließ den Bilderrahmen in die Lade fallen. Panik überfiel sie und kalter Schweiß bildete sich auf ihrer Stirn.

Sie musste hier sofort weg. Sie schnappte ihre Jacke, zwängte sich in die Schuhe und stürmte auf den Gang. Als die Tür hinter ihr ins Schloss krachte, verkrampfte sie sich. Sie hatte alle ihre Sachen in der Wohnung liegen gelassen.

Scheiße, aber sie musste hier weg. Immer zwei Stufen auf einmal nehmend, hetzte sie die Stiegen hinunter. Im Stiegenhaus traf sie eine vornehm gekleidete Dame und grüßte hastig. Die Frau machte den Mund auf, aber Ana war bereits an ihr vorbei. Sie riss die Haustür auf und lief hinaus.

Ohne einen Augenblick nachzudenken, rannte sie nach rechts weg. An der nächsten Kreuzung bog sie links ein und erkannte vor sich die Schüttelstraße, die den Donaukanal entlangführte. So schnell sie konnte, jagte sie weiter.

Wo lief sie eigentlich hin? War jemand hinter ihr her? Sie blieb stehen und drehte sich um. Soweit sie sehen konnte, war der Gehsteig leer. Die Dämmerung setzte bereits ein. Durch die hohen Bäume neben dem Gehweg war es an dieser Stelle düster. Auf der Straße rollten die Fahrzeuge auf drei Spuren in eine Richtung. Sie entdeckte niemanden, der sich um sie kümmerte.

Die Gegend kannte sie hauptsächlich vom Auto aus. Sie nahm die verkehrsreiche Straße regelmäßig bei ihren Fahrten zwischen Flughafen und Firma. Auf der anderen Seite der Fahrbahnen war kein Gehsteig, sondern eine Grünzone mit Bäumen und dichten Büschen, die den dahinter fließenden Donaukanal verdeckten. Es waren kaum Fußgänger unterwegs und trotz des starken Verkehrs war die Einsamkeit des Gehweges unheimlich. Sie wollte hier weg, in eine belebtere Umgebung.

Sie begann neuerlich zu laufen, diesmal kontrollierter. Auch wenn sie sportlich und halbwegs trainiert war, in Straßenschuhen und der warmen Jacke würde sie bald ermüden. Sie kam zu einem kleinen Gasthaus, davor war eine Bushaltestelle mit einer Sitzbank. Ana überlegte, ob sie auf den Bus warten sollte. Da fiel ihr ein, dass sie kein Geld bei sich hatte.

Auch egal, dann würde sie eben einmal schwarzfahren. Sie setzte sich auf die Bank und versuchte, ihren Puls zu beruhigen. Als sie dann aber frei sichtbar an der Fahrbahn saß, fühlte sie sich ungeschützt. In diesem Augenblick ertönte eine Stimme: »Guten Tag, können Sie …«

Ana hörte nicht, was sie konnte. Mit einem spitzen Schrei sprang sie auf. Sie registrierte das Gesicht eines Mannes, der sie fassungslos anschaute. »Ich habe doch nur …«

»Lassen Sie mich in Ruhe, ich schrei laut um Hilfe!« Beide Arme zur Abwehr hochgehoben, wich Ana schrittweise zurück, ohne den Mann aus den Augen zu lassen.

»Ich habe sie ganz höflich gefragt, ob sie mir Kleingeld wechseln kann.« Der Mann sprach zu einer älteren Dame, die hinter ihm hervortrat. »Die ist völlig hysterisch.«

»Geht es Ihnen nicht gut?«, sagte die Frau zu Ana. »Soll ich Ihnen einen Arzt oder die Polizei holen?«

Ana stammelte: »Nein, ich … Tut mir leid.« Sie ließ ihre Arme fallen und lief los.

»Die ist ja völlig bescheuert, die gehört in die Irrenanstalt!«

Ihr Herzklopfen beruhigte sich erst nach der nächsten Querstraße. War das peinlich. Sie wollte nur mehr weg. Sie rannte, ohne sich nochmals umzuschauen.

Vorbei an einem langen Gemeindebau, auf dem in roten Buchstaben Robert-Erber-Hof draufstand. Sie ließ sich durch den Kopf gehen, ob sie in den Innenhof hineinlaufen sollte, damit sie von der Straße weg wäre. Doch das könnte eine Sackgasse sein, also rannte sie weiter.

Langsam gewöhnte sie sich an die Bewegung und sie fand ihren Takt. Sofort begannen ihre Gedanken wieder zu kreisen. Wo sollte sie jetzt hingehen? Sie trug keine Papiere und kein Geld bei sich. Als sie die Manteltaschen nach Münzen durchsuchte, spürte sie das Stanleymesser. Das hatte sie in der Aufregung in der Nacht in den Mantel geschoben und ganz vergessen. Das half ihr jetzt auch nicht, ein Geldschein wäre ihr lieber gewesen.

Wenn sie sich an die Polizei wandte, würde es Stunden dauern, bis ihre Aussagen überprüft waren und die

Beamten eventuell ihren Hinweisen nachgingen. Bis dahin war Rudi längst zurück und merkte, dass sie ihn durchschaut hatte. Er würde alle Spuren entfernen und wer wusste, wem die Polizei dann glaubte. Außerdem hätten die beiden Männer ausreichend Gelegenheit, Manuela zu beseitigen, falls sie ihren Aufenthaltsort kannten. Sie brauchte eine andere Lösung.

Sie könnte einen Passanten ersuchen, ihr ein Handy zu borgen. Aber wen sollte sie anrufen, wenn Ronald unerreichbar war, was höchstwahrscheinlich war. Ihm auf die Mailbox zu reden, machte keinen Sinn. Marion war bei einem Kunden, die hob ihr Telefon bestimmt nicht ab.

Also würde sie dorthin laufen, wohin sie sich bereits automatisch orientiert hatte: in die Firma. Hoffentlich war noch jemand in der Arbeit, der ihr half. Sie schätzte die Distanz auf zwei bis drei Kilometer, das war für sie zu schaffen.

Bei der Firma angelangt, musste sie die erste Hürde nehmen. Auch ihr Firmenausweis war in der Handtasche in Rudis Wohnung. Bevor sie zur Portierloge ging, wandte sie sich nochmals um und betrachtete die Straße. Es war schwer zu sagen, ob ihr jemand gefolgt war. Sie fühlte sich beobachtet, das konnten jedoch ihre überspannten Nerven sein. Die Autos rollten hier ebenfalls an ihr vorbei. Allerdings nur auf zwei Fahrspuren, denn auf der ersten Spur wurde an mehreren Stellen ein- und ausgeparkt. Beschattete sie jemand aus einem dieser Fahrzeuge?

Das würde sich nicht ändern lassen. Wenn jemand sie verfolgt hatte, sah er sie jetzt ins Gebäude gehen. Eventuell würde derjenige versuchen, ihr hinterherzugehen. Aber gute Sicherheitsmaßnahmen verhinderten den Eintritt für Unbefugte, sie wäre im Haus sicher.

Sie schritt zur Portierloge und freute sich. Dem Portier im Dienst begegnete sie regelmäßig, also kannte er ihr Gesicht.

Ana grüßte ihn freundlich und ersuchte um Ausstellung eines temporären Zutrittsausweises, weil sie ihren vergessen hatte. Sie nannte unaufgefordert ihre Personalnummer und wo im Haus ihr Büro lag.

Der Portier erwiderte höflich den Gruß und musterte sie kurz. Die Überprüfung schien positiv auszugehen, weil er nickte und einen Ersatzausweis hervorzog, den er in einem Gerät codierte. »Der Ausweis ist bis Mitternacht gültig. Bitte werfen Sie ihn vor Verlassen des Hauses in unseren Postkasten. Ich wünsche Ihnen einen schönen Abend.«

Auf dem Gang herrschte Stille. Hoffentlich hatten nicht ausgerechnet heute alle früh Schluss gemacht. Unvermittelt fiel ihr ein, dass sie ihrem Team auf Wunsch freigegeben hatte. Der Gedanke war unerfreulich. Die waren doch nicht wirklich alle zu Hause geblieben? Was sollte sie tun, wenn sie niemanden vorfand?

Sie spürte wieder Panik in sich hochsteigen und zwang sich, die verbleibenden Räume zu kontrollieren.

Nur mehr drei Zimmer. Niemand. Nur noch zwei Zimmer. Die Tür schwang auf, als Ana auf die Klinke drückte. Sie war so überrascht, dass sie um ein Haar ins Büro hineinfiel. Es brannte Licht. Harald saß an seinem Schreibtisch und schaute sie perplex an.

»Was machst du hier?«, fragte er.

KAPITEL 40

»Gut, dass du da bist, Harald. Ich brauche deine Hilfe«, sagte Ana und ging auf seinen Schreibtisch zu.

»Das soll wohl ein Witz sein. Was auch immer es ist: Nein, ich habe keine Lust, dir zu helfen. Besser, ich gehe auf der Stelle nach Hause.« Harald stand auf und griff nach seinem Sakko, das auf dem Kleiderständer hing.

»Bitte, Harald. Geh nicht weg. Es ist unheimlich wichtig«, beschwor ihn Ana.

»Was könnte so wichtig sein, dass wir beide miteinander reden? Du beschuldigst mich, mit dem Verschwinden von Manuela zu tun zu haben und Anni ermordet zu haben, und jetzt soll ich dir helfen? Ernsthaft?« Er schüttelte den Kopf und stapfte weiter.

»Bitte. Bitte! Ich entschuldige mich. Ich entschuldige mich vor allen anderen, wenn du das möchtest. Nein, ich weiß etwas wesentlich Besseres.«

Harald war stehen geblieben und sah sie mit gerunzelter Stirn an. »Was?«

»Wenn du mir hilfst, wirst du Teil des Teams. Sofort und auch für ›E.C.H.O.‹.«

»Wirklich?« In seinem Gesicht spiegelte sich zuerst Verblüffung und dann Unglauben.

Sie hob ihre Arme. »Wirklich. Wenn du willst, schwöre ich es dir, oder ich schreib es dir auf einen Zettel. Du wirst

Teil des Teams. Aber jetzt hör mir bitte zu, ich fürchte, uns bleibt nicht allzu lang Zeit.«

»Du hast jedes Mal eine neue Überraschung für mich, das muss ich dir lassen.«

Er schritt zu seinem Stuhl zurück und setzte sich. Dann sah er sie unverwandt intensiv an. »Dir ist schon klar, dass du gerade Bestechung versuchst. Ich höre mir an, was du von mir verlangst und dann erst entscheide ich. Und ich sage dir gleich, ich mache nichts Illegales.«

»Eigentlich will ich nur, dass du mich mit dem Auto nach Obermallebarn führst und dort auf mich wartest. Anschließend bringst du mich zurück, hoffentlich gemeinsam mit Manuela. Und wahrscheinlich besuchen wir dann die Polizei.«

»Bist du dir sicher, dass du nüchtern bist?«

»Harald, ich habe keinen Alkohol getrunken und ich spinne auch nicht. Ich denke, ich habe herausgefunden, wo Manuela versteckt ist. Die Polizei will ich aber nicht rufen. Weil ich nicht hundertprozentig sicher bin und weil sie mir sowieso nichts glaubt.«

»Ist das gefährlich?«

»Wir passen auf, dass uns niemand verfolgt. Ansonsten ist es völlig ungefährlich.«

»Das klingt alles absurd. Solltest du mit der Geschichte nicht doch lieber zur Polizei gehen?«

»Nein. Falls ich recht behalte, ist es brandeilig, dass ich Manuela von dort weghole. Dann ist nicht die Zeit, bis sich die Polizei bequemt, mir zu glauben.«

Harald starrte sie wie versteinert an. Ana hörte ihr Herz klopfen. Ihre Hände zitterten und sie konnte den Blick nicht von ihm abwenden.

Nach einer halben Ewigkeit sagte er: »Einverstanden. Ich bin zwar unschlüssig, was ich von der Story halten soll, aber im Prinzip ist es mir auch egal. Ich halte fest: Ich mache nichts Ungesetzliches. Ich führe dich nach Obermallebarn, warte dort auf dich und fahre dich dann zurück, vermutlich zu einer Polizeidienststelle. Ich warte maximal zwei Stunden. Ist das in Ordnung?«

Ana nickte: »Ja, okay, lass uns bitte rasch losfahren.«

Er fuhr unbeirrt fort: »Für diesen Fahrtendienst verpflichtest du dich, mich ohne Ablaufzeit in dein Team aufzunehmen und mich auch bereits bei ›E.C.H.O.‹ einzusetzen.«

»Ja, ja! Ich schwöre es. Und jetzt komm endlich.« Ana riss die Tür auf, in der Hoffnung, Harald in Bewegung zu versetzen.

Es half. Er sprang auf, nahm blitzartig seine Jacke, ergriff seinen Aktenkoffer und folgte Ana. Als sie mit seinem Wagen durch die Garage fuhren, schaute sie sich nach Beobachtern um, bemerkte aber niemanden. Harald hatte ›Obermallebarn‹ als Ziel ins Navigationssystem eingegeben. Das Navi zeigte 36 Kilometer mit einer Fahrzeit von einer Stunde an. Warum das so lange dauerte, stand auch auf der Anzeige: ›Verzögerungen durch hohes Verkehrsaufkommen‹. Ana stöhnte innerlich. Aber es nutzte nichts, es gab keine raschere Strecke.

Im Auto herrschte Grabesstille. Das würde eine herzerwärmende Reise werden. 60 Minuten mit Harald auf engstem Raum und am liebsten würde er sie aus dem fahrenden Auto werfen.

»Es tut mir leid, dass zwischen uns alles so schiefgelaufen ist. Das war nicht meine Absicht«, platzte sie unerwartet heraus. Als Antwort kam nur Schweigen.

»Schau, tatsächlich halte ich viel von deiner Arbeit und respektiere deinen Einsatz. Ich hatte allerdings echte Bedenken, ob du ins Team passt. Mehrere Kollegen sind wenig begeistert, wenn ich dich dazunehme. Meine oberste Priorität war, das Projekt super hinzukriegen. Ich wollte nicht riskieren, dass du Unruhe in die Mannschaft hineinbringst.«

Harald schwieg beharrlich, seinen Blick hatte er kerzengerade nach vorne gerichtet. Ana überkam der Wunsch, reinen Tisch zu machen, dann wäre auch die Diskussion zum Thema Mobbing erledigt.

»Okay, du hast kein Bedürfnis, mit mir zu reden. Kann ich nicht ändern. Ich erzähle dir jetzt trotzdem, warum du in der Kollegenschaft unbeliebt bist. Du kannst ja, während du im Wagen auf mich wartest, über das Gesagte nachdenken. Vielleicht hast du nachher den Wunsch, mit mir darüber zu sprechen.«

Keine Reaktion von Harald. Das war mühsam, aber Ana wollte nun nicht aufhören. Lieber ein reinigendes Gewitter als diese schweigende Verachtung. »Dein Ruf unter den Mitarbeitern ist folgendermaßen: Du bist steif wie ein Stock, zum Lachen gehst du in den Keller, Humor ist ein Fremdwort für dich. Du bist pedantisch und alles muss zu 101 Prozent erledigt werden, auch wenn es unwichtig ist. Du machst jeden gut hörbar auf seine Fehler aufmerksam und du verpetzt Kollegen bei deinem Chef. Unterm Strich: Es macht keinen Spaß, mit dir zusammenzuarbeiten.«

Sie hörte auf zu reden. Sie hatte sich auf dieses heikle Gespräch vorbereiten wollen, doch nun waren ihr die Worte einfach herausgeflossen. Harald gab weiterhin keinen Ton von sich.

»Es will dir niemand etwas Böses, du stehst dir derzeit selbst im Weg. Mit etwas Lockerheit würde sich deine Umgebung entspannen und deine Karriere würde sich besser entwickeln.«

Das eisige Schweigen hielt an. Dann brachte es eben nichts, aber sie hatte es versucht. Hauptsache, er behielt sie im Auto.

»War es das?«, fragte auf einmal Harald. »Wenn ja, kann ich ab sofort hoffentlich in Ruhe nach Obermallebarn steuern.«

Die weitere Fahrt verging in völliger Stille. Die einzigen Geräusche kamen von den quietschenden Scheibenwischern, da es mittlerweile leicht regnete.

Je näher sie ihrem Ziel kamen, desto unruhiger wurde sie. Was, wenn sie sich irrte und sie Manuelas Freunde antraf? Was, wenn sie recht hatte, aber zu spät kam und Manuela tot am Boden lag? Was, wenn das Haus verlassen war, sollte sie dann gewaltsam eindringen?

Harald schaltete das Autoradio ein. Soeben begannen die 18-Uhr-Nachrichten. »Weiterer Leichenfund im Wiener Prater«, ertönte es aus dem Lautsprecher. Ana setzte sich kerzengerade auf.

»Heute wurde bei Bauarbeiten in der Nähe der Autobahnbrücke in den Wiener Praterauen die Leiche eines jungen Mannes gefunden. Die Identität wurde noch nicht bekannt gegeben. Der Pressesprecher der Polizei teilte mit, dass das Opfer sorgfältig versteckt war. Aufgrund notwendig gewordener Reparaturarbeiten an einer Wasserleitung wurden Bodenarbeiten durchgeführt und dabei wurde der Körper entdeckt. Er dürfte bereits einige Monate an der Stelle gelegen sein und die Polizei geht von einem Gewaltverbrechen aus. Sie untersucht einen möglichen Zusammenhang mit der vor wenigen Tagen bei der Liliputbahn aufgefundenen weiblichen Leiche. Wir fragen jetzt live einen Vertreter der Exekutive, wie sicher der Wiener Prater für die Bürger noch ist.«

Ana fing an zu schwitzen und ihre Beine vibrierten.

»Weißt du etwas darüber?« Haralds Stimme klang hohl.

»Nein. Wirklich nicht. Aber ich habe Angst, dass das mit Manuela und Anni zusammenhängt.«

»Willst du noch immer nach Obermallebarn fahren?«

»Ja, unbedingt«.

Sie verfielen wieder in Schweigen. Die Gedanken wirbelten durch ihr Gehirn. War der ermordete Mann ein schrecklicher Zufall? Zwei Morde im Prater in so kurzer Zeit? In einer Stadt mit niedriger Mordrate? Da durchzuckte sie ein Satz, den sie vor Kurzem gehört hatte. »Das Problem mit dem jungen Mann ist endgültig erledigt.« Hatte Rudi mit ›endgültig erledigt‹ womöglich ›verscharrt‹ gemeint? Wie passte der Obdachlose ins Bild?

Die blecherne Stimme des Navigationssystems forderte sie auf, von der Schnellstraße abzufahren. Sie bogen auf eine schnurgerade Landesstraße ein, danach folgte das Ortsschild. Mit niedriger Geschwindigkeit rollten sie durch

Obermallebarn. Die Häuser standen weit auseinander auf großen Grundstücken, viele hinter hohen Bäumen und Sträuchern verborgen.

»Da ist die Kirche, gleich dahinter links abbiegen«, sagte sie. »Bleib nach der übernächsten Kreuzung rechts stehen und schalte das Licht aus. Falls uns wer gefolgt ist, entdeckt er das Fahrzeug auf diese Weise nicht. Ich laufe die paar Schritte zurück. Bitte nicht wegfahren. Hast du eine Taschenlampe für mich? Ich habe mein Handy verloren.«

»Wie vereinbart warte ich zwei Stunden und keine Minute länger. Nimm dir die Taschenlampe aus dem Handschuhfach. Das ist der Vorteil an einem Pedanten, der hat alles bei der Hand«, antwortete er. Dann räusperte er sich und fügte hinzu: »Viel Erfolg bei deinem Vorhaben.«

Ana lächelte still vor sich hin, während sie die Lampe aus dem Handschuhfach holte und aus dem Auto schlüpfte.

KAPITEL 41

Behutsam ging Ana die unbeleuchtete Fahrbahn der Seitenstraße zurück. Bloß nicht stolpern und den Knöchel verstauchen, das wäre jetzt fatal.

Bald gelangte sie zu der Adresse von Manuelas Freunden und stand vor einem schmiedeeisernen Tor, das fast so hoch wie sie groß war. Nochmals sah sie sich um, aber die Straße lag in völliger Stille da. Sie schaffte es, sich leise an dem Tor hochzuziehen, und ließ sich auf der anderen Seite vorsichtig auf die Erde hinunter. Sie war noch nie in einen Garten eingestiegen, das war alles so unwirklich.

Auf dem Grundstück war es so finster, dass sie ohne Licht nicht mehr weiterfand. Sie knipste die Taschenlampe an. Den Lichtstrahl konnte jemand entdecken. Dieses Risiko musste sie eingehen, sonst war ihr Ausflug sinnlos.

In kleinen Schritten folgte sie dem Einfahrtsweg. Als ein schmaler Kieselweg abzweigte, schlich sie auf dem Hauptweg weiter, bis ein graues Garagentor vor ihr auftauchte. Sie traute sich nicht, an der Schnalle zu ziehen. Zu sehr musste sie an quietschende Garagentore denken. Vorsichtig ließ sie den Lichtstrahl über die Wand gleiten. Sie hatte Glück, da war eine Öffnung.

Ana schob sich zum Fenster der Garage und horchte, es war alles ruhig. Sie leuchtete in den Innenraum und hätte um ein Haar aufgeschrien. Vor ihr stand Manuelas Auto.

Sie starrte es an und war überzeugt, dass es keine Verwechslung war. Um hundertprozentig sicher zu sein, spielte sie aufgeregt so lange mit der Taschenlampe herum, bis sie das Autokennzeichen erkennen konnte. Es war ein Korneuburger Kennzeichen und die Ziffern kamen ihr bekannt vor. Gefunden! Manuela musste in der Nähe sein.

Sie drückte sich an die Garagenmauer. Ganz ruhig, jetzt keinen Fehler machen. Manuela war hier gewesen, hoffentlich war sie noch da. Es konnte sein, dass sie bereits tot war.

»Sie lebt, sie lebt«, wiederholte Ana immer wieder, um sich selbst zu überzeugen. Wenn sie nicht daran glaubte, dass ihre Kollegin am Leben war, hatte sie hier nichts verloren. Dann hätte sie von Anfang an daheimsitzen und warten können. Sie schüttelte den Kopf und verbannte die Vorstellung aus ihren Gedanken. Sie musste herausfinden, ob Manuela in diesem Gebäude war.

Sie tastete sich an der Wand entlang, bis sie an die Stelle gelangte, wo die Garage an das Haus angebaut war. Schrittweise schlich sie voran und leuchtete vorsichtig auf den Boden vor sich. Vor den Fenstern waren dünne Vorhänge vorgezogen und die Zimmer waren unbeleuchtet. Wenn jemand drinnen war, hockte er im Finsteren.

Enttäuschung breitete sich in ihr aus, doch da kam ihr eine neue Idee. Das Haus könnte einen fensterlosen Keller haben. Zentimeterweise ging sie weiter, bis sie auf ein Drahtgitter im Boden vor sich stieß. Ein Lichtschacht, das war die Lösung.

Sie beugte sich zur Erde und lauschte. Es roch nach feuchten Blättern und Moos. Da war doch ein Geräusch! Und war es unten heller als heroben? Sie war unsicher und beschloss, einen zweiten Kellerschacht zu suchen. Unvermittelt knackste es hinter ihr. Sie erstarrte. Das Herz schlug ihr bis zum Hals und sie spürte, wie sich Schweiß auf ihrer Haut bildete.

Regungslos verharrte sie, aber der Laut wiederholte sich nicht, vielleicht war es ihre Fantasie gewesen. In der Finsternis zirpte eine Grille. Sie beruhigte sich und bewegte sich langsam weiter. Ihr Fuß trat auf das nächste Gitter. Erneut kniete sie sich nieder und starrte in den Schacht. Diesmal war sie sich sicher. Im Untergeschoß brannte Licht.

Was jetzt? Sie durfte keinen Alarm auslösen, falls das Haus ein Sicherheitssystem hatte. Ohne Eindringen kam sie aber nicht hinein, sollte sie einfach anläuten? Die Gedanken schwirrten durcheinander.

Sie musste den Einbruch riskieren. Sollte die Alarmanlage losheulen, würde sie zum Zaun laufen und sich drüberwerfen. Bis der Sicherheitsdienst kam, wären sie mit dem Auto weg. Sie gab sich einen Ruck und huschte zurück zum Hauseingang.

Die Haustür bestand aus einer dunklen Türplatte und einem schmalen Seitenteil aus Glas oder Kunststoff. Da würde sie durchpassen, wenn sie die Seitenscheibe einschlug, überlegte sie. Sie hob einen der Zierkieselsteine neben dem Eingang auf, schaltete ihre Lichtquelle ab und drückte vorsichtig gegen den Seitenteil. Er war aus Plexiglas, das würde sie schlecht einschlagen können. Da spürte sie, dass sich die Scheibe ein wenig bewegte. Sie presste stärker dagegen und die Scheibe begann sich zu verbiegen. »Billigsdorfer«, dachte sie und erhöhte den Druck.

Schließlich stemmte sie sich mit der ganzen Kraft gegen die Plastikscheibe und diese gab nach. Beinahe wäre sie ins Haus hineingefallen. Die Platte hatte sich aus dem Rahmen gelöst und hing schräg in den Vorraum hinein. Sie hörte keine Sirene, aber vielleicht hatte sie einen stillen Alarm ausgelöst.

Sie sprach sich selbst Mut zu und zog die Jacke aus, um schmäler zu sein. Mit dem Kleidungsstück und der Lampe in der Hand drückte sie sich vorsichtig durch die Öffnung.

Geschafft. Sie hielt inne und lauschte, vernahm jedoch keine Geräusche. Es war kühl herinnen, aber eindeutig wärmer als draußen. Gedrosselte Heizung, weil sie auf Urlaub sind, dachte Ana.

Um die Hände freizubekommen, schlüpfte sie wieder in ihre Jacke. Es roch muffig, als hätte länger schon niemand mehr gelüftet. Hier wohnte derzeit niemand, aber wer war im Keller? Sie rückte die Plastikscheibe wieder halbwegs an ihre Stelle zurück. Es musste ja nicht sofort jeder sehen, dass hier ein Einbruch stattfand.

Die Taschenlampe nochmals aufzudrehen, erschien ihr gefährlich. Es blieb ihr jedoch keine Alternative, sonst würde sie stolpern und sich verletzen. Der Lichtstrahl traf die Wand einer großen Kammer. Zwei Räume standen offen, drei Türen waren geschlossen.

Sie prägte sich die Lage ein, dann drückte sie vorsichtig eine Türschnalle hinunter und zog die Tür einen Spalt weit auf. Das war ein Wink des Schicksals. Vor ihr führte eine Treppe in die völlige Dunkelheit nach unten.

Einatmen, ausatmen, befahl sie sich und schlich hinunter. Unten befand sich ein kleiner Vorraum mit einem großen Schrank. Zwei Türen versperrten ihr den Weg.

Ana entschied sich für eine und knipste die Lampe endgültig aus. Langsam drückte sie die Tür auf. Das Metall war kalt und gab ein leises Quietschen von sich, als die Tür am Boden streifte. Sie hatte wieder die richtige Wahl getroffen, der Raum war schwach beleuchtet. Sie tappte auf den Zehenspitzen vorwärts. Dann schrie sie vor Schreck laut auf.

Sie stand plötzlich im Lichtkegel eines gleißenden Lichtstrahls. Ihre Beine knickten ein wenig ein, aber sie schaffte es, sich aufrecht zu halten und eine Hand schützend vor die Augen zu heben. Mit der anderen umklammerte sie die Taschenlampe, um sie einem Angreifer über den Schädel zu schlagen.

KAPITEL 42

»Ana! Mein Gott, hast du mich erschreckt! Bist du wahnsinnig, mir so eine Angst einzujagen! Ich hätte um ein Haar einen Herzinfarkt gekriegt!«, kreischte eine schrille Stimme.

Der Strahl der Taschenlampe fiel neben Ana auf den Kellerboden und strich dann die Wand entlang.

»Bist du allein?«, Manuela klang eine Nuance beherrschter.

»Manuela! Manuela, du bist es wirklich! Bist du in Ordnung?«, krächzte Ana. Ihr war speiübel von der Aufregung.

»Ich bin okay. Bist du allein?«, wiederholte Manuela ungeduldig.

»Ja.« Tausend Gedanken schossen ihr durch das Gehirn, aber sie war außerstande, einen Satz herauszubringen. Alles war gut, Manuela lebte!

»Komm!« Manuela packte sie am Ärmel und zog sie in den Raum. Sorgfältig schloss sie die Tür. Sie fiel ihr um den Hals und umarmte sie fest. »Bin ich froh, dass du es bist. Ich dachte schon, meine letzte Stunde hat geschlagen.«

Ana vergrub ihr Gesicht an Manuelas Schulter und begann zu schluchzen. »Ich hatte solche Angst. Ich hatte totale Panik, dass ich dich hier gefoltert finde, womöglich tot.« Sie löste sich aus der Umarmung. »Was ist passiert? Wir müssen so schnell wie möglich weg von diesem Ort.«

Ihre Kollegin sah sie mit verzweifeltem Gesichtsausdruck an. »Ich kann nirgends hin. Wenn ich irgendwo auftauche, töten die meine Familie.«

»Hier kannst du jedenfalls nicht bleiben. Ich hoffe, dass uns niemand gefolgt ist, aber ich kann es nicht ausschließen. Und wenn ich fähig bin, dich zu finden, bringen das andere ebenso zustande. Wir fahren auf dem schnellsten Weg zur Polizei.«

»Ich gehe nirgends hin, schon gar nicht zur Polizei.« Manuela trat zu einem Holzstuhl, der bei einem alten Tisch stand. Sie ließ sich auf den Stuhl fallen.

»Wir müssen sofort weg von hier, jede Minute zählt«, drängte Ana.

»Ich bleibe da, woanders ist es noch gefährlicher.«

Ana verzweifelte langsam. Das durfte doch nicht wahr sein! »Wie lange willst du dich denn in diesem Keller verstecken? Ewig? Was machst du, wenn deine Freunde vom Urlaub zurückkommen?«

»Das dauert noch.«

»Was ist eigentlich passiert? Vor wem verkriechst du dich?« Ana hörte die Hysterie in ihrer Stimme. Die Furcht war zurück und kroch ihr den Rücken hinauf. Wie konnte sie Manuela zur Flucht bewegen?

»Das sind 1000 Fragen, ich habe nur leider keine Antworten. Und ich darf nicht mit dir reden.« Manuela wirkte plötzlich, als hätte sie keine Hoffnung mehr, alle Energie war ihr entwichen. Sie schaute Ana vorwurfsvoll an und schimpfte: »Ich habe doch Max gesagt, dass ihr aufhören müsst, nach mir zu suchen. Warum habt ihr euch nicht an meinen Wunsch gehalten?«

»Du hast mit Max geredet?«, Ana starrte sie fassungslos an. »Davon weiß ich nichts.« Das machte alles keinen Sinn. Stand Manuela unter Drogen?

»Ja. Als ich im Fernsehen gesehen habe, dass Anni ermordet worden ist, musste ich mit ihm reden. An solche Zufälle glaube ich nicht. Ich bin mir sicher, ihre Ermordung hängt auf irgendeine Weise mit meinem Erlebnis zusammen. Also machen die wirklich ernst. Die schrecken vor nichts zurück.«

»Was hast du Max erzählt?«

»Ich habe ihm gesagt, wenn er mich liebt, hört er sofort zu suchen auf. Und er soll verhindern, dass irgendwer anderer nach mir sucht. Vor allem du. Ich dachte mir doch, dass du nicht ohne Weiteres zuschaust und Däumchen drehst, sondern etwas ausheckst.«

»Sich hier im Keller verkriechen ist keine Lösung. Bitte komm mit, wir finden uns einen anderen Unterschlupf. Dort erzählst du mir in Ruhe, was passiert ist, und wir überlegen, was zu tun ist. Bitte!«

Manuela hob den Kopf und musterte sie. Täuschte sie sich, oder waren da auch ein kleines Lächeln und ein wenig Zuversicht in den Augen?

Aber Manuela antwortete unerwartet heftig: »Ich bin nirgends sicher. Ich habe zwei Männer und eine Frau bei etwas Illegalem in der Garage überrascht. Da war sehr viel Bargeld. Ich bin nur mit unheimlich viel Glück entkommen. Sie waren unmissverständlich. Wenn sie mich kriegen, bringen sie mich und meine Familie um.« Sie sah angsterfüllt drein. »Wer ist eigentlich ›uns‹? Du hast vorhin gesagt, du hoffst ›uns‹ ist niemand gefolgt. Ist Max bei dir?«

»Nein. Harald Strauss hat mich mit dem Auto hergeführt und wartet draußen. Das ist eine lange Geschichte. Ich erzähle sie dir, sobald wir in Sicherheit sind. Bitte komm jetzt …« Ihr Satz wurde jäh durch ein lautes Klingeln unterbrochen. Das war die Türglocke.

Ana sprang zur Wand und drehte das Licht ab. Sie stand bewegungslos da und lauschte in die Dunkelheit. Ihr Herz klopfte schnell und laut.

Mittlerweile drückte jemand ständig auf die Klingel, sie läutete im Dauerton. Plötzlich krachte es über ihnen, einmal, zweimal und anschließend ein drittes Mal ohrenbetäubend.

»Hallo! Hallo!«, brüllte ein Mann. »Wo seid ihr?«

Die folgenden Sätze waren für Ana unverständlich, bis er wieder schrie.

»Also, los jetzt! Auf der Stelle rauskommen! Oder müssen wir euch holen?« Er klang nun sehr viel lauter. Offenbar hatte der Sprecher die Kellertür geöffnet. Sie hörten schwere Schritte nach unten stapfen. Irgendjemand stöhnte auf und schon dröhnte erneut die Stimme. »So, wir sind auf dem Weg zu euch in den Keller. Es ist Zeit für euch, auf der Bildfläche zu erscheinen. Wenn ihr nicht sofort eintrudelt, zerlege ich euren Freund in seine Bestandteile.« Abermals vernahm sie ein Schluchzen und der Mann fragte: »Wie heißt du? Los, sag mir deinen Namen.«

Sogleich setzte die Stimme fort. »Also. Wenn ihr euch nicht bis drei meldet, schneide ich dem Harald ein Ohr ab. So heißt das gute Weichei in meiner Hand. Eins! Zwei!«

Ana zuckte zusammen, das konnte die Stimme des Giocare-Bosses sein. Erneut hörte sie ein Stöhnen und schrie auf: »Nein! Nicht! Tun Sie Harald nichts. Wir sind hier.«

Die Tür flog auf und donnerte gegen die Wand. Herein stapfte eine dunkle Gestalt. Das Kellerlicht flammte auf und vor ihr stand Rudi. Er sah ihr direkt in die Augen. Seine eiserne Miene verriet keine Gemütsbewegung. Unbewegt starrte er sie an. Ana rückte zurück, bis sie anstieß und an die Wand gepresst stehen blieb.

Da trampelte noch ein Mann durch die Tür. Er hatte dunkle Augen, war unrasiert und trug seine schwarzen Haare in einem Pferdeschwanz. Seine rechte Hand war mit weißer Mullbinde bandagiert. Dennoch hielt er damit Haralds Arm fest umklammert. Er hatte ihm den Arm nach hinten verdreht und drückte ihn nach oben. Harald wankte gebeugt mit schmerzverzerrten Zügen vor ihm.

»Die zwei Prinzessinnen«, feixte der Prater-Strizzi, »so sehen wir uns wieder.« Er stieß Harald zum Tisch und befahl: »Setz dich!«

Der torkelte weiter und ließ sich auf einen Sessel fallen. Er sank mit den Armen auf die Tischplatte und legte den Kopf mit dem Gesicht in seine Hände.

»Waschlappen! Du setz dich auch hin«, der Mann sah Ana an und deutete zu dem Tisch. Die beiden Männer waren ihnen haushoch überlegen. Besser einmal kooperieren und dann einen Ausweg suchen. Sie wich seitwärts weg und schlüpfte ebenfalls auf einen Stuhl. Sie behielt ihn ständig im Auge. Gleichzeitig brannte ihr Rudis Blick auf der Haut, sie fühlte, dass er sie fixierte.

Der Mann griff in seine Lederjacke und zog etwas heraus, was Ana nicht erkennen konnte. Er ging zu Manuela und befahl: »Arme nach vorne und die Hände zusammen!« Dann band er einen länglichen Gegenstand um ihre Handgelenke. Es waren Kabelbinder.

»Du jetzt«, sagte er und schritt auf Ana zu. Sie streckte folgsam ihre Arme aus und legte die Handflächen aneinander. Der Kabelbinder wurde um ihre Gelenke geschlungen und zusammengezogen. Sie spürte, wie ihr das Plastik in die Haut schnitt.

»Aufsetzen!«, fuhr er Harald an, der augenblicklich in die Höhe schoss. Schnell wurde auch er zusammengeschnürt.

»Und was machen wir jetzt mit diesem rührenden Haufen?« Der Typ mit dem Pferdeschwanz hatte sich zu Rudi gedreht. Der war die ganze Zeit regungslos neben dem Lichtschalter gestanden und hatte ohne Unterbrechung Ana angeschaut. Sie fühlte sich von diesen Blicken verschlungen, ein Schauder lief ihr den Rücken hinunter und eine Gänsehaut wuchs.

»Ihr rührt euch keinen Millimeter vom Fleck«, diesen einen Satz sprach Rudi mit unheimlicher Beherrschtheit in ihre Richtung aus. »Komm, Fritz, lass uns draußen reden.« Er winkte dem anderen Mann und die beiden gingen hinaus. Die Tür fiel hinter ihnen mit einem Knall ins Schloss.

KAPITEL 43

»So eine Scheiße!«, stieß Ana aus.
»Totale Oberscheiße«, pflichtete ihr Manuela bei.

Die beiden Frauen schauten sich entsetzt an. Vor wenigen Augenblicken war Ana noch überglücklich gewesen, Manuela unverletzt gefunden zu haben. Jetzt saßen sie gefesselt in einem entlegenen Haus und waren zwei Männern ausgeliefert, die bestimmt nichts Gutes im Sinn hatten.

Harald sagte kein Wort. Er war weiß wie eine Wand und schaute geradeaus, ohne seine Miene auch nur eine Spur zu bewegen.

»Weiß jemand, dass ihr hierher gefahren seid?«

»Nein. Es war keine Zeit. Sind das die Männer, die du in der Garage überrascht hast?«, fragte Ana.

»Stimmt. Es stand noch eine Frau bei ihnen. Die haben sich über etwas gebeugt und miteinander gestritten, während ich von der Rampe kam. Als ich sie laut grüßte, sind sie wie von Wespen gestochen in die Höhe gefahren und auseinandergesprungen. Die Frau hat sich dermaßen erschrocken bei meinem Anblick, dass ihr eine Sporttasche aus der Hand gefallen ist. Auf einmal hat es Geld geregnet. Euroscheine sind durch die Luft geflogen. Das war richtig viel Kohle. So einen Haufen Geld habe ich in meinem ganzen Leben noch nicht gesehen.«

Ihre Schilderung schien Harald aus seiner Erstarrung zu wecken. »Und was ist dann passiert?«

»Der Kerl mit den kurzen Haaren hat geschrien: ›Sie hat uns zusammen gesehen, sie darf nichts sagen, schnapp sie dir!‹ Daraufhin hat der Mann mit dem Pferdeschwanz ein Messer aus seiner Hose gezogen.

Die blöden Bohnenstangen habe ich fallen gelassen. Die Handtasche hatte ich umgehängt und den Autoschlüssel hatte ich in der Hand, den habe ich glücklicherweise festgehalten. Ich bin die Rampe ins nächste Untergeschoß hinuntergerast, so schnell, wie ich noch nie in meinem Leben gelaufen bin. Während ich weggerannt bin, habe ich ihn schreien gehört: ›Lass sie ja nicht entkommen!‹« Manuelas Schultern zuckten, ihr liefen Tränen über die Wangen.

»Und wie bist du dann entwischt?«, fragte Ana.

»Ich habe als Erste mein Auto erreicht und bin hineingesprungen. So eine Geschwindigkeit traut mir keiner zu.« Sie seufzte gedankenverloren. »Ich habe den Wagen sofort mit dem Schlüssel verriegelt.«

»Und?«

»Der mit dem Pferdeschwanz hat an der Türschnalle gerüttelt und geplärrt, ich soll sofort aufschließen. Er hat mit der Faust auf das Blech und gegen die Fensterscheibe gedroschen. Der Typ trug einen riesigen Ring, das hat geknirscht. Ich habe gefürchtet, er zertrümmert die Scheibe.« Wieder fing Manuela zu weinen an. Sie redete aber weiter.

»Er hat dann geschrien: ›Wenn ich dich noch einmal im Leben sehe oder wenn du zur Polizei gehst, bringe ich deine

Familie um‹. Ich habe den Motor gestartet und mit Vollgas nach hinten hinausgeschoben, während ich das Lenkrad eingeschlagen habe. Dabei habe ich den Typen mit dem Außenspiegel getroffen, was ihn kurz abgelenkt hat. Da bin ich nach vorne weggeschossen. Haarscharf an ihm vorbei. Und er ist mir nachgejagt und hat wie ein Irrer gebrüllt. Ich habe mir jedes Wort gemerkt.«

»Was hat er gesagt?«

»Denk dran! Ein Wort und ihr seid tot!«

»Und dann?«

»Ich bin die zwei Etagen, so schnell ich konnte, hinaufgebraust, den Dienstausweis hatte ich um den Hals hängen. Damit habe ich den Ausfahrtsschranken blitzartig aufgekriegt. Ich wollte nur mehr hinaus, ich wäre notfalls durch den Schranken gedonnert.«

»Das heißt, die bringen uns alle um.« Haralds Stimme klang genauso leblos, wie er aussah. »Die leisten sich keine Zeugen.«

»Während wir reden, planen die gerade, was sie mit uns anfangen«, stimmte Ana zu.

Da öffnete sich die Tür und der Mann mit dem Pferdeschwanz schaute herein. »Kein Grund zur Hektik, noch passiert euch nichts. Wollte nur schauen, ob ihr schön artig seid und still sitzt. Sehr brav seid ihr!« Er lachte höhnisch und warf die Tür zu.

»Gibt es einen zweiten Ausgang?«, wandte sich Ana an Manuela.

»Nein. Da ist nur ein Treppenhaus.«

»Aber es gibt Lichtschächte. Vielleicht kommen wir durch die hinaus.« Ana wollte nicht aufgeben.

»Mhm. Der eine Lichtschacht hat sogar eine Katzentreppe, so was habe ich noch nie gesehen. Aber da kommen wir nicht hinauf.«

Abermals sprang die Tür auf und der Mann mit dem Pferdeschwanz trat ein. Ihm auf dem Fuß folgte Rudi und er ging direkt auf Ana zu. Er packte sie am Oberarm.

»Komm mit.«

Als Ana ihn fassungslos anstarrte und sich keinen Zentimeter bewegte, sagte er sanfter: »Bitte mach keine Schwierigkeiten. Ich will dir nicht wehtun. Komm einfach mit mir mit.«

Rudi zerrte fester an ihrem Arm, diesmal stand Ana auf und ließ sich von ihm durch das Zimmer ziehen. Hinter sich hörte sie den Prater-Strizzi zuerst fragen, wieso sie keine Handys hatten, und dann sagen, dass er sie an die Sessel binden würde, damit sie auf keine dummen Ideen kämen. Sie sollten die wenigen Augenblicke genießen, die ihnen noch blieben.

Ana ging mit Rudi in den übernächsten Kellerraum. An den Wänden reihten sich Weinstellagen voller Flaschen aneinander. Der Duft von Holz lag in der Luft. In der Mitte des Raumes stand ein Stahltisch mit vier Sesseln. Die Sitzgruppe bildete einen ultramodernen Kontrast zum Holz. Eine Deckenleuchte mit vielen kleinen Kugeln warf Lichtreflexe. Anscheinend war dieser Ort für eine kleine, intime Weinverkostung gedacht.

Rudi deutete Ana, dass sie sich setzen sollte, und nahm selbst auf einem der Stühle Platz.

»Warum hast du das gemacht?«

Ana starrte ihn überrascht an. Sie hatte mit allem Möglichen gerechnet, aber sicher nicht mit dieser Frage.

»Warum habe ich was gemacht?«, fragte sie vorsichtig retour.

»Es hätte perfekt sein können. Meine Karriere, die Wohnung, ein schönes Paar, wunderhübsche Kinder. Warum hast du das kaputt gemacht?« Rudi klang gefasst, beinahe ein wenig traurig.

Das durfte doch nicht wahr sein. Sie war die Böse in seinen Augen? Der war doch ein Psychopath.

»Ich habe meine Freundin gesucht, sonst habe ich gar nichts gemacht. Und auf das Foto von euch bin ich zufällig gestoßen, weil ich nach einem Ladekabel für mein Handy Ausschau gehalten habe.« Anas Stimme klang fest und ein wenig trotzig.

Rudi hörte anscheinend nicht einmal zu, er redete in der gleichen monotonen Stimmlage weiter. »Du warst genau die Richtige. Schön, gutes Auftreten und mit einem tadellosen Hintergrund. Ich habe mir so viel aufgebaut, das hättest du alles mit mir teilen können. Ich hätte sogar eine Zeit lang akzeptiert, dass du arbeiten gehst. Alles wäre perfekt gewesen.«

»Was bitte ist daran perfekt, dass ihr Manuela mit dem Tod bedroht und Anni umbringt? Ihr habt doch Anni umgebracht und nicht der Obdachlose, oder?« Ana schluckte, das hätte sie vermutlich nicht so direkt aussprechen sollen.

Er ignorierte sie aber noch immer. Er redete weiter vor sich hin. »Du hättest dich mit Gloria angefreundet, das hätte ihr ebenfalls gutgetan. Wir wären eine richtige große Familie geworden und alle hätten uns beneidet. Unsere Kinder hätten wir auf eine Privatschule geschickt.«

»Bitte, wer ist jetzt Gloria?«

Seine Miene erwachte zu Leben. »Unsere kleine Schwester. Fritz ist mein Bruder. Wir sind gemeinsam aus Bosnien hierhergekommen und ich trage als Ältester die Verantwortung für die beiden.«

»Der Mann mit dem Pferdeschwanz ist dein Bruder?«

Rudi nickte lediglich. Er dachte intensiv nach. Da er nichts mehr sagte, fragte Ana weiter: »Wobei hat euch Manuela in der Garage überrascht?«

Desinteressiert gab er zurück: »War bloß die monatliche Abrechnung, aber niemand darf Fritz und mich gemeinsam sehen.«

»Warum denn? Er ist doch dein Bruder?«

Rudi verdrehte die Augen. »Genau das durfte doch niemand wissen, damit wir eine heile Welt haben. Glaubst du, ich kann Karriere in der Bank machen, wenn mein Bruder ein Boss der Wiener Unterwelt ist?«

Er blickte Ana in die Augen, als würde er versuchen sie zu hypnotisieren, zögerte kurz und sagte dann: »Ich mache dir einen Vorschlag, vielleicht ist es noch nicht zu spät für uns. Nach dieser Krise können wir bedauerlicherweise nicht in Österreich bleiben, auch wenn uns im Moment niemand im Verdacht hat. Dabei wollte ich in die Politik. Wir verwischen unsere Spuren und kehren nach Bosnien zurück. Geld genug haben wir, dass wir es uns dort richtig gut gehen lassen. Wir werden die Mächtigsten in der

Gegend sein, der Mittelpunkt der Gesellschaft, die High Society. Vielleicht werde ich in Bosnien Politiker.«

Ana hielt den Atem an. Den Mord an Anni bezeichnete er als Krise und sich selbst sah er als Zentrum der Gesellschaft. Was würde er als Nächstes sagen? Der Typ war irre!

»Ich gebe dir noch eine Chance. Du darfst mitkommen. Als meine Verlobte. Damit ist das jetzt ein Heiratsantrag.«

Rudi grinste sie an. Es war dieses Lächeln, das sie bis vor wenigen Stunden charmant und anziehend gefunden hatte. Im Augenblick jagte es ihr nur Angst ein. Sie spürte einen Schauer über ihren Rücken laufen. Was sollte sie ihm antworten?

KAPITEL 44

Ana krallte sich mit ihren gefesselten Händen an den Sessel. Angst kroch den Rücken hoch, ihr Hals war zugeschnürt, ihre Handflächen begannen zu schwitzen. Sie saß in der Falle. Sie musste Rudi endlich etwas antworten, das ihn nicht völlig ausrasten ließ.

»Hättest du nicht ständig Sorge, dass ich euch verrate?«, fragte sie mit möglichst ruhiger Stimme.

»Das weiß ich zu verhindern.« Er lächelte sie noch immer an.

Ana musste Zeit gewinnen. Eventuell konnte sie ihn ein wenig hinhalten. »Lass mich bitte zuerst verstehen, was wirklich passiert ist. Warum war es so schlimm, dass euch Manuela bei der Abrechnung überrascht hat?«

Rudi sah sie verwundert an. »Ich dachte, das ist dir sonnenklar. Ich habe für meine Geschwister und mich ein schönes Leben in Österreich aufgebaut. Mir wurde nichts geschenkt, trotzdem habe ich alles erreicht. Ich bin ein angesehenes Mitglied der Gesellschaft. Im Beruf, in Vereinen, in der Hausgemeinschaft. Meine Familie ist nicht die Masse, wir haben uns Besseres verdient. Alle müssen zu uns aufschauen und uns beneiden.« Er wartete auf einen Kommentar von ihr.

»Ja, ihr hattet es außerordentlich schwer, und du hast Unglaubliches erreicht.«

»Genau. Deshalb gebührt uns mehr. Mehr, als ich in der Bank je verdienen kann. Dafür hat Fritz die Geschäfte im

Prater organisiert und ich habe ihm von Anfang an geholfen. Das weiß niemand. Ich habe ihm Startkapital besorgt und meine Beziehungen spielen lassen. Sogar Gloria hat ein paarmal mitgeholfen, ihr kann kaum jemand eine Bitte abschlagen. Fritz hat sowieso vor Jahren die Lust auf die gute Gesellschaft verloren. Er wollte der König des Wiener Praters werden. Gloria und ich hingegen haben für alle eine weiße Weste.« Rudi verstummte. Er wirkte stolz und glücklich.

Ana hatte zwar nicht alles verstanden, aber sie konnte sich die Geschichte einigermaßen zusammenreimen.

»Und was habt ihr bei deinem Auto getan, als Manuela hineingeplatzt ist?«

Rudi schien vergessen zu haben, wo sie waren und was er von ihr wollte. Er war freundlich und charmant und erzählte im Plauderton. »Für gewöhnlich treffen wir uns für die Übergabe der Anteile an Plätzen, wo uns keiner kennt. Nur im Ausnahmefall kommen Gloria und Fritz zu mir in die Garage. Am Mittwoch musste ich unvorhergesehen Überstunden leisten, weil kurzfristig eine Geschäftsleitungssitzung einberufen wurde. Deshalb haben sich die beiden bei mir eingefunden. Deine Kollegin ist völlig überraschend aufgetaucht. Normalerweise marschiert dort keiner herum, schon gar nicht um die Uhrzeit.«

»Wieso konntest du in der Garage sein? Du warst doch den ganzen Abend in der Vorstandssitzung.«

»Schon, aber der Vorstandsvorsitzende ist Kettenraucher, deshalb legen wir einmal in der Stunde eine Zigarettenpause ein. Zeit genug, um nach unten zu fahren und das

Geschäft zu erledigen. Das ist unauffällig, weil alle Teilnehmer Mails lesen, telefonieren oder rauchen gehen.«

»Was habt ihr genau gemacht? Habt ihr euch um Geld gestritten?«, fragte sie weiter. Das war ein Fehler.

Rudi fuhr in die Höhe, der verklärte Blick war verschwunden. »Wieso willst du das alles wissen? Das ist doch bedeutungslos. Also gib mir eine Antwort. Kommst du mit mir nach Bosnien?«

»Rudi, das klingt schön. Ein gemeinsames Leben mit dir und deiner Familie. Richtig verlockend. Aber das ist eine furchtbar schwere Entscheidung für mich. Ich habe in Österreich meine Familie, meine Freunde und einen guten Job. Hier sind meine Wurzeln. Darf ich ein wenig darüber nachdenken?«

Seine Miene verfinsterte sich.

Ana fügte rasch hinzu: »Bitte nicht falsch verstehen, ich bin überwältigt von deinem Vorschlag. Das wäre so schön. Trotzdem will ich es bitte überdenken, bevor ich Ja sage.«

»Überleg nicht zu lange. Und bilde dir nicht ein, dass die Alternative dein altes Leben ist, das wird nichts mehr. Geh zurück zu den anderen. Sobald du dich entschieden hast, gib mir Bescheid.«

Sie nickte und versuchte ein kleines Lächeln. Dann erhob sie sich und wandte sich in Richtung Ausgang. Rudi eilte ihr voraus und hielt ihr die Tür auf. Er verhielt sich galant wie immer. Ana ging mit vorgestreckten Armen zu dem Sessel neben Manuela zurück.

Diese schaute sie angsterfüllt an. Sie fürchtete vermutlich, dass ihr Rudi wehgetan hatte. Deshalb sagte Ana rasch: »Alles gut bei mir.«

Rudis Bruder Fritz fuhr sie an: »Goschen halten, sonst klebe ich sie euch zu.«

Dann wandte er sich an Rudi. »So, was ist jetzt? Schauen wir, dass wir die Bagage loswerden und abhauen. Das ist mir hier zu gefährlich.«

»Reg dich ab, Fritz. Was soll hier gefährlich sein? Uns ist niemand gefolgt und die Blonde«, er deutete auf Manuela, »ist seit Tagen in dem Keller versteckt. Da kommt es auf ein paar Stunden mehr nicht an.«

»Bist du deppert? Wir fahren jetzt sofort zurück! Die drei bringen wir zum Schweigen und lassen sie einfach da. Die sind überflüssiger Ballast, wenn wir sie mitnehmen.«

Rudi durchbohrte Ana mit seinem Blick, während er seine Hand auf die Schulter seines Bruders legte. »Komm mit, lass uns draußen sprechen, wie wir vorgehen. Damit wir nichts übersehen.« Er drehte sich um und verschwand.

Fritz funkelte Ana böse an und meinte: »Du bist schuld, das wirst du büßen. Blöde Funzen.« Er machte eine eindeutige Handbewegung, als ob er einem Huhn den Hals umdrehen würde, und kicherte bösartig. Immer noch kichernd schlenderte er hinaus.

Harald hauchte: »Die bringen uns um.«

Ana stand vorsichtig auf und ging zum ersten Lichtschacht. Sie sah eine Glasscheibe mit einem Hebel – ein einfacher Mechanismus. Aber die Fensteröffnung lag fast drei Meter über ihnen, wie sollten sie hinaufgelangen?

Da von den Männern nichts zu hören war, schlich sie zum zweiten Lichtschacht. Bei diesem war die Katzenleiter mit einer Vorrichtung aufgebaut, um die offene Scheibe in einem geringen Winkel zu fixieren. Die Katzentreppe schaute zu schwach aus, um einen Menschen zu tragen. Entmutigt kehrte sie zu ihrem Stuhl zurück.

»Es ist so hoch.« Sie zog eine Grimasse. »Wie sollen wir hinaufkommen?«

»Über den Tisch?« Manuela schien unternehmungslustig zu werden.

»Von dort über eine Räuberleiter könnte funktionieren, wenn wir genügend Vorsprung kriegen.« Sie überlegte laut. »Oder wir versuchen, die Treppe hinaufzuschleichen. Die Männer halten sich im Zimmer dahinter auf, aber sie haben vermutlich die Tür offen gelassen.«

Ana war unschlüssig. Die Erfolgschancen einer Flucht waren denkbar gering. Wenn sie erwischt wurden, würden sie sicher schlecht behandelt werden. Andererseits wartete Rudi auf eine Antwort von ihr. Was auch immer sie ihm sagen würde, es konnte nur in einer Katastrophe enden.

»Wir schleichen hinauf und dann rennen wir, was das Zeug hält. Möglicherweise steht der Hauseingang offen, die haben die Tür aufgebrochen. Aber falls sie verschlossen ist, das Plexiglas daneben habe ich eingedrückt, da können wir einzeln hinausschlüpfen.«

»Wie sollen wir mit den Dingern laufen?« Manuela deutete auf ihre Beine, die mit einem Kabelbinder festgebunden waren.

Ana grinste sie an. »Mich hat keiner durchsucht.« Sie fasste mit ihren Händen in die Jackentasche und zog ihr Stanleymesser heraus.

»Hast du immer ein Messer mit?« Manuela rümpfte ihre Nase.

»Nur wenn ständig jemand bei mir einbrechen will.« Sie dachte kurz an den Zwischenfall in ihrem Keller. Das war erst gestern gewesen?

»Manuela, lauf du vor, du kennst dich im Haus am besten aus. Harald, bitte bleib dicht hinter ihr. Ich versuche, uns zu verteidigen, wenn sie uns bemerken. Wenn das Gartentor verschlossen ist, werft euch drüber. Auf der Straße rennt jeder in eine andere Richtung zum nächsten Nachbarhaus und holt Hilfe.«

Ana schnitt mit dem Messer vorsichtig Manuelas Handfessel ab. Diese befreite erst ihre Beine, dann Ana und schließlich Harald.

»Los jetzt!«

Manuela war bereits aufgestanden und zum Eingang geschlichen. Harald hinkte ihr nach. Ana machte sich Sorgen um ihn, sein Gang wirkte noch immer unsicher und leicht schwankend. Manuela zog die Tür geräuschlos auf und huschte hinaus. Harald schleppte sich hinter ihr her, dicht gefolgt von Ana.

Als sie die zweite Stufe erreichte, brüllte auf einmal jemand: »Was zum Teufel ist da los?«

Ana hetzte los, jetzt war alles egal. Sie holte nach drei Stufen Harald ein. Der kam zu langsam vorwärts, sie drehte vor Ungeduld beinahe durch. Endlich erreichten sie das Erdgeschoß. Sie folgte mehr ihrem Gehör als ihren Augen, als sie durch die Dunkelheit lief. Da war die Eingangstür. Manuela war soeben dabei, sich durchzudrücken. Da vernahm Ana schon knapp hinter sich ein Schnaufen. »Gleich könnt ihr was erleben!«

»Das geht sich nicht aus«, dachte sie, »ich muss was anderes versuchen.«

Sie machte rasch zwei Schritte nach links durch eine offen stehende Tür und warf sie hinter sich zu. Sie streckte ihre Arme im Finsteren vor und tastete sich am Mauerwerk entlang.

Sie spürte einen Gegenstand, der wärmer als die Wand war. Das fühlte sich wie Holz an, ein Kasten. Sie schob sich stückchenweise vor, es ging um die Ecke. Dann griff sie auf Glas, konnte ein Fernsehapparat sein.

Draußen hörte sie wüstes Geschrei. Sie tastete weiter, überwand eine zweite Holzfläche und fühlte wieder die Mauer. Dieses Zimmer musste doch irgendwann enden. Da schlug sie plötzlich mit dem Knie an. »Autsch!«, entfuhr es ihr, bevor sie sich auf die Lippen beißen konnte.

In dem Moment schwang die Tür auf und ein Lichtstrahl fiel herein. Ein Schalter wurde umgelegt und gleißendes Licht erfasste sie.

Rudi stand im Türrahmen. Sein Gesicht hatte nichts Charmantes mehr an sich. Seine Augen funkelten wutentbrannt und die Gesichtszüge waren zu einer Grimasse verzerrt. »Du undankbares Weibsbild. Wie kannst du es nur wagen!« Seine Stimme bebte.

Bis zum nächsten Fenster waren es zwei Schritte. Sie musste es riskieren. Ana sprang, erwischte die Klinke und riss das Fenster auf.

Sie begann auf das Fensterbrett zu klettern, als sie am Kragen der Jacke gepackt und nach hinten hinuntergerissen wurde. Sie schlug hart auf den Rücken und stöhnte auf.

Ihre Haare wurden nach oben gezerrt und vor Schmerz aufschreiend stemmte sie sich in die Höhe.

Rudi hatte sie an den Haaren fest im Griff. Sein Gesicht näherte sich bis auf wenige Zentimeter, sie atmete den herben Duft seines Rasierwassers ein. »Also bist du auch nur eine blöde Kuh. Deine Antwort war immerhin eindeutig. Dir ist echt nicht zu helfen.«

Er presste seine Lippen fest auf ihren Mund.

Plötzlich begann er wegzugehen, hielt aber ihre Haare fest. So schleifte er sie durch das Wohnzimmer zurück in den Vorraum und die Stiegen hinunter bis in den Kellerraum. Dort gab er ihr eine Ohrfeige. Gleich darauf noch eine. Sie fühlte Blutstropfen über das Kinn rinnen. Hatte er ihr die Nase gebrochen oder einen Zahn ausgeschlagen?

Sie wurde auf einen Sessel gedrückt, die Arme wurden ihr hinten zusammengebunden und die Beine an der Querstrebe befestigt.

Rudi tastete sie grob ab. Er fuhr in die Taschen ihrer Jacke und zog das Stanleymesser heraus. Mit einem zufriedenen Grunzen steckte er es in seine eigene Jackentasche. Ana schloss die Augen.

»Wenn du dich einen Millimeter bewegst, bist du tot.« Sie fühlte seine rauen Finger auf ihrer Haut entlangfahren, bis sie ihre Lippen berührten. Regungslos verharrte sie.

»Schade.« Dieses eine Wort flüsterte er ihr ins Ohr, sie spürte seinen warmen Atem und dann fuhr er mit der Zunge über ihren Hals.

Danach hörte sie ihn aus dem Zimmer laufen und atmete erleichtert auf. Oben diskutierten die Männer aufgeregt miteinander. Dann trampelten schwere Schritte die Treppe hinunter und jemand jammerte.

Diesmal schleppte Rudi den wimmernden Harald herein und drückte ihn auf einen Stuhl. Auch ihn fixierte er sorgfältig am Möbelstück.

»Genießt eure letzten Minuten«, seine Stimme klang kalt. Seine charmante Art hatte er endgültig abgelegt. Er verließ den Raum und seine Tritte verhallten auf dem Weg nach oben.

Ana hielt ihre Augen geschlossen und wünschte sich weit weg. Rudi machte ernst. Die Welt schien stillzustehen. Von Zeit zu Zeit stöhnte Harald leise vor sich hin. Ob aus Schmerzen oder aus Angst, wusste sie nicht. Sie verlor ihr Zeitgefühl.

In der Ferne nahm sie irgendwann dumpfe Stimmen wahr. Sie lauschte, vermochte aber keine Sätze zu verstehen. Frauenstimme vernahm sie keine.

Was war mit Manuela? War sie entkommen? Hatten die beiden sie geschnappt und sofort erledigt?

Nach einer Ewigkeit stapfte neuerlich jemand die Stiege herunter und Fritz baute sich vor ihr auf.

KAPITEL 45

Fritz grinste Ana höhnisch an. Er schnitt die Fußfessel von Harald durch, riss ihn aus dem Stuhl hoch und drückte ihn an die Wand.

»Still stehen bleiben!«

Dann beugte er sich zu ihren Füßen und trennte die Fessel, wobei er mit der Klinge ihre Haut aufritzte. Ana verbiss sich einen Aufschrei. Sie wurde am Arm gepackt und neben Harald gestellt.

»Los, die Stiege hinauf! Eine falsche Bewegung und ich mach euch kalt.«

Die Hände hinter dem Rücken gefesselt kämpften sie sich Schritt für Schritt die Stufen nach oben. Fritz hielt Ana eisern am Oberarm fest. Am Ende der Treppe stand Rudi mit unbewegter Miene. Sie wurde in seine Richtung gestoßen und er übernahm ihren Oberarm.

»Einen einzigen Muckser und ich schneide euch mit dem größten Vergnügen die Kehle durch«, sagte Fritz.

Rudi zerrte an ihrem Arm und sie ging mit ihm mit. Sie traten aus dem Haus in die unwirtliche Finsternis. In der linken Hand hielt er eine Taschenlampe, mit der rechten schleppte er Ana den Weg entlang zum jetzt offen stehenden Gartentor.

»Ich werde wie ein Schaf zur Schlachtbank geführt«, kam Ana in den Sinn. »Aber ich ergebe mich nicht ohne Gegenwehr meinem Schicksal.«

Er zog sie auf dem verlassenen Gehsteig bis zur nächsten Kreuzung. Vor ihnen piepste ein Auto und ein dunkler Van wurde erleuchtet, sie erkannte den Stern am Fahrzeug. Vielleicht nutzte es später, die Automarke zu kennen. Das Kennzeichen konnte sie nicht lesen, aber sie glaubte, eine Wiener Zulassung wahrzunehmen.

»Das Beste oder nichts«, fiel Ana der Slogan von Mercedes ein. Weshalb erinnerte sie sich in einer lebensbedrohlichen Situation an Unsinn? Sollte jetzt nicht ihr Leben an ihren Augen vorbeiziehen?

Nein, beantwortete sie sich die Frage. Weil sie auf gar keinen Fall glauben wollte, dass sie gleich sterben würde.

Rudi stieß sie den Wagen entlang. Der Transporter hatte auf Höhe der Rücksitze keine Fenster. Eine seitliche Schiebetür sprang geräuschlos auf, der Innenraum war spärlich beleuchtet. Es waren keine Sitze drinnen, es gab nur eine Ladefläche.

Ana versuchte, einen Blick von Rudi zu erhaschen, aber er drückte sie auf den kalten Autoboden und band ihr die Beine zusammen. Dann schnappte er sie am Kinn und zwang sie, ihn anzusehen. »Wir beide werden noch Spaß miteinander haben, das verspreche ich dir.«

Er gab ihr einen festen Stoß, sodass sie unsanft im Wageninneren landete. Ihr Hinterkopf schlug auf dem harten Untergrund auf.

»Und wagt es nicht, auch nur eine Zehe zu bewegen. Ich kriege alles mit!« Kurze Zeit später bekam Ana einen heftigen Schlag in den Rücken und hörte einen unterdrückten Aufschrei. Harald war auf ihr gelandet. Die Schiebetür schwang mit einem leisen Klicken zu und im Laderaum wurde es pechschwarz.

Sie konzentrierte sich und versuchte, die Laute in der Umgebung zu identifizieren. Eine Tür fiel ins Schloss, eine zweite. Der Motor startete. Das Fahrzeug ruckte an und sie bogen links ab. Bald darauf bogen sie rechts ab. Kurz danach drehten sie wieder nach links, diesmal ganz lang. Harald und Ana rutschten im Wagen immer weiter, bis Ana an der Wand eingeklemmt war.

»Wir sind zurück auf der Schnellstraße nach Wien«, murmelte Ana.

»Mhm«, stimmte er zu, »ich passe auch auf. Glaubst du, Manuela lebt und holt Hilfe, oder haben sie sie erwischt?«

»Sie lebt«, antwortete Ana und war überrascht, wie überzeugt sie klang. Sie konzentrierte sich erneut auf Geräusche.

Sie hörte die Stimmen von Rudi und Fritz. Sie wirkten erregt, vielleicht stritten sie.

»Was reden die? Kannst du sie verstehen?«

»Teilweise. Warte mal.« Er rollte sich von ihr weg und robbte mit größter Anstrengung vor. Gleich darauf vernahm sie sein Flüstern. Harald redete leise Wortbrocken vor sich hin. »Wir müssen in die Wohnung, weil … Gloria muss nicht wissen, dass … Das war große Scheiße, wie du … Die … sind im Giocare … Sie besser vorher loswerden … besser Geiseln für Austausch …«

»Kann es sein, sie behalten uns? Als Geiseln für einen Austausch?«, fragte Harald.

»Vielleicht. Sonst hätten sie uns im Keller liegen lassen.«

Ana werkte hartnäckig an ihren Fesseln herum. Aber sie hatte keine Chance, sie zu lockern. Sie schnitten immer mehr in die Haut ein und Ana fühlte, dass ihre Finger allmählich taub wurden. Sie spannte ihren Körper an und setzte sich mit einem Ruck auf. Um ein Haar wäre sie nach hinten gekippt, aber sie schaffte es gerade noch, sich aufrecht zu halten. Sie begann den blanken Untergrund hinter ihrem Rücken zu befühlen. Aber da war nichts.

Mit ganzer Kraft robbte Ana zentimeterweise rückwärts. Sie spürte, wie ihr trotz der Kälte der Schweiß ausbrach. Wieder nichts. Noch ein paar Zentimeter. Sie berührte mit ihren zurückgebundenen Händen die Ladebordwand. Sie hatte auf beiden Seiten Kontakt mit der Wand, also hatte sie das Eck erreicht. Stückweise arbeitete sie sich nach vorne.

Auf einmal fühlte sie am Boden eine Ausnehmung. Sie tastete das Blech ab und entdeckte einen Ring. »Das dient zur Befestigung von Riemen, damit fangen wir nichts an«, dachte sich Ana und tastete weiter. Ihr Becken prallte gegen Blech und gleichzeitig bekamen ihre Finger einen Knopf zu fassen. Das war vielleicht die Verriegelung zu einem Pannendreieck oder zu Autowerkzeug.

»Was tust du?«, flüsterte Harald.

»Werkzeug suchen«, wisperte Ana zurück.

»Du gibst nie auf«, stellte er fest und klang zufrieden.

»Wenn du es schaffst, taste du auch den Boden ab. Eventuell liegt etwas Brauchbares herum.«

Da polterte es gegen die Trennwand zum Fahrerhaus und sie vernahmen eine dumpfe Stimme. »Na, wie geht es den beiden Täubchen? Denkt daran: keinen Millimeter rühren und keinen Mucksér!« Noch ein Stoß gegen die Trennwand, dann gab er Ruhe.

Ana dachte intensiv über ihre Möglichkeiten nach. Sollte sie wagen, das Fach aufzumachen? Sie würde es nicht mehr schließen können. Wenn die Männer den Laderaum öffneten, würden sie sofort ihre Bemühungen bemerken.

Die Entscheidung wurde ihr abgenommen, als das Fahrzeug abrupt schwenkte und sie nach links schleuderte. Ana versuchte möglichst in die gleiche Stellung zu krabbeln, die sie beim Einladen eingenommen hatte. Es war schwierig, im Finsteren die Orientierung zu halten, aber ungefähr passte die Lage.

Abermals verschob die Fliehkraft sie über den glatten Boden, diesmal länger und in die andere Richtung. »Das könnte eine Einfahrt sein«, dachte Ana. »Wo bringen die uns hin?« Sie hatte damit gerechnet, entweder in einem Wald oder im Giocare zu landen. Aber sie hatte sich geirrt.

Schließlich hielt der Van und das Motorgeräusch verstummte. Nun kam die Stunde der Wahrheit. »Ich will nicht sterben«, dachte Ana. »Was passiert jetzt?«

Die Schiebetür sprang auf und grelles Licht blendete sie, sie hielt die Augen fest geschlossen. Jemand kletterte herein und machte sich an ihren Fußfesseln und danach an den Handfesseln zu schaffen. Grob wurde sie in die Höhe gezogen, um daraufhin mit einem Plumps hart auf den Ladeboden zurückzufallen.

»Diesmal hält es bombenfest. Die machen sich nie und nimmer noch einmal frei.« Das war die Stimme von Fritz.

Ana wagte es, ihren Kopf leicht zu drehen und zum Licht zu blinzeln. Sie erkannte helles Mauerwerk und einen weißen Pfeiler. Das sah aus wie eine Garage. Die Seitenwand schloss sich wieder und sie lagen im Finsteren.

Unvermittelt ging die Schiebetür nochmals auf. Was würde jetzt passieren? Fritz kletterte herein, stieß grob an ihren Oberschenkel und stieg über sie. Es rumorte, eine Klappe schnappte auf und wurde wieder zugeschmissen. Der Mann schwang sich über Ana und sprang aus dem Auto.

»Da hast du«, hörte Ana ihn sagen. Einen Augenblick später landete ein Gegenstand nahe bei ihrem Gesicht und die Autotür schloss sich.

Ana seufzte. Alles gut, bemühte sie sich, sich zu beruhigen. Dann robbte sie langsam vorwärts und bekam den Gegenstand zu fassen. Er war kalt und schmal. Als sie ihn aufheben wollte, war er länger und schwerer als vermutet. Sie betastete ihn mit den Fingern und Hoffnung begann sie zu durchfluten. Das war der Rahmen eines Wechselkennzeichens und er war aus Metall. Nur das Beste für sein Auto, kam ihr in den Sinn. Diese Einstellung konnte ihnen jetzt nutzen.

Sie nahm Stimmen wahr, konnte aber nicht erfassen, was sie sagten. Plötzlich schob der Van jäh retour und dann in eine Kurve vorwärts. Sie waren aufs Neue unterwegs.

Ana klemmte den Kennzeichenhalter zwischen sich und die Wand und begann ihre Handfessel wie wild daran zu reiben. Sie spürte, wie sie auch ihre Hände aufrieb, aber das war ihr egal. Einmal stach sie sich die Kante ins Fleisch und biss sich fest auf die Lippen, damit sie auf keinen Fall aufschrie. Ruckartig gab der Kabelbinder nach, der Rahmen krachte ihr in den Rücken.

»Bist du frei?«, flüsterte Harald.

»Ja, ich befreie noch die Füße, dann helfe ich dir.«

Ana fühlte, wie sie kräftig und hellwach wurde, nahezu high. Konzentriert bearbeitete sie den Kabelbinder an den Beinen, bis auch dieser riss. Sie spürte ihr Blut durch die Waden pulsieren und bewegte ihre Zehen. Ana packte den Nummernschildhalter und rutschte zu Harald.

»Unter keinen Umständen schreien, wenn ich dich schneide. Das kann jetzt richtig wehtun«, warnte sie ihn. Sie erwischte seinen Ärmel und tastete sich bis zur Handfessel vor. Dann begann sie diese zu traktieren. Sie stieß mit dem Ellenbogen an Harald und verlor beinahe das Gleichgewicht. Sie setzte das Metallstück neu an. Langsam fand sie in einen Takt. Als der Binder riss, schlug der Kennzeichenhalter auf seinen Arm. Er zuckte lautlos zusammen.

»Geschafft. Nimm das Ding und mach deine Beine frei. Im Eck ist vielleicht Werkzeug, das versuch ich zu erreichen.« Sie drückte ihm den Rahmen in die Hand.

Angespannt tastete sie sich an der Wand entlang nach hinten. Sie schlug sich nochmals bei etwas an, das aus der Wand hervorstand. Das könnte ein Radkasten sein. Sie griff weiter und fand den Knopf von vorhin. Glück gehabt. Da drehte der Van scharf nach rechts und sie kugelte in die Wagenmitte.

Erschrocken verharrte Ana regungslos. Hoffentlich hatten die beiden in der Fahrerkabine den Lärm nicht gehört. Als sich nichts tat und das Auto weiterhin in Bewegung blieb, richtete sie sich auf und krabbelte zurück zu der Verriegelung. Sie werkelte hektisch herum. Als sie daraufdrückte, klappte der Deckel auf.

Mit Herzklopfen tastete sie in den Hohlraum und fühlte Leder. Sie ergriff eine Tasche und zog sie heraus. Als sie den Zippverschluss aufzog, klappte der Beutel auf. Sie ertastete eine eiserne Feile mit einem dicken Plastikgriff, Muttern und Schrauben, einen Glasschaber, ein Set Sechskantschraubendreher und eine Schere.

Sie steckte einen Schraubenzieher in ihre Jackentasche und nahm einen anderen und die Schere in eine Hand. Dann zog sie zusätzlich zwei Schraubenzieher heraus und kroch zu Harald.

Er hatte inzwischen seine Beine befreit und massierte sich die Waden.

»Nimm die Schraubenzieher und benutze sie als Waffen.«

»Ich bring sie um«, sagte er ruhig. Sein Tonfall klang so klar und unmissverständlich, dass ihm Ana glaubte. »Ich ersteche sie.«

»Wir nutzen den Überraschungseffekt. Die gehen davon aus, dass wir unbeweglich liegen. Du darfst keinen Augenblick zögern. Stich fest zu und dann lauf.«

Sie hockte sich möglichst bequem auf den Boden, ihre Waffen hielt sie eng umklammert in den Händen. »Nicht zögern. Fest zustechen.« Sie wiederholte es andauernd. »Fest zustechen.«

Das Warten war jetzt unerträglich. Das Auto stoppte etliche Male, fuhr wieder an, bog ab und blieb stehen. Typisch Stadtfahrt mit Ampeln. Ob sie beim Giocare landen würden? Sie rief sich das Bild vom Garten und der Einfahrt ins Gedächtnis.

Eine scheinbare Ewigkeit später machte der Van halt, ruckte ein paar Meter nach vorne und stand endgültig still. Das Motorengeräusch erstarb.

KAPITEL 46

Die Kälte des Laderaums schmerzte Ana. Sie atmete bewusst und spannte alle Fasern ihres Körpers an. Sie fühlte, wie Harald neben ihr das Gleiche tat und sich auf den alles entscheidenden Moment vorbereitete.

Die Seitenwand des Vans schob sich auf. Draußen war es düster, von einer Seite kam ein Lichtstrahl.

»Raus, beide!« Das war Fritz. Ein Arm fuhr in den Laderaum und zog Harald am Hosenbein zur Öffnung.

Mit einem gellenden Schrei bäumte sich Harald auf und stach mit wütender Kraft zu. Er erwischte ihn am linken Unterarm. Fritz brüllte auf wie ein verwundeter Stier und ließ Harald los. Harald verlor das Gleichgewicht und stürzte kreischend aus dem Auto.

»Was ist passiert?«, hörte Ana Rudi rufen.

In dem Moment begann der Himmel zu leuchten. Im Lichtschein erkannte sie, dass Fritz den rechten Arm hob. Eine Messerklinge blitzte auf.

Ana sprang, ohne zu zögern. Bevor er das Messer in Harald rammen konnte, traf sie ihn mit der Schere an der Schulter. Sie spürte, wie der Stahl in sein Fleisch eindrang und fest aufschlug.

Die Wucht des Aufpralls schleuderte Fritz zu Boden und Ana landete auf ihm. Mit letzter Anstrengung rollte sie seitwärts und kam Gesicht an Gesicht mit ihm zu liegen. Fritz hatte die Augen geöffnet und stieß ein tierisches Gebrüll aus.

Gleichzeitig ertönte eine Lautsprecherstimme: »Hier spricht die Polizei. Sie sind umstellt. Waffen fallen lassen! Alle sofort hinlegen!«

Ana sah, wie Fritz sich aufrichtete und die Hand hob, in der er noch immer das Messer hielt. Die Klinge kam auf sie zu. Sie riss ihre Arme als Schutz vor ihr Gesicht. Da krachte es dröhnend und Fritz brach zusammen. Seine Hand kippte auf die Seite und landete schwer auf ihrem Oberschenkel. Die Finger öffneten sich, das Messer rutschte heraus und blieb vor ihren Augen im Gras liegen. Seine Hand ruhte auf ihrem Schenkel, als ob er Ana festhielt.

Die Bandage hatte sich gelöst. Ein großer goldener Siegelring glänzte hervor. Ana wollte einen Schrei ausstoßen, aber es kam kein Laut aus ihrer Kehle. Ihre Muskeln gehorchten ihr nicht. Sie war nicht in der Lage, ihr Bein unter der Hand von Fritz wegzuziehen. Wie hypnotisiert starrte sie auf den Siegelring.

Tiefes Stöhnen drang in ihr Bewusstsein. Auf einmal sah sie Rudi vor sich, aber er beachtete sie nicht. Er warf sich auf seinen Bruder. Er schrie, wie sie noch niemals einen Menschen schreien gehört hatte.

Ana fühlte, wie jemand sie von oben packte, wegzog und aufhob. Sie wurde durch die Luft gedreht und ein Stück weiter auf die Füße gestellt. Jemand hielt sie ganz fest. Bis auf das tiefe Schluchzen von Rudi war es jetzt völlig still. Er wand sich in der Wiese auf seinem Bruder. Überall war Blut.

Ana bemerkte einen Mann in Uniform mit Helm und Visier, der auf Rudi zusprang und ihn auf die Seite riss. Mit dem Gesicht nach unten fixierte er ihn auf der Erde.

Zwei weitere Uniformierte rannten herbei. Einer legte Rudi Handschellen an, der andere kickte das Messer mit dem Fuß weg, das neben Fritz im Gras lag.

Aus Fritz' Mund rann Blut. Er lag leicht seitlich verdreht und bewegte sich nicht. Der Polizist griff ihm an den Hals und schüttelte den Kopf.

Wo war Harald? Er lag noch immer an der gleichen Stelle und bewegte sich nicht. Ein uniformierter Mann lief zu ihm und kniete sich nieder. Er verdeckte Ana die Sicht.

»Gesichert! Gesichert!« Kaum registrierte Ana den Ruf, kam Bewegung in die Szenerie. Jemand verlangte nach einem Rettungswagen. Der Mann bei Rudi zog diesen in die Höhe.

Der feste Griff um Ana ließ nach und eine männliche Stimme sagte: »Es ist vorbei. Sind Sie verletzt?«

Ana schüttelte den Kopf. Sie taumelte einen winzigen Schritt nach vorne. »Harald?«

Harald setzte sich auf. Der Uniformierte stützte ihn dabei. Harald war weiß wie eine Wand und ihm tropfte Blut aus der Nase, aber er grinste sie an. »Alles okay bei mir. Etwas ramponiert, aber das wird wieder.«

Da sah Ana, dass Rudi weggezogen wurde. Sein Gesicht war bleich und er ließ sich ohne Widerstand wegschleppen. Als er auf der Höhe von Ana ankam, blickte er sie an. Seine Miene war schmerzverzerrt und ihm liefen Tränen über die Wangen. Rudi formte seine Lippen und Ana bildete sich ein, dass er »Bitte« sagte.

Dann schaute er an Ana vorbei. Sie folgte seinem Blick und wandte sich um. Hinter dem Zaun stand eine junge Frau. Sie war das Mädchen von dem Foto. Sie presste eine Hand vor den Mund und die dunklen Augen waren kreisrund. Für den Bruchteil einer Sekunde trafen sich ihre Blicke. Dann schaute sie wieder zu Rudi.

Ana drehte sich zurück und fing noch einen Blick von Rudi auf. Ein zweites Mal glaubte sie, ein »Bitte« von seinen Lippen zu lesen. Die Intensität von Rudis Blick war unerträglich. Ana senkte ihren Kopf.

»Kommen Sie, gleich ist ein Arzt bei Ihnen. Da drüben können Sie sich hinsetzen.« Ihr Beschützer führte sie zum Ende des Gartens. Er hielt sie fest umschlungen. Beim Zaun hatte jemand Stühle hingestellt und Ana wurde auf einen von ihnen hinuntergedrückt.

Schlagartig fing der Himmel zu blinken an. Irritiert hob sie den Kopf, um ihn beruhigt gleich wieder sinken zu lassen. Es war lediglich die Rettung, die sich mit Blaulicht näherte. Gleich drei Fahrzeuge hintereinander.

Sie beobachtete Menschen, die aus den Fahrzeugen stiegen und Gegenstände auspackten. Zwei Männer mit einer Trage eilten an ihr vorbei. Ein anderer kam zu ihr und sprach sie an. Der junge Sanitäter fragte nach ihrem Namen, welcher Tag heute sei und wo sie wohne.

Ana zischte ihn an, dass er nicht so blöd quatschen solle, sie sei okay. Beharrlich bestand er darauf, ihren Blutdruck zu messen. Jemand drückte ihr eine Flasche Mineralwasser in die Hand. Ana zog den Verschluss auf und machte einen Schluck. Kalt lief das Wasser ihren Rachen hinunter. Als der Sanitäter sie erneut ansprach und verlangte, dass sie aufstehen solle, fauchte sie ihn an, sie in Ruhe zu lassen.

»Ah, die Ana ist schon wieder charmant«, hörte sie da Harald zu ihrer Rechten. »Lassen Sie sie lieber in Frieden, andernfalls kriegen Sie ein blaues Auge.«

Harald wurde gerade von einem Rettungshelfer auf den Stuhl neben Ana gesetzt. Sein blutverschmiertes Gesicht strahlte sie mit breitem Grinsen an.

»Harald«, rief Ana aus, sprang auf und fiel ihm um den Hals.

»Na, das kann was werden. So freudig bin ich von dir noch nie im Leben begrüßt worden«, lachte er.

»Ich war auch noch nie so froh, dich zu sehen. Bist du schwer verletzt?«

»Nur leicht. Die Nase hat was abgekriegt und brennt heftig. Sonst ist alles in Ordnung.«

Er machte Fäuste und streckte beide Daumen nach oben. »Großartig! Das war doch eine erstklassige Befreiungsaktion, die wir beide da gemacht haben. Mit meinem Angriff hat der Typ nicht gerechnet.« Harald schaute mächtig stolz und zufrieden drein. Er genoss es sichtlich, Tapferkeit gezeigt zu haben.

»Ja, das haben wir prima hingekriegt.« Ana lächelte ihn an und nickte. »Gute Teamarbeit.«

Sie ließ sich zurück auf ihren Stuhl fallen. Sofort war der Sanitäter aufs Neue bei ihr, legte eine Decke um ihre Schultern und leuchtete ihr mit einer Taschenlampe in die Augen. Ana seufzte, sie fühlte sich von so viel Bemutterung genervt, wollte den jungen Mann aber nicht frustrieren.

Der Sanitäter wischte ihre Hände und Arme mit einem feuchten Tuch ab. Das brannte gehörig. Ana betrachtete ihre Hände. Sie waren mit Kratzern und Striemen überzogen. Dort, wo sie die Kabelbinder durchgeschnitten hatte, blutete sie leicht. Das entdeckte der Sanitäter ebenfalls und klebte ihr einen Verband auf. Dann tupfte er ihr mit einem frischen Tuch das Gesicht ab.

»Ist er«, hörte Ana Harald zögerlich fragen, »tot?«

»Ich glaube, ja.«

Ana sah das Bild von Rudi vor ihren Augen, wie er stöhnend auf seinem blutverschmierten Bruder lag. Und dann den Gesichtsausdruck, mit dem er sie angeschaut hatte.

Harald und Ana schwiegen. Mittlerweile maß der Rettungshelfer bei Harald den Blutdruck.

»Zählt dein Wort noch?«, kam zaghaft von Harald. »Warte! Bevor du antwortest, möchte ich etwas sagen«, setzte er fort. »Ich habe dir bei der Hinfahrt zugehört und ehrlich darüber nachgedacht. Manches davon verstehe ich, aber nicht alles. Ich glaube, dass ich meinen Teil beitragen kann, damit sich das Team mit mir wohler fühlt. Ich habe mir auch vorgenommen, lockerer zu sein.« Er sah sie an. »Bitte.«

»Du brauchst nicht bitten. Das ist eine Vereinbarung und ich halte mich dran«, antwortete Ana. »Aber ich möchte ebenfalls etwas sagen. Ich habe heute eine Seite von dir kennengelernt, die ich bisher nicht gesehen habe. Du hast bestimmt recht, dass nicht nur du Schuld an den Spannungen hast. Ich rede mit der Mannschaft und alle werden sich bemühen, dich ordentlich aufzunehmen.«

Harald strahlte sie an und nickte begeistert.

»Ich bin neugierig, ob du in zwei Monaten noch so zufrieden dreinschaust. Ich verlange viel. Höchste Leistung und Unmengen von Überstunden.« Sie grinste ihn an und zwinkerte ihm zu.

»Weiß ich doch, dass du eine Sklaventreiberin bist. Dieser Ruf eilt dir voraus«, stieg Harald in ihr Geplänkel ein.

»Glaubst du, wir müssen hier ewig sitzen? Ich will wissen, ob sie Manuela gefunden haben und wie es ihr geht. Und dann ab nach Hause, duschen und ins Bett«, beschwerte sich Ana.

Da sagte jemand neben ihr: »Schon wieder ungeduldig, die liebe Frau Rubin. Gut so, das heißt vermutlich, dass Sie beide gesund und munter sind.«

»Chefinspektor Müller, einen schönen guten Abend. Sind Sie auch schon da?«, stichelte Ana.

»Nicht frech sein, Frau Rubin. Immerhin haben wir Sie gerade gerettet.«

KAPITEL 47

Ana betrachtete den Kommissar, der vor ihr auf der Wiese stand. Sie hatten eindeutig einen ähnlichen Humor.

»Sie haben uns gerettet und wir haben Ihren Kriminalfall gelöst«, erklärte sie ihm. Doch dann wurde sie ernst. »Wo ist Manuela Prince? Habt ihr sie auch gerettet? Geht es ihr gut?« Anas Magen verkrampfte sich aus Angst vor schlechten Nachrichten.

»Keine Sorge. Frau Prince ist wohlauf. Sie bestand darauf, sofort nach Hause gebracht zu werden«, antwortete der Kommissar.

Harald und Ana stießen erleichtert Luft aus.

»Dann hat Manuela Hilfe für uns geholt?«

»Nein. Das war Herr Jäger, Ihr Privatdetektiv. Er hat bei der heutigen Aktion hervorragende Arbeit geleistet und die Polizei unterstützt. Aber das soll er ihnen nachher selbst erzählen. Er steht hinter der Absperrung und macht uns die Hölle heiß, weil wir ihn bisher nicht zu Ihnen durchgelassen haben.«

»Dürfen wir nach Hause fahren?«

»Nachdem Sie die dringendsten Fragen beantwortet haben. Wenn Sie wollen, bringen wir Sie nach Hause.«

»Fragen Sie uns«, Ana wollte diese Nacht rasch hinter sich bringen.

»Ich will vorher mit meiner Frau telefonieren, die macht sich sicher furchtbare Sorgen«, verlangte Harald. Der Kommissar reichte ihm sofort ein Handy und nach dem Anruf begann er die Befragung.

»Haben Sie irgendjemanden außer den beiden Soldo-Männern gesehen? Könnte noch jemand an der heutigen Entführung beteiligt gewesen sein?«

»Nein, ich habe niemanden gesehen oder gehört«, antwortete Harald.

Ana schüttelte nur den Kopf. Sie dachte an die junge Frau, die Schwester von Rudi. Sie würde ihren Gesichtsausdruck niemals vergessen und ebenso wenig den Blick von Rudi. Sie glaubte wieder sein »Bitte« vor sich zu sehen.

»Nein«, bestätigte Ana, »da waren nur die zwei.«

»Wieso sind Sie zu diesem Haus in Obermallebarn gefahren, Frau Rubin?«, fragte der Kommissar weiter.

»Ich war in der Wohnung von Rudi, ich meine von Herrn Soldo. Da ist mir eine Anmerkung in Manuelas Notizbuch aufgefallen und ich dachte, das könnte endlich die richtige Spur zu ihrem Aufenthaltsort sein. Das Haus gehört ihren Freunden und ich vermutete, dass Manuela den Hausschlüssel zum Blumengießen hatte.«

»Wo kommt Herr Strauss ins Spiel?«

»Eigentlich wollte ich auf Herrn Soldo warten, damit er mich nach Obermallebarn führt. Aber zufällig habe ich in seinem Wohnzimmer ein Foto mit den beiden Männern gefunden, mit dem Prater-Strizzi mit dem Pferdeschwanz und dem Banker Rudi Soldo. Da ist mir ein Licht aufgegangen, dass die zwei unter einer Decke stecken. Dass sie

Brüder sind, habe ich erst in Obermallebarn erfahren. Ich bin voller Panik in die Firma gelaufen und habe dort Harald Strauss angetroffen.«

»Wieso haben Sie mich nicht informiert?« Das klang jetzt vorwurfsvoll.

»Zuerst, weil ich keinen Akku hatte, dann, weil ich Höllenangst hatte und fürchtete, dass es zu lange dauern würde, bis Sie mir glauben«, antwortete Ana und hoffte, dass es nicht nach einer Ausrede klang. Deshalb sprach sie schnell weiter. »Im Keller erzählte mir Rudi, dass er mit Fritz gemeinsam Geschäfte im Prater betreibt. Aus diesem Grund haben sie sich an dem Abend in der Garage getroffen und Manuela hat sie bei einer Geldübergabe überrascht.«

Der Kommissar stimmte zu. »Frau Prince war zufälligerweise am falschen Ort. Der feine Herr Soldo scheint ein perfektes Doppelleben geführt zu haben. Vorne die Fassade des ehrenwerten Bankers, dahinter illegale Machenschaften mit seinem Bruder. Haben Sie Informationen, dass die Soldo-Brüder weitere Personen entführt haben?«

Ana hing ihren Gedanken nach, als sie Harald verneinen hörte.

»Wer ist die männliche Leiche, die Sie heute im Prater gefunden haben? Hängt die ebenfalls mit den Soldos zusammen?«, platzte sie heraus.

»Gesichert können wir das noch nicht sagen. Aber«, Herr Müller zögerte, »es ist wahrscheinlich. Nicht nur, dass beide im Prater gefunden wurden, sie wurden auch auf die gleiche Weise umgebracht.«

»Auf welche Weise?«

»Sie vergessen diese Information sofort wieder. Beide wurden mit einem gezielten Schlag auf den zweiten Halswirbel getötet. Das sind zu viele Zufälle. Aber nun ist es wirklich genug für heute. Schlafen Sie sich aus und kontaktieren Sie mich morgen. Wir reden dann ausführlich und fertigen ein offizielles Protokoll an.«

»Das heißt, der Obdachlose ist nicht Annis Mörder, sondern die Soldos?«

Herr Müller zuckte die Schultern. »Mhm. Es ist zu früh, um das zu behaupten. Aber es könnte sein, dass sie ihm die Beweisstücke untergeschoben haben. In diesem Fall haben sie sich das gut ausgedacht. Damit hätten sie durchkommen können.«

Kommissar Müller trat nahe an Ana heran und flüsterte: »Außerhalb des Protokolls: Sie hatten recht mit Ihrer Freundin. Es war sehr leichtsinnig, was Sie gemacht haben, trotzdem haben Sie ihr vermutlich das Leben gerettet.«

Nach einer kleinen Pause fügte er hinzu. »Sie sind mutig und beharrlich. Falls Sie einen neuen Job suchen, ziehen Sie doch eine Karriere bei der Polizei in Betracht.«

Dann trat er zurück und erklärte laut: »Sie können beide gehen. Wenn wir Sie heimbringen sollen, sagen sie es einem der Beamten. Erholen Sie sich gut. Wir sprechen morgen weiter.« Er grüßte und ging zur Absperrung.

Ana blickte ihm sprachlos hinterher. Hatte sie jetzt gerade ein Lob von der Polizei bekommen oder hatte er sie auf den Arm genommen?

»Wo sind wir hier eigentlich?«, fragte Harald. Er stand auf und blickte sich neugierig um.

»Wir sind im Prater, hinter einem Lokal namens Giocare«, antwortete Ana.

»Was du alles kennst«, wunderte er sich.

»Keine Sorge, das ist keine Wissenslücke in deiner Allgemeinbildung.«

»Ana!«, hörte sie in diesem Augenblick jemanden rufen. Ronald rannte auf sie zu. Ana sprang vom Stuhl auf und die beiden umarmten sich.

»Ich bin so froh, dass du heil bist. Das gilt natürlich auch für Sie«, wandte er sich an Harald.

Der grinste ihn an. »Ladys first, ich bin gewohnt, dass ich an zweiter Stelle komme.« Er betrachtete Ronald genauer. »Sind Sie der Privatdetektiv, der mir aufgelauert hat?«

»Ich habe Sie beobachtet, nicht Ihnen aufgelauert!«

Ana wandte sich an Ronald: »Bitte lass uns hier verschwinden. Bist du mit deinem Auto da? Könntest du zuerst Harald und danach mich heimführen?«

»Na, was denn sonst? Glaubst du, ich überlasse euch der Polizei? Los geht's.«

Der Wagen stand in der nächsten Quergasse. Zufrieden seufzte Ana, als sie sich in den Beifahrersitz gleiten ließ. Ronald schaltete das Gebläse auf warm und zusätzlich die Sitzheizungen ein.

Das tat richtig gut. Ana merkte, dass sie bis auf die Knochen durchgefroren war. Ihre Handgelenke brannten und sie war unendlich müde. Aber sie fühlte sich zum ersten Mal seit dem Verschwinden von Manuela unbeschwert. Da fiel ihr Rudi ein und der Stein in ihrem Magen kehrte zurück. Um sich abzulenken, begann sie mit

Ronald zu sprechen. »Der Müller hat uns verraten, dass du die Polizei verständigt hast. Du hast uns gerettet. Woher wusstest du, wo wir sind?« Das interessierte Harald auch, er lehnte sich vom Rücksitz vor, um jedes Wort mitzukriegen.

»Das ist eine lange Geschichte. Ich habe doch Max beobachtet. Als wir beide telefoniert haben, hatte ich gerade entdeckt, dass da noch jemand am Observieren war. Ich habe mich an den Van geschlichen und einen Peilsender angebracht. Dann wollte ich nachschauen, wer in dem Fahrzeug sitzt. Aber bevor ich das konnte, ist er weggefahren.« Ronald hielt kurz inne.

»In dem Moment kam Max aus dem Haus. Ich wollte vermeiden, dass er mich sieht, und habe mich hinter einem Auto versteckt. Max hat auf der Straße geraucht. Gleich zwei Zigaretten hintereinander. Bis er endlich abgedämpft hat und hineingegangen ist, war der Van längst über alle Berge. Ich habe entschieden, die Observation von Max zu beenden und dem Van zu folgen. Immer dem Peilsender nach, bin ich über Umwege in Wien beim Schwedenplatz gelandet. Dort ist er mit Blick auf den Haupteingang und die Garagenausfahrt eines Bürohauses in zweiter Spur stehen geblieben. Ich habe mich auf der anderen Straßenseite beim Hotel eingeparkt. Das war unauffällig, da war ein ständiges Kommen und Gehen. Dem Portier habe ich einen Geldschein in die Hand gedrückt, damit er mich in Ruhe stehen lässt. Kriegst du als Spesenabrechnung.« Er winkte Ana lässig zu.

»Heißt das, du warst vor unserer Firma?«, fragte Ana ungläubig.

»Im Nachhinein betrachtet, ja. Aber das wusste ich zuerst nicht, ich war bis heute kein einziges Mal bei deiner Firma.«

»Hast du mich hineingehen sehen?«

»Leider nein. Nach kurzer Zeit erkannte ich Rudi Soldo, der über die Auffahrtsrampe heraufstapfte und in den Van einstieg. Das fand ich ausgesprochen seltsam. Ich wusste, dass du in seiner Wohnung bist, was machte er hier? Ich habe dich angerufen, aber du warst nicht erreichbar.«

»Leider!«

»Nach längerem Warten ist ein blaues Auto herausgefahren und der Van hat die Verfolgung aufgenommen. Den Fahrer des blauen Autos habe ich nicht erkannt, dafür bin ich zu weit entfernt gestanden.«

Ronald drehte sich zu Harald um: »Das waren sicher Sie. Einen Beifahrer habe ich gar nicht gesehen.«

»Wir können gerne Du sagen, ich bin der Harald.«

Ana grinste in sich hinein. Harald war anscheinend voller guter Vorsätze.

»Äh, ja gerne. Ich bin der Ronald. Also zurück zu dem Van. Ich habe Abstand gelassen, um nicht entdeckt zu werden. Ich hatte ohnehin den Peilsender als Orientierung, so konnte ich gemütlich zurückbleiben. Als ich in Obermallebarn angekommen bin, habe ich den Van und bei einem Gartentor die beiden Männer gesehen. Ich habe den Wagen abseits abgestellt, um sie nicht auf mich aufmerksam zu machen, und mir meine Ausrüstung geschnappt. Als ich zu Fuß zurückgekommen bin, war der Van verlassen und beim Gartentor war ebenfalls niemand mehr. Also habe ich gedacht, die sind ins Haus gegangen.

Ich bin in den Garten geschlichen und habe gewartet, dass sie sich aus dem Staub machen, damit ich mir das Gebäude näher anschauen kann. Ich habe gehofft, dass Manuela drinnen festgehalten wird und ich sie befreien kann.«

»Das Gleiche habe ich mir auch gedacht!«, unterbrach ihn Ana, aber Ronald wollte seine Geschichte fertig erzählen. Er genoss hörbar, seinen Beitrag detailliert zu schildern.

»Irgendwann hat es gekracht, Licht ist angegangen, ein Fenster aufgeflogen und zwei Leute sind aus dem Haustor gestürmt. Dahinter ist einer mit einer Taschenlampe herausgesprungen. Es hat eindeutig nach Flucht und Jagd ausgesehen. Manuela ist in Richtung Ausgang gelaufen.«

»Wie hast du Manuela erkannt? Es war doch vor dem Haus stockfinster!«, unterbrach ihn Ana.

»Denk an meine Hightech-Ausstattung. Ich bin mit meinem Nachtsichtgerät im Garten gestanden. Das war enormer Materialvorteil«, antwortete Ronald stolz.

»Weiter, was hast du dann gemacht?«

»Ich habe Manuela geschnappt und in den Schatten gezogen. Ich habe ihr klargemacht, dass ich ein Freund von dir bin und ihr helfe. Ich habe sie hinter das Haus zum Zaun gebracht und wir sind darübergeklettert. Das war mühsam, die Dame ist nicht sehr sportlich. Wir sind durch den Nachbargarten bis ans Ende des Grundstückes geschlichen, von dort habe ich den Kommissar Müller angerufen. Manuela hat ihm erzählt, dass ihr beide gefangen gehalten wurdet und vermutlich nicht entkommen konntet. Der Müller war blitzschnell und hat sofort ein Einsatzkommando losgeschickt. Manuela und ich haben uns bis zu ihrem Eintreffen im Nachbargarten versteckt gehalten und ich konnte leider nichts mehr beobachten. Als die Einsatzkräfte angekommen sind, waren alle samt dem Van weg.«

Ana konnte es nicht fassen. Ronald war die ganze Zeit in ihrer Nähe gewesen, aber sie hatte keine Ahnung davon gehabt.

»Die Polizei hat begonnen, das Gelände zu durchsuchen, aber ich war überzeugt, dass sie euch mitgenommen hatten. Da ich noch immer das Peilgerät gehabt habe, bin ich abgehauen. Manuela blieb bei der Polizei. Im Auto habe ich wieder mit Müller Kontakt aufgenommen und ab da hat er alle Anweisungen gegeben.«

»Hast du ihm gesagt, dass Rudi Soldo einer der Entführer ist?«

»Ja klar. Ich habe ihm auch die Autonummer durchgegeben. Dem Van bin ich mit viel Abstand gefolgt. Der ist zuerst in die Firmengarage gefahren. Ich dachte, die Polizei macht dort sofort den Zugriff. Doch das war ihnen anscheinend zu riskant. Ihr seid dann mit einem neuen Nummernschild herausgekommen und in den Prater gefahren. Den Rest kennt ihr.«

»Wow. Danke. Wenn du den Soldo-Brüdern nicht nachgejagt wärst, hätten wir ein böses Ende gefunden. Du bist unser Held!« Ana kuschelte sich in die Lehne. Es war so wohlig warm im Auto, sie wäre beinahe eingeschlafen, da meldete sich Harald.

»Wieso warst du eigentlich in der Wohnung von dem Rudi?«

Ana schluckte. »Das willst du jetzt echt nicht wissen. Du ziehst die Frage besser zurück.«

»Okay«, dehnte Harald, »ich ziehe die Frage zurück. Ich will das gar nicht wissen.«

»Na, du lernst ganz schön schnell«, Ana kicherte in sich hinein.

Nachdem sie Harald bei seinem Reihenhaus in der Seestadt aussteigen hatten lassen, setzten Ronald und Ana die Fahrt fort.

KAPITEL 48

»Wir machen noch einen Umweg«, verkündete Ronald. »Ich habe vorhin mit Manuela und Max telefoniert. Sie besteht darauf, dich heute noch persönlich zu sehen. Ich versuchte, es ihr auszureden, aber ich hatte keine Chance. Sie sagte, sie legt sich in die Badewanne und geht erst heraus, wenn du kommst.«

»Na, dann auf zu Manuela. Soll ich Marion aufwecken? Weiß sie Bescheid?«

»Lass sie schlafen. Ich habe sie sofort nach eurer Befreiung angerufen. Sie war überglücklich und lässt dich ganz lieb grüßen. Die nächsten drei Tage habt ihr Mädelsabende und sie wird dich rund um die Uhr verwöhnen.«

Drei Tage lang? Das klang anstrengend. Ana seufzte zufrieden und schmiegte sich in den warmen Sitz. Als sie in Korneuburg ankamen, war sie bereits eingenickt.

Benommen kletterte sie aus dem Auto. Bevor sie die Türglocke erreichten, ging schon die Haustür auf und Manuela und Max stürmten heraus.

Sie wurden umarmt, abgebusselt und in das geheizte Wohnzimmer hineingezogen. Ana lehnte sich zum Kachelofen und genoss die Hitze auf ihrem Rücken. Sobald sie mit Tee versorgt waren und Max frische Sandwiches hervorgezaubert hatte, begann Manuela zu erzählen, zuerst ein weiteres Mal über ihre Erlebnisse in der Garage, danach über ihre Autofahrt und dass sie keine Ahnung gehabt hatte, wohin sie sich wenden sollte. Zur Polizei traute sie sich nicht. Was, wenn ihr der Typ nachfuhr? Außerdem, was könnte die Polizei schon tun? Die Männer hatten sie eingeschüchtert, dagegen konnte sie Anzeige erstatten. Aber das war kein so großes Verbrechen, dass die Polizei sie dauerhaft wegsperren würde. Sie hatte ständig die Drohung dieses Kerls im Ohr, was er ihren Lieben antun würde, wenn sie mit jemandem sprach.

Ihre erste Idee war, irgendwo zu übernachten und erst am folgenden Morgen weitere Entscheidungen zu treffen. Also war sie zu dem Billighotel am Korneuburger Stadtrand gefahren. Als sie auf dem Parkplatz stoppte, wurde ihr klar, dass das keine Lösung war. Ihr Wagen stand gut sichtbar da. Wer sie suchte, würde ihn sofort entdecken.

»Deshalb habe ich überlegt, wo ich mich mitsamt meinem Fahrzeug verstecken könnte. Ich wollte Zeit gewinnen, um ungestört zu überlegen, was ich tun muss. Irgendwann ist mir der Schlüssel zu Brigittes Haus eingefallen. Da die beiden mit dem Auto zum Flughafen gefahren sind, war ihre Garage frei. So bin ich in dem entlegenen Dorf gelandet.«

»Wie lange wolltest du dich dort verstecken? Früher oder später wären eure Freunde doch zurückgekommen?«, fragte Ronald.

»Ich wusste, dass mir mehr als zwei Wochen bleiben. Bis dahin würde mir schon etwas einfallen. In Wahrheit habe ich ununterbrochen gehofft, dass irgendetwas passiert, damit ich wieder nach Hause kann.«

»Das irgendetwas heißt Ana, sie hat keine Ruhe gegeben«, murmelte Max. Seine Frau schaute ihn streng an und redete weiter.

»Eine halbe Ewigkeit habe ich es mir im Keller gemütlich gemacht. Die Vorratskammer und die Gefriertruhe waren gefüllt. Der Weinkeller ist für Genießer ausgestattet und Bücher haben die beiden ohne Ende. Untertags habe ich mich zeitweise im Erdgeschoß aufgehalten, aber sobald es dunkel wurde, war ich ausschließlich im Untergrund. Ich habe viel gelesen und ferngesehen.«

»Klingt idyllisch, du hättest besser ein schlechtes Gewissen haben sollen. Wir sind vor Sorge fast umgekommen«, warf Ana ein. Sie wurde aber ebenfalls von Manuela ignoriert, die weitererzählte.

»Am Sonntag habe ich in den Nachrichten von Annis Ermordung gehört. Ich war sofort überzeugt, dass diese Gräueltat mit mir zusammenhängt. Ich habe vermutet, dass ihr mich sucht. Deshalb habe ich Max angerufen.«

»Mit deinem Handy?«, stieß Ronald ungläubig aus.

»Natürlich nicht, ich bin doch nicht blöd. Die Brandtners haben Festnetz und ich habe die Rufnummer unterdrückt.«

»Also, ich habe Max angerufen, aber nicht erzählt, wo ich bin oder was passiert ist. Nur dass es mir gut geht und dass etwas vorgefallen ist, was verhindert, dass ich sofort heimkomme. Ich habe ihm drastisch eingeschärft, dass niemand nach mir suchen darf, weil wir ansonsten alle in Lebensgefahr sind.«

Manuela hörte auf zu sprechen, sie hatte alles erzählt. Max zog sie an sich heran und legte ihr den Arm um die Schulter. Die beiden sahen sich überglücklich an.

Ana sagte leise: »Anni ist vermutlich über die Machenschaften von Fritz gestolpert. Sie hat ein Feuerzeug von seinem Lokal in der Garage aufgehoben und ist allein hingegangen. Rudi wusste von mir, dass Anni im Prater unterwegs war. Was dort genau passiert ist, ist noch unklar, das wird hoffentlich die Polizei zutage fördern. Anni hat alles daran gesetzt, dich zu finden.«

»Das hat sie mit ihrem Leben bezahlt.«

»Fritz ist der Bruder von Rudi. Ich war so gutgläubig, ihm zu vertrauen. Er hat mich ausgehorcht und seinem Bruder alles erzählt, deshalb waren sie uns immer einen Schritt voraus. Der Polizei ist diese Verbindung auch entgangen, weil Fritz sich in den Praterkreisen einen anderen Namen zugelegt hat.«

»Die Polizisten waren widerwärtig«, beschwerte sich Max. »Die haben mich verdächtigt, ich wusste nicht mehr, was ich sagen sollte.«

»Das wundert mich nicht«, gab Ana zurück. »Dein Verhalten war rätselhaft.«

»Das habe ich gemerkt.« Max schaute Ana finster an, doch dann überzog ein Grinsen sein Gesicht. »Aber da waren keine Leichen im Keller.« Mehr sagte er nicht und Ana war ihm dafür dankbar.

Sie gähnte herzhaft und meinte: »Ich muss jetzt wirklich schlafen gehen. Morgen reden wir weiter. Auch über die Firma.«

»Was heißt das? Was ist in der Firma? Klartext bitte!«, hakte Manuela sofort ein.

»Aber heute nur die Kurzversion. Die Pat war stinksauer, weil wir nach dir gesucht haben und weil wir nach Annis

Tod den Kundentermin auf nächste Woche verschoben haben. Sie hat an dir gezweifelt, sie hat meine Loyalität infrage gestellt, sie hat viel Mist geredet.«

»Das heißt?«

»Ich bin enttäuscht. Da arbeiten wir jahrein, jahraus hundert Prozent, sind erfolgreich und bringen der Firma viel Gewinn. Und dann haben wir einmal ein richtig hässliches Problem und die einzige Unterstützung besteht in dummen Ermahnungen.«

»Pat ist oberflächlich und quatscht den ganzen Tag Worthülsen, das ist nicht neu.«

»Stimmt, aber sie hat mein Vertrauen in die Firma erschüttert.«

»Wenn Pat erfährt, dass du mich gerettet hast, ist sie deine neue beste Freundin und macht eine Pressekonferenz mit dir. So ist sie eben.«

»Wenigstens meine Freunde darf ich mir noch selbst aussuchen.«

»Ja, Gott sei Dank. Während ich alleine in dem Haus gehockt bin, habe ich viel nachgedacht. Auch über unser Gespräch über Freundschaft und Karriere.«

»Mir ist unsere Unterhaltung in den letzten Tagen auch einige Male eingefallen. Ich war noch so naiv zu sagen, Freundschaft und Karriere schließen sich nicht aus. Tage später hatte ich eine Pat am Hals, die das anders sah.«

»Sie ist es nicht wert, alles hinzuwerfen. Mach es besser als sie, statt davonzulaufen.«

»Mhm, ich muss nachdenken, wir reden noch darüber. Vielleicht können wir was Positives daraus machen.«

»Das klingt schon besser! Wie hat sich unser Team verhalten?«

Ana dachte an ihr Team und eine wohlige Wärme überkam sie. »Einfach perfekt. Jeder hat sein Bestes gegeben und das Team hat trotz der miesen Situation zusammengehalten.«

»Siehst du. Das zählt viel mehr.«

Ana nickte. »Aber jetzt lasse ich mich bis zu meiner Matratze chauffieren und beabsichtige, 24 Stunden zu schlafen.«

40 Minuten später lag Ana tatsächlich in ihrem Bett. Frisch geduscht und überglücklich, dass der Albtraum vorbei war. Sie freute sich auf den nächsten Tag.

Bevor sie in Tiefschlaf fiel, tauchte das Gesicht einer jungen Frau vor ihr auf. Ein Blick voll endloser Erschütterung. Ana war sich sicher, dass sie dieses Gesicht nicht zum letzten Mal gesehen hatte.

DANKSAGUNG

Ich möchte allen danken, die mich zum Schreiben inspirieren und vor allem Ihnen, liebe Leserin und lieber Leser.

Wenn Ihnen mein Buch gefallen hat, würde ich mich sehr über eine kurze Rezension freuen.

DANKE, und ich hoffe, dass Sie auch in Zukunft meine Romane lesen werden.

Printed in Poland
by Amazon Fulfillment
Poland Sp. z o.o., Wrocław

20978045R00197